KB034562

유필리아 마젠타
마젠타 공작가의 영애.
약혼 파기 소동 후
아니스피아와 함께
별궁에서 지내고 있다.

아니스피아 윈 팔레티아
팔레티아 왕국 1왕녀.
기상천외 왕녀라고 불렸지만
왕국을 덮친 드래곤을 유필리아와 함께
격퇴하여 공적을 세웠다.

2

전생 왕녀와 천재 영애의

The Magical Revolution of
Reincarnation Princess and Genius Young Lady....

마법 혁명

'레이니 님,
괜찮을까요……?'

일리아 코랄
아니스피아의 전속 시녀.
과거에 아니스피아에게 도움을 받은 적이
있어서 그녀에게 깊은 충성심을 품고 있다.

"뱀파이어?"

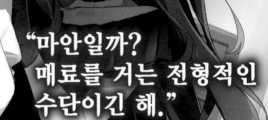

"마안일까?
매료를 거는 전형적인
수단이긴 해."

티르티 클라렛

큰 힘을 가진 귀족인 클라렛 후작가의 장녀.
별가에 틀어박혀 「저주」에 관해 연구하고 있다.
아니스피아와 함께 연구하기도 하지만
신념이 달라서 악우이자 견원지간.

레이니 시안

원래 평민이었던 남작 영애.
유필리아의 약혼 파기 소동의 발난이 됐지만
실은 뱀파이어라는 것이 발각되는데―?!

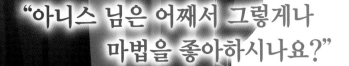

"아니스 님은 어째서 그렇게나
마법을 좋아하시나요?"

"좋으니까 좋아해.
사랑에 빠질 만큼 마법을 동경해."

CONTENTS

011 오프닝

033 1장 잠깐의 평온

079 2장 운명의 소녀

121 3장 옛날이야기 속 괴물

169 4장 마학의 가치

205 5장 광란의 밤, 찾아오다

245 6장 누군가를 위해 있는 왕관

283 엔딩

311 작가 후기

Author
Piero Karasu

Illustration
Yuri Kisaragi

The Magical
Revolution of
Reincarnation Princess and
Genius Young Lady....

전생 왕녀와 천재 영애의 마법 혁명 2

The Magical Revolution of
Reincarnation Princess and Genius Young Lady....

저자 카라스 피에로
일러스트 키사라기 유리

[이전 줄거리]

마법을 동경하지만 마법을 쓰지 못하는 왕녀 아니스피아.

그래도 그녀는 포기하지 않고 마학이라는 학문을 만들어

연구를 계속하고 있었다.

어느 날, 아니스피아는 남동생의 약혼자인 유필리아가

약혼을 파기당하는 장면과 조우한다.

그녀는 갈 곳을 잃은 유필리아를

조수로 삼아 공동생활을 시작한다.

별궁에서 아니스피아와 함께 생활하며

유필리아의 마음의 상처가 아물어 가는 가운데,

드래곤의 습격이라는 재해가 발생.

나라를 지키기 위해 현지로 향한

두 사람은 훌륭히 토벌에 성공하여

큰 공적을 남겼다.

—하지만 약혼 파기를 둘러싼 문제가 또다시 불거진다?!

Author
Piero Karasu

Illustration
Yuri Kisaragi

The Magical
Revolution of
Reincarnation Princess and
Genius Young Lady....

The Story So Far

오프닝

숨을 죽였다. 여기서부터는 누구에게도 들켜서는 안 된다. 들키면 내 계획은 백지화된다. 긴장해서 그런지 심장이 두근두근 시끄럽게 뛰었다.

내가 몸을 숨기고 있는 곳은 왕성 복도. 방을 빠져나와 목적지를 향해 이동 중이었다. 여기서 들키면 다시 방으로 끌려갈 테니 신중히 이동해야 했다.

그런 긴장감에 두근거리면서도, 벽에 등을 대고 방에서 가지고 나온 손거울로 통로를 보았다. 아무도 없음을 확인하고 발소리를 죽여 재빨리 문 앞으로 이동했다. 그리고 소리가 너무 크게 나지 않도록 조심스레 문을 노크했다.

"……누구?"

안에서 들려온 목소리에 나는 씩 웃었다. 문을 열고 후다닥 몸을 집어넣은 나는 방 안에 있던 그 아이에게 미소 지었다.

"놀러 왔어!"

활짝 웃으며 인사했다. 그러자 그 아이는 눈을 동그랗게 떴다가 한숨을 폭 쉬었다.

"……또 왔어요? 혼날 거예요."

내 얼굴을 본 그 아이는 곤란한 듯 눈썹을 찌푸리며 말했다. 하지만 나는 신경 쓰지 않고 그 아이에게 다가갔다.

"맨날 혼나는데 뭐! 그보다 다음 실험이 생각났으니까 협력해 줘!"

"또 뭔가를 떠올렸어요? ……이번에는 괜찮은 건가요?"

그 아이가 미심쩍다는 표정을 지어서 말문이 막힐 뻔했다. 하지만 여기서 물러날 수는 없기에 나는 크게 고개를 끄덕였다.

"물론이지! 이번에야말로 성공시킬 거야! 오히려 지금까지의 실패는 이번 성공을 위한 거였다고 해도 과언이 아니야!"

"……정말이려나."

이번에는 어이없어하며 말했다. 하지만 그 아이는 싫다는 표정은 짓지 않았다. 어쩔 수 없다는 듯 나를 바라보고 있었다. 그런 그 아이에게 나는 손을 내밀었다.

"가자! ─아르 군!"

─그런 그리운 꿈을 꾸었다.

* * *

"……꿈."

눈이 빛에 적응하지 못해서 몇 번 눈을 깜빡이고 말았다. 어중간하게 각성한 의식으로 멍하니 꿈을 반추했다.

아직 나와 아르 군의 사이가 틀어지기 전의 굉장히 그리운 꿈이었다. 공부 시간 사이에 짬이 나서 아르 군의 방에 놀러 가 동생을 데리고 나갔었다.

'새삼 이런 꿈을 꾸다니⋯⋯.'

희한한 일도 다 있다고 생각하며 몸을 일으켰다. 막 깨어난 몸에 활기를 불어넣듯 기지개를 켜고 침대에서 일어났다. 옷장에서 옷을 꺼내 잠옷에서 사복으로 갈아입고 화장대 앞에 앉아 몸단장을 했다.

"다 됐다."

얼추 끝내고 방을 나섰다. 마침 내 방으로 오던 일리아와 눈이 마주쳤다. 일리아 뒤에는 유피도 있었다.

"안녕히 주무셨습니까, 공주님."

"아니스 님, 안녕하세요."

"둘 다 안녕."

별궁에서 유피와 함께 생활한 지도 꽤 됐다. 유피도 익숙해졌는지 인사하는 모습이 아주 자연스러웠다. 그런 유피를 보니 나도 자연스럽게 미소 짓게 되었다.

"식사가 준비되어 있습니다. 식당으로 가시지요."

"응~. 가자, 유피."

"네."

일리아의 말을 따라 우리는 식당으로 향했다. 이전까지는 일리아와 둘이서 식사했지만 지금은 유피도 함께였다. 식사

중에 대화는 없지만. 이야기는 식사가 끝난 뒤부터다.

그래서 나도 다들 다 먹은 것을 확인한 뒤에 이야기를 꺼냈다.

"유피, 일리아. 오늘은 밖에 나갈 거니까 준비해 줘."

내 말에 유피는 눈을 동그랗게 뜨고 어리둥절한 모습으로 나를 보았다.

"……외출이요? 다 같이 말인가요?"

"저도 함께 가다니 희한하군요. 어디에 가실 예정이십니까?"

의표를 찔린 얼굴인 유피와는 대조적으로 일리아가 냉정히 물었다. 나는 고개를 끄덕이고서 대답했다.

"응, 오늘은 「티르티」한테 갈 거야."

"……티르티?"

유피는 모르는 사람의 이름이 나와서 고개를 갸웃했다. 나는 머릿속에 떠오른 상대를 어떻게 설명할지 조금 고민하다가 말했다.

"뭐랄까, 설명하기 조금 어려운 상대야. 내 악우라고 할까, 지긋지긋한 친구?"

"……크흠, 유필리아 님은 클라렛 후작을 아십니까?"

"네, 클라렛 후작의 고명은 익히 들었어요."

잘 설명하지 못하는 나를 도와주듯 일리아가 대화에 끼었다.

클라렛 후작가는 팔레티아 왕국 내에서도 큰 힘을 가진 귀족이었다. 클라렛 후작가의 방침은 견실이었고, 유력한 귀족으로 알려져 있어서 적으로 돌리기 싫어하는 귀족도 많았다.

집안의 특색으로 후작이라는 지위에 걸맞은 큰 영지를 가지고 있었고, 국내 식량 자급률 향상에 공헌하는 가문이었다. 영지에서 얻는 풍부한 식량을 기근 등으로 고통받는 다른 귀족에게 원조하여 발언력도 컸다.

큰 영지를 살린 축산도 번창해서, 그쪽 분야로도 영민이 일치단결하여 힘쓰고 있었다. 그래서 클라렛 후작가를 식량의 파수꾼이라고 부르는 사람도 있었다. 왕가와의 사이는 좋지도 나쁘지도 않은 중립에 속했다.

"티르티 님은 클라렛 후작의 장녀입니다."

"……장녀? 장녀라면, 바로 그……?"

곧 만나러 갈 상대가 누군지 이해한 유피는 조금 곤혹스러워했다.

클라렛 후작가는 파벌과 상관없이 기근 등으로 곤경에 처한 가문에 손을 내밀어서 평판이 좋았다.

하지만 그런 클라렛 후작가에도 큰 오점이 하나 있었다. 그게 「장녀」였다.

"클라렛 후작가의 은둔 영애. 성격이 잔인무도하여 그 가학성 때문에 별채에 갇혀 있다고 들은 적이 있는데……."

"아아, 응. 그렇지. 맞아."

"소문이 사실인가요?"

유피가 눈썹을 찡그리며 물었다. 클라렛 후작가의 장녀에 관한 소문은 끔찍했다. 사용인이나 마음에 안 드는 상대를 마법으로 때려잡고, 피를 보는 것을 무엇보다 좋아하는 방약무인하고 잔인한 영애.

클라렛 후작은 기본적으로 왕도의 저택에 살고 있지만, 장녀는 별가에서 생활하며 사교계에도 얼굴을 내밀지 않는 것으로 유명했다.

지금도 사람이 출입하지 않는 별장에서 잔학한 짓을 저지르고 있을지도 모른다는 둥, 어떻게 다뤄야 할지 난감해진 클라렛 후작이 별장에 가둔 거라는 둥, 다양한 소문이 있었다.

"뭐, 소문은 사실이야. 예전에는 그랬지."

"예전이요?"

"연이 있어서 관계를 이어 오고 있지만, 나도 처음에는 살해당할 뻔했어."

"살해……?!"

유피가 말을 잇지 못하며 나를 보았다. 그 눈에 의심이 깃들기 시작한 것을 보고 나는 얼굴 앞에서 손을 좌우로 내저었다.

"예전에 그랬다는 거야! 이유도 분명히 있었고, 그걸 알고서 접촉했다고 할까, 지금은 정말로 그냥 집순이야. 딱히 피를 보는 걸 좋아하는 건 아니지만…… 응, 직접 만나 보는 게 알기 쉬울 거야."

"……왜 그런 상대와 만나려고 하시는지 이유를 여쭤봐도 될까요?"

"유필리아 님. 티르티 클라렛 님은 공주님이 개발하신 마약(魔藥)의 공동 연구자입니다."

"공동 연구자?!"

"그런 거지."

그랬다. 내가 사용하는 마약을 함께 만들어 낸 공동 연구자였다.

"이번에 드래곤의 마석을 손에 넣고 여러 가지로 성과도 있어서 새로운 실험을 해 보고 싶어졌거든. 이왕 만나는 거 유피와도 대면시키고 싶었어."

"……위험하진 않은 거죠?"

"안 위험해."

"소문은 예전 얘기니까요. 지금은 공주님 덕분에 티르티 님의 증상도 안정되었습니다."

"증상?"

일리아의 말에 유피는 의아한 표정을 지었다. 그런 유피의 반응을 보고 일리아가 고개를 끄덕였다.

"마력 때문에 육체나 정신에 이상이 생기기도 한다고 공주님이 예전에 이야기하신 적이 있을 텐데, 유필리아 님은 기억하십니까?"

"네. ……혹시 그래서?"

"응. 티르티는 그 증상을 보인 사람 중 한 명이야. 나랑 연이 있는 것도 내가 티르티의 증상을 진찰하게 되면서 만나게 된 거고."

"그랬군요……. 그래서 지금은 위험하지 않다는 건가요."

"마법을 과하게 쓰면 영혼 내부의 마력 균형이 쉽게 깨지는 체질이야. 하지만 마법을 안 쓰면 문제없어. 그래서 집에 틀어박혀서 안 나오는 거야."

팔레티아 왕국의 귀족에게 마법을 쓸 수 있느냐 없느냐는 스테이터스 중 하나다. 나와는 다른 의미로 마법을 쓰지 못하는 티르티는 사회와 연을 끊기 위해 별가에 틀어박혀 있었다.

"믿음직한 사람이긴 해. 인격에 문제가 있지만……."

"……그 증상을 빼고 봐도 인격에 문제가 있는 분인가요?"

"공주님과 동류입니다."

"일리아, 그 설명은 좀 그렇지 않아?!"

"아아…… 그렇군요. 그런 건가요."

"심지어 납득했어?!"

그런 집순이랑 똑같이 취급하는 건 섭섭해! 나는 별궁에 틀어박혀 있지만 확실하게 밖에 나간다고! 그렇게 분개하며 항의했지만 두 사람은 전혀 들어 주지 않았다. 납득할 수 없어!

* * *

우리는 마차를 타고 귀족의 저택이 늘어선 구획으로 향했다. 영지를 가진 귀족이 일시적으로 왕도에 머물기 위한 저택도 있고, 사교 시즌에는 귀족들로 붐비는 구획이었다.

클라렛 후작가의 별가는 이 귀족가의 변두리, 햇볕이 잘 들지 않는 곳에 있었다. 응달이라 저택 전체가 어두침침한 인상을 줬다. 안뜰 관리도 최소한으로만 하는지 울창하여 섬뜩한 분위기를 풍겼다.

몇 번을 와도 저택 주인인 티르티의 음침함이 반영되어 있다는 생각밖에 안 들었다.

"여기인가요……?"

유피도 조금 곤혹스러운 듯했다. 일리아는 익숙한 모습으로 우리 뒤를 따르고 있었다.

문지기에게 말하자 안에서 메이드가 나왔다. 마치 인형처럼 감정이 보이지 않는 표정이 인상적이었다.

머리는 어두운 보라색이었는데, 저택의 분위기가 음침하기도 해서 섬뜩한 인상을 줬다. 이 저택의 전속 메이드라서 내게는 이미 친숙한 얼굴이었다.

"왕녀 전하와 일리아 님, 오랜만에 뵙습니다. 그리고 마젠타 공작 영애님이시죠? 클라렛 후작가의 별가에 오신 걸 환영합니다."

"그렇게 오랜만인가? 티르티는 잘 지내?"

"네, 잘 지내고 계십니다. 그럼 안내하겠습니다. 이쪽으로 오시지요."

메이드는 전혀 표정을 바꾸지 않고 우리를 저택에 들였다. 저택의 인테리어도 검소했는데, 검소함을 넘어 공허하게 느껴질 정도였다. 유피도 그게 신경 쓰이는지 여기저기 둘러보고 있었다.

"이쪽입니다. ……아가씨, 손님을 모셔 왔습니다."

"─들여보내."

문 앞에 멈춰 선 메이드가 노크하자 안에서 여성의 목소리가 대답했다. 나른하고 의욕 없는 목소리였다. 메이드가 문을 엶과 동시에 안에서 약품 냄새가 훅 끼쳤다.

예상치 못한 코를 찌르는 냄새에 유피가 얼굴에 손을 올리고 눈썹을 찡그렸다. 나는 유피의 반응에 쓴웃음을 지으며 방에 들어갔다.

방 안에는 선반이 여러 개 있었고 다양한 약재가 비좁게 늘어서 있었다. 책상 위에는 자료와 소재, 약재를 가공하기 위한 도구가 난잡하게 놓여 있었다.

─그리고 책상 옆 의자에 앉아 나른하게 이쪽을 보고 있는 여성이 한 명.

한마디로 그녀를 표현하자면 음침하다는 말이 잘 어울렸다. 허리까지 오는 제비꽃색 머리, 이쪽을 바라보는 암적색

눈. 피부는 병적으로 하얘서 짙은 보라색 드레스가 돋보였다. 그녀가 바로 내 지긋지긋한 악우인 후작 영애, 티르티 클라렛이었다.

"오랜만에 보네? 저번에 본 건 마약 보충과 검진 때였나?"

"응. 변함없이 집에 틀어박혀 있구나. 조금은 햇빛을 쐬는 게 어때?"

"뭐? 죽으라는 거야?"

티르티는 키득키득 웃으며 입꼬리를 올렸다. 빈정거리는 웃음으로 보여서 전혀 귀엽지 않았다. 얼굴은 반듯한 편인데 음침한 인상에 묻혀서 매우 섬뜩한 분위기를 풍겼다.

"인간은 햇빛을 받는다고 죽지 않아. 오히려 햇빛을 안 받는 게 몸에 더 안 좋아."

"나는 햇빛을 받으면 건강이 나빠져. 내버려 둬."

"음험하고 음습한 버섯 영애!"

"기상천외 폭주 왕녀님이 할 말인가?"

아웅다웅하고 있으니 유피가 눈썹을 찡그린 채 내 옆에 왔다. 티르티의 시선이 내게서 유피에게로 이동해 흥미롭다는 듯 훑어보았다.

"어머, 그 아이가 마젠타 공작가의 귀한 따님? 나와 달리 진정한 천재라는."

"맞아. 유필리아 마젠타, 내 귀여운 조수야."

"……유필리아 마젠타라고 합니다. 반갑습니다, 클라렛 후작 영애."

"그냥 티르티라고 불러. 딱딱하게 예의 차리는 거 싫어하거든. 그리고 신분도 그쪽이 위잖아?"

"네에⋯⋯."

무람없는 티르티의 태도에 유피는 곤혹스러워했다. 티르티 같은 사람을 처음 접하는지, 어떤 태도를 보이면 좋을지 몰라서 곤란한 것 같았다.

"좀 더 신분에 걸맞은 태도를 보여도 좋지 않을까?"

"그걸 당신이 말하는 거야? 아니스 님."

"그러게나 말입니다."

"일리아는 누구 편이야?!"

한마디 하니 나한테까지 불똥이 튀었다. 얼버무리듯 헛기침하여 분위기를 환기했다. 그리고 이야기를 꺼내려고 하자 티르티가 먼저 입을 열었다.

"그래서? 대체 나한테 무슨 일로 왔어? 마약 조합은 혼자서도 할 수 있잖아? 굳이 종자와 조수까지 데려오고, 목적이 뭐야?"

"그걸 지금 얘기하려던 참이었어."

나는 일리아에게 눈짓했다. 내 눈짓을 알아차린 일리아가 들고 있던 짐을 책상의 빈 공간에 놓았다. 그건 거창하게 봉인된 상자였다. 일리아가 열쇠를 꺼내 열자 내용물이 드러났다.

"이건 요전번에 손에 넣게 된 드래곤의 마석 일부야."

"……흐응? 이게 말이지."

내 말을 들은 티르티가 흥미롭다는 듯 눈을 가늘게 떴다. 그 시선은 상자에 들어 있던 드래곤의 마석에 가 있었다.

보관하게 되면서 분할된 드래곤의 마석, 그 일부를 집어 들어 티르티에게 건넸다. 마석을 받은 티르티는 차분히 관찰을 시작했다.

"이번에는 이걸 써서 마약을 조합하라는 거야?"

"아니. ……이걸로 새로운 기술을 실험하고 싶어. 그래서 협력을 부탁하려고 가져온 거야."

"새로운 기술……?"

티르티뿐만 아니라 유피와 일리아도 의아한 얼굴로 나를 보았다. 여기 오면서 아무런 설명도 안 했으니 말이지. 나는 티르티를 힐끔 보았다. 내 시선의 의미를 알아차렸는지 티르티가 메이드를 보며 나가라고 턱짓했다.

우리를 안내해 준 메이드가 나간 것을 확인하고서 티르티는 뭐라고 중얼거렸다. 마법이 발동하는 전조인 발광 현상이 공중에서 일어나고 빛은 곧 흩어졌다.

"이제 이 방에서 나누는 대화는 바깥에 안 들려."

"고마워. ……얼마 전에 이 마석을 손에 넣기 위해 드래곤과 싸웠어."

"그래, 아주 요란하게 싸웠다고 들었어."

"드래곤을 쓰러뜨린 건 좋은데, 문제는 그 후야. 딱히 나쁜 일은 아니지만."

나는 한숨을 한 번 쉬고 눈을 감았다. 손으로 살며시 가슴 부근을 누르며 말을 이었다.

"드래곤은 내게 「지식」을 맡겼어."

"……뭐? 드래곤은 대화가 가능할 만큼 지능이 높았다는 거야?"

"응. 직접 뇌로 뜻을 전달했어. 그것도 흥미롭지만, 내가 티르티한테 부탁하고 싶은 건 전수받은 지식에 관한 거야."

티르티는 의자에 앉은 채 팔짱을 끼고 다리를 꼬며 계속 말하라는 듯 침묵했다.

"이 지식이 있으면 마석을 마약과는 다른 형태로 활용할 수 있을지도 몰라."

"……아하? 그래서 내 도움을 받고 싶다?"

"이 나라에서 나 다음으로 마석을 자세히 아는 사람은 티르티인걸."

"아니스 님과 어울려 지내면서 익힌 지식이지만 말이지."

"……티르티를 찾아온 이유는 또 있어. 나는 드래곤에게 「저주」받았어. 그 저주를 상세히 조사하기 위해 너한테 진찰을 부탁하고 싶어서―"

"―뭐라고?!"

티르티가 벌떡 일어나며 의자가 뒤로 쿵 넘어갔다. 그대로 내게 다가오려고 했다.

반사적으로 유피가 티르티와 나 사이에 들어오면서 내 멱살을 잡을 기세였던 티르티의 움직임이 멈췄다. 티르티는 일순 유피에게 시선을 보냈지만 이내 나를 잡아먹을 듯 바라보았다.

"아니스 님, 그런 건 먼저 말했어야지! 저주라고? 저주라고 했지?! 심지어 드래곤의, 의사소통이 가능한 지능을 가진 마물의 저주라니!"

"……관심을 보일 줄은 알았지만 생각보다 더 대단한 반응이네."

"……어떻게 된 건가요?"

유피가 티르티를 경계하는 시선을 보내며 물었다. 나는 유피의 의문에 한숨을 쉬며 말했다.

"티르티는 저주 수집가야."

"……네?"

내 대답에 유피는 무슨 말인지 전혀 모르겠다는 듯 얼빠진 소리를 냈다.

* * *

"추태를 보였네. 미안."

"무안해하는 기색도 없이 말은 잘해."

흥분한 티르티를 진정시킨 후, 우리는 다시 둥글게 앉았다.

"으음, 티르티 양……?"

"경칭 안 붙여도 돼. 유필리아 님."

"……그, 저주 수집가라는 건 무슨 뜻인가요?"

자유분방한 티르티의 태도에 얼떨떨해하면서도 유피는 의문을 입에 담았다. 질문받은 티르티는 턱에 손가락을 올리고 조금 고민했다.

"유필리아 님은 내 처지를 어디까지 알아? 내가 클라렛 후작가의 망신이라는 건 아나?"

"어디까지나 소문의 범위라면."

"그렇구나. 딱히 대단한 얘기는 아니지만 잠시 설명할까. 아니스 님이 말하길, 나는 마법을 쓰면 영혼 내부의 마력, 혹은 마력의 근본이 되는 요소의 균형이 현저히 무너지는 체질이라고 해. 그것 때문에 과거에 가학성이 높아져서 흉악한 짓을 했어."

"……얘기는 들었어요."

"그래? 아무튼 그래서 나한테 마법은 저주와 별반 다를 바가 없어."

티르티의 고백에 유피가 깜짝 놀란 표정을 지었다. 그럴 만도 했다. 팔레티아 왕국에서 정령에게 받은 가호는 축복이지 절대 저주가 아니었다. 그렇게 주장하면 주위 사람들에게 틀림없이 나쁜 인상을 준다.

그래도 티르티에게 마법은 저주와 같았다. 쓰면 쓸수록 자신이 미쳐 가니까. 티르티에게는 그것이 확고한 사실이었다.

　"그런 경험을 한지라 마법에 완전히 흥미를 잃었거든. 대신 약사가 되는 길을 택했어. 의학도 좀 배웠고."

　"그 동기는…… 자신이 고통받았기 때문인가요?"

　"티르티는 그렇게 기특한 녀석이 아니야."

　흥 하고 나도 모르게 콧방귀를 뀌고 말았다. 그런 귀여운 이유로 티르티가 약학과 의학을 연구할 리 없다는 것을 나는 잘 안다.

　"애초에 약으로도 마법으로도 치료할 수 없는 증상을 「저주」라고 불러. 티르티는 그렇게 약으로도 마법으로도 해결할 수 없는 증상을 해명하는 데서 기쁨을 느끼는 괴짜일 뿐이야."

　"정확히 말하자면 조금 틀려. 약으로도 마법으로도 해결할 수 없는 증상을 보는 걸 좋아하는 거야. 치료할 수 있는 증상에는 관심 없어. 그리고 마법을 못 쓰는 주제에 마법 연구에 목숨 거는 아니스 님에게 괴짜라는 말을 듣고 싶지 않아."

　"네네, 닮은 꼴이시죠."

　""안 닮았어!""

　일리아의 지적에 분개하자 나와 티르티의 대사가 동시에 나왔다. 서로 얼굴을 마주 봤다가 흥 하고 고개를 돌렸다.

　티르티는 마법에 부정적이고 회의적이다. 그래서 내가 마법을 쓸 수 있도록 연구하는 데 전혀 관심을 보이지 않았다. 우리의 공통점은 수수께끼가 많은 마법의 신비를 탐구하여 해명한다는 점뿐이었다.

그래서 우리는 서로를 이해는 하지만 공감하지는 못했다. 마음의 벗이라고 할 만큼 마음의 거리는 가깝지 않았고 신념도 달랐다. 그래서 우리는 어디까지나 지긋지긋한 악우인 것이다.

"뭐, 아니스 님의 조수이니 내 사고방식은 이해할 수 있겠지. 아니면 그런 거라고 그냥 포기하거나."

"무슨 뜻이야!"

후반부는 전혀 필요 없잖아! 유피도 동의한다는 듯 한숨 쉬지 마!

"그보다 본론으로 돌아가자. 드래곤의 저주라니 어떻게 된 거야? 아니스 님."

"나도 감각적으로만 알 수 있지만 저주받았다는 실감은 들어. 다만 구체적으로 이전과 어떻게 다른지 설명할 수 없다고 할까. 드래곤의 지식으로 추론할 수는 있지만……."

"아는 범위여도 좋아. 설명해 줘."

몸을 다소 앞으로 내밀며 티르티가 질문을 거듭했다. 유피와 일리아도 내게 시선을 보내고 있지만 이쪽은 나를 걱정해서 그런 것 같았다.

"감각적인 설명이 되는데, 나는 아마 점점 드래곤에 가까워질 거야."

"드래곤에 가까워진다……. 그게 무슨 뜻인가요……?"

내 대답에 유피가 불안한 얼굴로 손을 내밀었다. 그 손을 맞잡으며 나는 태연하게 웃었다.

"괜찮아. 잘 활용하면 나한테 유용해."

"유용한가요?"

"나는 마약이 없으면 마법을 못 써. 하지만 드래곤의 마석을 다른 형태로 사용하게 된다면 앞으로 마약을 안 써도 될지 몰라."

"마약과는 다른 형태로 쓴다라. 그것도 드래곤에게 받은 지식에 있었어?"

"드래곤은 그걸 바라고 내게 맡긴 거라고 생각해. 마석과 함께 말이야."

"구체적인 수단은 이미 생각해 둔 거지?"

"응. 이게 그 구상이야."

나는 마석을 담아 온 가방이 아닌 다른 가방에서 티르티에게 보여 주려고 만든 자료를 꺼냈다. 자료를 받아 훑어보는 티르티의 표정이 점차 바뀌었다.

처음에 보인 표정은 어이없음이었다. 하지만 점차 그 표정이 흥분을 띤 대담한 웃음으로 바뀌었다. 얼추 훑어봤는지 자료를 책상에 놓고 티르티가 나를 보았다.

"변함없이 파격적이네. 하지만 납득했어. 아니스 님이 드래곤에게 전수받은 지식으로 이 생각을 떠올린 거라면 확실히 저주야."

후우, 한숨을 한 번 쉬고서 티르티는 도전적으로 웃으며 나를 보았다.

"저기, 죄송한데 저도 자료를 볼 수 있을까요?"

우리끼리 이야기를 진행하는 것이 불안하다는 듯 유피가 손을 들었다. 이에 티르티가 유피에게 자료를 넘겼다.

자료를 본 유피의 미간에 점점 주름이 잡혔다. 그리고 이내 그 눈은 자료가 아닌 나를 바라보았다. 그 눈에서 보이는 감정은 어이없음뿐이었다.

"……정말로 이걸 본인에게 하시겠다고요?"

"응. 이건 나한테 필요한 일이야."

내 대답에 유피는 명백하게 떨떠름한 반응을 보였다. 하지만 뭔가를 말하려다가 크게 한숨을 쉬었다. 그리고 원망스럽다는 시선을 내게 보냈다.

유피의 반응이 신경 쓰였는지 일리아가 유피에게 자료를 받아 훑어보았다. 얼추 다 읽은 후 일리아는 눈을 감고 이마를 짚으며 한숨을 쉬었다.

"……정말로 공주님은 곤란한 분이십니다. 말려도 듣지 않을 테니 더더욱."

유피와 일리아가 얼굴을 마주 보았다. 그리고 서로 어깨를 떨구며 한숨을 쉬었다. 그런 두 사람을 보니 솔직히 미안한 기분이 들었지만, 말려도 들어줄 수는 없었다.

"물론 지금 당장 하겠다는 건 아니야. 제대로 검증하고 나서 할 거야. 그 과정에서 문제가 생기면 안 해. 그러니까 세 사람 다 협력해 줘."

"재미있어 보이니까 나는 문제없어."

티르티가 즐겁게 웃으며 고개를 끄덕였다.

"공주님께서 정말로 그러시겠다면 제게 말릴 권리는 없습니다."

일리아는 체념한 모습으로 담담히 말했다.

"……아니스 님."

"유피."

"……알고 있어요. 말리려고 해도, 전하는 정말로 필요할 때는 일절 양보하지 않으시죠. 그러니 적어도 검증만큼은 확실하게 하고 싶어요. 그게 조건이에요."

유피는 절실히 호소하듯 말했다. 그 시선을 정면으로 받으며 나는 고개를 끄덕였다.

문득 시선을 드래곤의 마석으로 보냈다. 마석은 아무런 말도 하지 않았지만 빛을 흡수하듯 반짝인 것처럼 보였다.

1장 잠깐의 평온

"그럼 아니스 님, 내일 이쪽으로 돌아올게요."

"응, 잘 갔다 와, 유피. 네르셀 님한테 안부 전해 줘."

오늘은 휴일. 별궁으로 거처를 옮긴 유피가 일시적으로 마젠타 공작가에 귀가하는 날이다. 이미 손짐은 밖에서 기다리고 있는 마부에게 맡겨서 유피는 빈손이었다.

유피를 배웅하기 위해 나도 입구까지 왔지만, 유피는 내 얼굴을 바라보며 움직이려고 하지 않았다. 고개를 갸웃하자 유피가 나와의 거리를 한 걸음 좁혔다.

"잘 들으세요, 아니스 님. 멋대로 티르티한테 가시면 안 돼요. 갈 거면 저도 같이 가야 해요."

"알고 있어. 일단 경과에는 문제가 없으니까 그렇게 걱정하지 않아도……."

"……제게 비밀을 만들지 말아 주세요. 부탁드릴게요."

부탁한다고 말하면서도 내 옷자락을 잡은 유피의 눈에는 반론을 허락하지 않는 빛이 깃들어 있었다. 몰래 비밀을 만들었다가 어떤 눈빛을 받을지 모르겠다.

상상해 보니 식은땀이 났지만, 어떻게든 유피를 마젠타 공작가로 가는 마차에 태워 보냈다. 마지막까지 나를 나무라듯 바라보는 유피를 배웅하자 자연스럽게 한숨이 나오고 말았다.

"……유피도 걱정이 많다니까. 문제없다는데도."

"그래도 걱정되는 건 걱정이 되겠죠."

지금껏 뒤에 있던 일리아가 내 옆으로 다가와 말했다. 나는 일리아의 말에 무심코 양손을 머리 뒤로 돌리고 입술을 삐죽 내밀었다.

"나도 대책 없이 시도하는 건 아니야."

"다른 사람에게 전해지지 않는다면 의미가 없어요, 공주님."

"네네, 알고 있어요~."

가벼운 잔소리에 혀를 내밀자 일리아가 춉을 날렸다. 살짝 혀를 깨문 나는 울상을 지으며 그 자리에서 까무러쳤다.

"그보다 공주님, 아까 왕성에서 전언이 있었습니다."

"전언? 왕성에서?"

"네. 유필리아 님이 마젠타 공작가로 돌아간 것을 확인하는 대로 성으로 오라고, 폐하께서 공주님을 부르셨습니다."

"으엑……."

일리아가 전한 내용에 나는 얼굴을 찌푸리고 말았다. 굳이 유피가 마젠타 공작가에 돌아간 것을 확인하고 나서 오라니, 불길한 예감밖에 안 든다.

"……나, 나는 아무 짓도 안 했어."

무심코 내가 변명하자 일리아의 눈이 게슴츠레하게 바뀌

었다. 그리고 어이없다는 듯 한숨을 쉬었다.

"티르티 님과의 실험을 눈치채신 것 아닐까요? 안 그래도 문제아인 두 분이 함께 뭔가를 하니 만나서 얘기를 들어 보려는 것일 수도 있습니다."

"윽."

나와 티르티에게는 전과가 있기에 부정할 수 없었다. 예를 들자면 마약. 만들어 버렸으니 어떤 것인지 아바마마에게 얘기는 해 둬야겠다고 생각해서 보고했었다.

그리고 호되게 혼났다. 아바마마도 내가 마법을 못 쓰는 것에 생각하는 바가 있는지 사용을 허락해 주긴 했지만.

내 단독 실험이라면 아바마마도 그렇게 경계하지 않겠지만 나와 티르티가 모이면 감시가 엄해진다. ……그리고 실제로 지금 한창 그 실험 중이기에 위험했다.

"……혼나려나?"

"안 혼날 거라고 생각하십니까?"

일리아의 물음에 나는 어깨를 축 떨궜다. 유피도 난색을 표했을 정도이니 아바마마의 반응도 예상이 갔다. 하지만 안 갈 수도 없었다.

"……도망치고 싶다."

"도망치면 더 혼날 겁니다."

……그렇겠지. 나는 체념하여 고개를 숙이고서 다시 한 번 한숨을 쉬었다.

＊　＊　＊

"……하아, 와 버렸어."

왕성에 가니 시녀가 나를 안내해 줬다. 그렇게 아바마마의 집무실로 향했다. 가는 길에 사람들이 보내오는 시선은 불편했다.

아르 군의 약혼 파기 소동, 그리고 드래곤 토벌. 이 두 가지 소동이 연달아 일어나면서 내 입장은 크게 바뀌어 버렸다.

아르 군은 지금도 약혼 파기 소동에 대한 처분으로 사정 청취를 위한 근신 중이었다. 반면 나는 그사이에 드래곤을 토벌하는 공적을 올렸다. 공적을 올리기는 했어도 여전히 소외당하고 있었고, 오히려 건드리면 안 되는 사람 취급을 받고 있었다.

아바마마의 집무실로 향하는 내게 사람들이 보이는 태도는 다양했다. 나를 피하거나, 멀찍이서 바라보며 수군거렸다.

주로 왕성에서 일하는 귀족들은 나를 안 좋게 여겼고, 반대로 기사나 시녀는 내게 호의적인 시선을 보내고 있었다. 극단적인 호의와 혐오에 인상을 쓰고 말았다.

'아~ 빨리 돌아가고 싶다……. 아바마마를 뵙고 바로 돌아가자.'

집무실에 도착하자 시녀가 문을 두드리며 들어가도 되느

냐고 물었다. 바로 입실 허락이 떨어졌기에 나는 집무실에 들어갔다.

"아바마마, 아니스피아가 왔습니……다……."

집무실 안을 보고 말끝이 움츠러들었다. 안에서 아바마마와 그란츠 공, 그리고 또 한 사람이 나를 기다리고 있었다.

그 사람과 눈이 마주친 순간, 나는 바로 몸을 돌려 집무실을 나가려고 했다. 하지만 무정하게도 내가 나가려고 한 문을 시녀가 닫아서 퇴로가 없었다.

"―잘 왔어요, 아니스."

그 목소리를 들은 순간, 등골이 오싹해지며 무릎이 후들거리려고 했다. 이 목소리를 잊은 적 따위 한 번도 없었다. 왜냐하면 내가 이 세상에서 가장 무서워하는 사람의 목소리니까……!

그 사람은 몸집이 작은 나보다도 훨씬 작았다. 외모도 나와 비슷한 나이로 보였다. 얼굴은 귀여웠고, 체격도 어우러져서 아주 사랑스러웠다.

하지만 어디까지나 생김새만 귀여울 뿐이라는 것을 나는 잘 알고 있었다. 풍기는 분위기는 매우 날카로웠고, 나를 바라보는 짙은 파란색 눈은 한껏 치켜 올라가 있었다.

허리까지 오는 빨간 머리는 땋아 묶었고, 얼굴이 움직이자 살짝 흔들렸다. 이 사람이 바로 내가 가장 무서워하며 꼼짝 못 하는 인물. 팔레티아 왕국의 현 왕비, 즉, 내 모친― 실

피느 메이즈 팔레티아였다.

"어, 어마마마······?! 왜 여기에?!"

생각지 못한 인물이 아바마마의 집무실에 있어서 나는 빽 소리를 지르며 동요를 드러내고 말았다. 그러자 어마마마가 깊이 한숨을 쉬며 나를 노려보았다. 어마마마의 날카로운 시선을 받자 자연스럽게 몸이 움츠러들었다.

"왜? 왜냐고 물었나요, 아니스? 아르가르드의 약혼 파기, 그리고 아니스가 드래곤을 토벌하면서 벌인 독단전행. 이런 보고를 듣고 어떻게 마음 놓고 외교에 힘쓸 수 있겠어요. 귀국한 건 어제지만요."

어마마마는 가시 돋친 목소리로 내게 고했다. 어마마마는 여차하면 나보다도 어리게 보이지만, 그 위압감을 느끼면 어마마마를 생긴 대로 귀여운 사람이라고 인식할 수 없게 된다. 이런 외모지만 젊었을 때는 무인으로서 솔선하여 전장에 선 여걸이었다.

팔레티아 왕국 최강이라고 불렸고, 지금도 그 힘은 건재했다. 평소에는 외교관으로서 타국을 순회하지만, 그래······ 귀국했구나······.

"······아니스. 어쨌든 앉아라."

"앗, 네."

아바마마가 조용히 권해서 나는 손님용 소파에 앉았다. 내 맞은편에는 아바마마와 어마마마가 나란히 앉았고, 측면

소파에는 그란츠 공이 앉았다.

"……그래서, 아니스?"

도, 도망치고 싶어……! 지금 당장 체면 불고하고 도망치고 싶어……! 그만큼 어마마마가 내게 가하는 압력이 엄청났다. 마치 목에 창이 들이대져 있는 것 같은 기분이었다.

"제가 없는 사이에 아주 건강히 지낸 모양이에요. 하지만 여전히 그 왈가닥 기질은 개선되지 않은 것 같군요. 오랜만에 엄마로서 교육해야 하나 고민되네요."

"네! 어마마마, 저는 대단히 반성하고 있으며, 마음을 고쳐먹어 깨끗하고 올바르게 살아가려고 합니다!"

어마마마에게 교육받는 건 절대로 싫다! 무도파인 어마마마의 교육은, 생각만 해도 몸이 떨린다. 어마마마의 교육은 실전, 즉, 육체 언어다.

나도 모험가로서 실력을 키웠고, 자신은 있지만, 어마마마와는 정면에서 싸우고 싶지 않다! 교육이란 이름의 훈련은 싫어……!

"……뭐, 좋아요. 아니스의 연구가 드래곤 토벌에 크게 공헌한 점은 높이 평가받아야 해요. 방금 한 말이 거짓말이 되지 않도록 힘쓰세요."

어마마마는 눈을 가늘게 뜨고서 나를 노려보다가 창끝을 거두듯 눈을 감고 힘을 뺐다. 나도 안도하여 한숨을 쉬고 말았다. 어마마마를 화나게 해서는 안 된다. 깊이 새겨진 트라우마 때문에 자연스럽게 그렇게 됐다.

"저기…… 혹시 설교하려고 저를 부른 건가요?"

"그건 덤이다, 멍청한 것. ……유필리아가 마젠타 공작가에 돌아간 틈에 너를 부른 거다. 본론은 그쪽이야."

"아~ 일부러 유피가 없을 때를 고른 거군요. 그래서 그란츠 공도 여기 있는 건가요?"

"네."

매일 바쁜 아바마마의 보좌인 그란츠 공은 휴일이라고 해도 왕성에 있는 게 드문 일이 아니었다. 그런데 일부러 유피의 귀에 들어가지 않도록 나를 부를 만한 일이라니 뭘까……?

내가 고개를 갸웃하자 어마마마가 말을 꺼냈다. 크흠, 헛기침한 후에 자세를 바로잡고 나를 똑바로 바라보았다.

"아니스의 기행에 관해서 여러모로 하고 싶은 말은 있지만, 이번 일만큼은 잘했다고 칭찬하겠어요."

"네?"

"약혼 파기 현장에 개입한 것 말이에요. ……오늘 아니스를 부른 건 아르가르드에 관해 할 얘기가 있었기 때문이에요."

"아르 군이요?"

"그래. 드래곤 습격과 시기가 겹쳐서 정신이 없다 보니 약혼 파기 소동에 관한 얘기를 제대로 듣지 못했거든. 겨우 정보가 정리된 참이야."

화제를 꺼낸 어마마마 대신 아바마마가 오늘 나를 부른

이유를 이야기해 줬다. 아무래도 드래곤 습격과 시기가 겹치면서 멈춰 있었던 약혼 파기 소동에 관해 이야기하려는 것 같았다.

"그래서 유피 몰래 부른 건가요?"

"……원래는 유필리아도 이야기를 듣는 게 옳겠지만, 유필리아가 어떤 상태인지는 오르펀스에게 들었어요. 지금은 가만히 두는 편이 낫지 않나요? 아니스."

"……네. 지금은, 그, 가만히 뒀으면 해요. 별궁 생활에도 겨우 익숙해졌고, 괜한 심로는 끼치고 싶지 않아요."

유피를 이 이야기에서 빼는 것에는 나도 찬성이었다. 별궁에서 생활하게 되며 유피도 많이 안정되었다.

그 영향인지 유피도 조금씩 본연의 표정을 보여 주는 일이 늘어난 것 같다. 그렇기에 지금의 유피에게 아르 군 이야기를 하는 것은 시기상조라는 생각이 들었다.

"그래서 절 부른 건가요?"

"네가 듣고 싶지 않아도 들어야만 하는 얘기야. ……그만큼 조사 내용이 심각하다고도 할 수 있지."

아바마마가 벌레 씹은 표정으로 그렇게 말했다. 이렇게나 말하는 걸 보면 그만큼 결과가 나쁜 듯했다. 이야기를 들으면 내 가슴도 무거워질 것 같다. 아주 귀찮은 일이 벌어졌을 것 같아…….

아바마마는 우울해 보였지만, 이야기하지 않으면 진행되

지 않는다는 것은 본인이 가장 잘 알고 있을 것이다. 떨어지지 않으려는 입을 열고 아바마마는 천천히 이야기하기 시작했다.

"아르가르드와 소동에 관여한 귀족 자제들에게 사정을 들었는데…… 무심코 머리를 싸맸어. 일단 시안 남작 영애를 괴롭힌 사람은 유필리아 본인이 아니라 유필리아 주위에 있던 영애들이라고 해. 그 영애들은 유필리아의 뜻을 받들어 시안 남작 영애를 모함하려 했다고 증언하고 있어."

아바마마의 이야기를 듣고 나도 무심코 인상을 쓰고 말았다. 아바마마가 머리를 싸맬 만도 했다.

"즉, 유피 본인은 아무 짓도 안 했다는 건가요?"

"유필리아가 직접 시안 남작 영애에게 쓴소리한 적은 있는 것 같지만, 듣자 하니 상식적인 범주야. 오히려 시안 남작 영애가 귀족 학원에 익숙하지 못했기에 나무라야만 하는 상황이었던 것 같아."

유피는 쓴소리를 하긴 했지만 직접 시안 남작 영애에게 위해를 가하지는 않은 모양이다. 실제로 시안 남작 영애가 받은 피해는 유피가 아닌 다른 영애의 짓이라는 거다. 그리고 영애들은 유피가 그걸 지시했다고 말하고 있고.

"확실한 증거는요?"

"지시받았다고 주장하고 있을 뿐 명확한 증거는 아무것도 없어. 주범인 영애들이 그렇게 우기고 있을 뿐이야. 누가 어떻게 괴롭혔는지 등은 특정하지 못했고, 시안 남작 영애가 과잉 반응한 것 아니냐고 말하는 자도 있어. 시안 남작 영애에 대한 괴롭힘도 종류가 다양해서 솔직히 다 파악할 수 없어."

"아주 우습게 봤군요. 유필리아가, 우리 마젠타 공작가의 딸이 타인을 모함하기 위해 그런 저속한 짓을 한다고 생각하는 자가 이렇게나 많다니."

그란츠 공의 빈정거림이 매우 날카로웠다. 감정의 온도가 전혀 느껴지지 않는 목소리라 나도 모르게 몸이 떨리고 말았다. 하지만 정말로 「구린」 이야기다.

실제로 누가 했는지도 모르고, 유피에게 지시를 받았기에 한 것이라고 주장하고 있었다.

뜻을 받들었다는 표현도 더러웠다. 유피가 직접 하라고 말하지는 않았지만 그러길 원하는 것 같았으니까, 혹은 무언의 압력을 받았기에 한 것이라는 말로도 들렸다. 아주 비겁한 변명이다.

"이제 어느 증언을 믿으면 좋을지 모르겠어. 유필리아나 시안 남작 영애와 거리를 둔 자들은 비교적 냉정한 의견을 말하고 있지만…… 거리를 두고 있었기에 무슨 일이 벌어졌는지 제대로 몰라."

"특히나 유력자의 자제들이 시안 남작 영애를 끼고돌았던 것도 원인이겠죠."

"왕태자를 비롯하여 근위 기사단장의 아들, 마법부 장관의 아들, 귀족도 무시할 수 없는 유력 상회의 아들……. 이렇게 나열하니 어떻게 반응하기 곤란하네요."

곤란하다고 말하면서도 어마마마는 적에게 덤빌 듯이 눈을 빛내고 있었다. 만약 눈앞에 문제를 일으킨 자제들이 있었다면 손찌검했을지도 모른다.

"그렇다고 당사자와 가까운 자들에게 물으면 유필리아가 잘못했다고 하거나 시안 남작 영애가 유필리아의 노여움을 산 게 잘못이라고 하며 증언이 둘로 나뉘어."

"그렇게나 증언이 이분되어 있나요?"

"그래……. 이렇게나 증언이 나뉘니 당사자에게 이야기를 들어야겠지. 조만간 시안 남작 영애를 시안 남작과 함께 성으로 부를 생각이야. 그 자리에서 영애의 됨됨이를 확인할 거다. 너도 동석하겠나? 아니스."

시안 남작 영애인가. 관심 없다고 하면 거짓말이다. 유피의 약혼 파기 장면에서 스친 전생의 기억, 지어낸 이야기로는 본 적이 있는 장면. 그 장면을 재현하듯 남자들에게 비호받으며 악역 영애를 단죄하는 발단이 된 위치의 소녀.

다만 그건 어디까지나 지어낸 이야기다. 설마 현실에서 그런 일이 일어날 줄은 몰랐고, 실제로 현장을 보기 전까지 떠올리는 일도 없었다. 그런 말도 안 되는 사건을 일으킨 소동의 중심인 레이니 시안 남작 영애는 대체 어떤 아이일까?

"동석해도 된다면 관심 있어요."

"그래. ……아무래도 조금 기묘해서 말이야."

"네? 기묘하다고요?"

기묘하다고 말하는 아바마마의 표정은 신묘했다. 뭔가 위화감을 느끼지만 원인이 분명하지 않은 듯한, 그런 불명확한 것을 끌어안고 있는 듯했다.

"시안 남작 영애에 관해 말하는 자들이 시안 남작 영애에게 동정적이야."

"동정적이요?"

"그래. ……개중에는 유필리아한테도 잘못이 있는 거 아니냐고 생각하는 자도 있었다고 해."

"……시안 남작 영애가 어떤 아이인지는 모르지만, 적어도 유피는 직접 누군가를 상처 입힐 만한 아이가 아니에요."

"그래, 알고 있다. 나도 그렇게 믿고 있어. 하지만 얘기하는 자들이 다들 시안 남작 영애에게 동정적인 게 조금 마음에 걸려."

확실히 신경 쓰이는 경향이다. 나는 유피밖에 모르니까 확실하게 말할 수 없지만, 적어도 유피가 남을 모함하거나 의도적으로 해치려고 할 것 같지는 않았다.

하지만 그렇다고 하기에는 시안 남작 영애 편을 드는 자가 아주 많다는 생각도 든다. 소동의 중심인 귀족 영식도 그렇지만, 그 밖에도 이야기를 들어 본 자들 중에서 시안 남작 영애에게는 잘못이 없다고 말하는 사람이 나왔다고 했다.

……무엇이 옳고, 무슨 일이 일어났던 걸까? 귀족 학원은 폐쇄적인 환경이 되기 쉬워서 외부에서는 자세한 내용을 파악하기 어려웠다.

보이지 않는 곳에서 뭔가가 움직이고 있는 듯한, 그런 기운이 느껴졌다. 아무 일도 없다면 좋겠지만, 그랬다면 이런 상황이 되지 않았겠지.

"아니스. 너는 엉뚱하기는 하지만 너한테만 보이는 것도 있을 거다. 확인할 때 힘을 빌려줘야겠다. 그리고 앞으로는 왕족으로 서야 할 때도 늘어날 거다. 명심해 둬라."

"으엑……."

"……으엑?"

"크, 크흠! 크흠! 아무것도 아닙니다, 어마마마!"

나도 모르게 싫다는 소리를 내고 말았지만 곧장 어마마마의 꾸지람이 들려서 헛기침하며 무마했다. 어마마마의 눈은 날카롭고 여전히 차가웠지만 나는 필사적으로 눈을 피했다.

나와 어마마마의 모습을 지켜보던 아바마마는 피곤한 듯 미간을 짚고 깊이 한숨을 쉬었다.

"……하려고 한 얘기는 이걸로 끝이다."

"어? 시안 남작 영애 일로 끝이에요?"

"그렇다만. ……왜, 또 뭔가 저질렀나?"

"아뇨, 전혀 요만큼도요!"

티르티를 만나고 있는 건 문제 되지 않은 모양이다! 다행이다, 세이프! 약혼 파기 소동으로 바빠서 나에 대한 주목도가 떨어졌을지도 모른다.

……좋아, 추궁당하기 전에 도망치자! 더 할 얘기는 없는 것 같으니까!

"그럼 저는 이만……."

"기다리세요, 아니스."

도망치려고 엉덩이를 뗐을 때, 어마마마가 나를 노려보았다. 바로 움츠러들며 다시 앉고 말았다. 으, 으으! 도, 도망치고 싶어!

"……유필리아에게 폐를 끼치고 있는 건 아니겠죠? 아니스."

"그, 그렇지 않아요……."

"어머…… 제대로 눈을 맞추지 않는 건 켕기는 일이 있기 때문일까요?"

"아, 아닙니다! 저는 유피가 마음 편히 지낼 수 있도록 분골쇄신의 정신으로 하루하루를 보내고 있습니다!"

"……그럼 다행이고요. 잘 들어요, 아니스. 가뜩이나 이번 일은 왕가의 과실이에요. 마젠타 공작가에 크게 폐를 끼쳤고 은혜를 입었어요. 이번에야말로 마젠타 공작가의 충성에 보답하기 위해 왕족으로서 부끄럽지 않도록 행동하세요. 애초에 이번 드래곤 토벌도 그래요. 고위 모험가라지만 왕족이 제일 먼저 뛰어들다니 대체 무슨 생각인가요? 그것도 유필리아까지 데리고서……!"

"으, 으아아아! 결국 설교하잖아요! 아바마마 거짓말쟁이!!"

"조용히 하세요!"

오거처럼 눈을 치켜뜬 어마마마가 일갈하여 나는 울상을 지으며 자세를 바로잡을 수밖에 없었다.

그런 나를 아바마마가 어이없다는 듯, 동정한다는 듯 보는 것이 인상에 강하게 남았다. 그란츠 공에 이르러서는 딴청을 피우고 있었다.

으으으으, 불쌍히 여길 거면 도와줘! 그렇게 생각하며 나는 조곤조곤 설교하는 어마마마에게 맞장구를 칠 수밖에 없었다…….

* * *

"……호된 일을 당했어."

나는 왕성 복도를 비틀비틀 걸어가며 투덜거렸다. 어마마마에게 호되게 야단맞아 정신력이 심각하게 소모되었다. 덕분에 돌아가는 발걸음도 불안했다.

"……그나저나."

나는 문득 발을 멈추고 생각하고 말았다. 유피에 관해. 더 정확히 말하자면 귀족 학원에서 유피에게 무슨 일이 있었는지. 그게 더 궁금해지고 말았다.

나는 귀족 학원에 다니지 않았다. 그래서 귀족 학원이 어떤 곳인지도 자세히 모른다.

귀족 학원에서 유피는 어떻게 지냈고, 다른 사람에게 어떻게 보였을까? 나는 유피가 착한 아이라는 걸 안다. 하지만 그건 약혼을 파기당한 후의 유피다. 그 전까지 유피는 완벽한 영애로 통했을 터다.

학원에 있을 적의 유피에게도 원인이 있어서 시안 남작 영애가 비호받는 것일지도 모른다. 하지만 그걸 본인에게 묻기는 망설여진단 말이지…….

'그리고 유피는 자신에게 무심한 구석이 있고…….'

그 일은 유피에게도 상당한 상처가 됐다. 그 상처를 다시 벌리고 싶지는 않았다. 그렇다면 다른 사람에게 이야기를 듣는 편이 좋겠지만, 적당한 상대가 있는 것도 아니었다.

내가 아는 또래 귀족이라고는 티르티밖에 없고, 티르티도 학원에 안 다니니까…….

"음? 아니스피아 왕녀님. 왕성에서 가만히 서 계시다니 별일이군요."

그때 내게 말을 거는 사람이 있었다. 나는 그 목소리에 퍼뜩 놀라고 말았다. 말을 걸어온 사람이 스프라우트 근위 기사단장이었기 때문이다.

"스프라우트 기사단장, 안녕하세요."

"안녕하십니까. 그런데 무슨 일이십니까? 왕성에 계신 것도 드문 일인데요."

"아바마마와 어마마마가 부르셨거든요. 설교예요, 설교."

어깨를 으쓱이며 불만스럽게 말하자 스프라우트 기사단장은 쓴웃음을 지었다.

"아니스피아 왕녀님을 걱정하셔서 그런 겁니다. 그리고 무모한 짓을 하신 건 사실이니까요. 순순히 야단맞는 것도 자식이 할 일입니다."

"그런 걸까요……."

야단맞는 게 일이라니 싫다. 그렇게 생각했을 때, 내 뇌리를 스친 것이 있었다. 나는 스프라우트 기사단장의 얼굴에 시선을 주고 그 얼굴을 응시하고 말았다.

갑자기 내가 응시하자 스프라우트 기사단장은 눈을 동그랗게 떴다. 내가 눈을 돌리지 않으니 곤혹스러워하며 눈썹을 모았다.

"저기, 아니스피아 왕녀님? 왜 그러십니까?"

"스프라우트 기사단장, 부탁이 있는데요!"

"……왠지 불길한 예감이 들지만, 무슨 부탁일까요?"

스프라우트 기사단장은 어색하게 쓴웃음을 지었지만, 나는 활짝 웃으며 그의 손에 내 손을 포갰다.

"갑작스럽지만— 오늘 스프라우트 기사단장의 저택에 찾아가면 안 될까요?"

* * *

스프라우트 근위 기사단장에게는 아들이 있다. 아들의 이름은 나블 스프라우트. 아르 군이 약혼 파기 소동을 일으켰을 때, 아르 군 편에 서서 유피를 규탄한 사람 중 한 명이다.

"……설마 아들에게 직접 이야기를 듣고 싶다고 하실 줄은 몰랐습니다."

"저도 무관계하지는 않으니까요!"

지금 나는 스프라우트 기사단장과 함께 마차를 타고 스프라우트 백작가의 저택으로 가고 있었다. 귀족 학원에서 무슨 일이 있었는지 나블 군에게 듣기 위해서였다.

스프라우트 기사단장은 내게 검술을 가르쳐 주는 등 예전부터 교류가 있던 상대다. 내가 모험가로 활동하면서 각지의 기사단을 돕기도 해서 내게 호의적인 사람 중 한 명이었다.

그 호의를 이용하는 짓을 해서 미안하긴 하지만, 당사자에게 이야기를 들을 수 있다면 그게 가장 좋았다. 상대는 유피를 규탄한 사람 중 한 명이다. 어째서 유피를 규탄해야만 했는지 직접 듣고 싶었다.

"나블 군의 상태는 어때요?"

"……차분해 보이지만 제 이야기는 듣지 않더군요."

평소에는 온화한 분위기인 스프라우트 기사단장이 벌레 씹은 표정을 지었다. 그렇군, 완전히 반항기네. 귀족 자제로서 그래도 되나 싶긴 하지만.

그래도 자신이 옳다고 생각해서 일을 벌인 걸 테고, 어떻게 반응하면 좋을지 모르겠다.

"……시안 남작 영애에 관해 들었나요?"

"예. 아니스피아 왕녀님은 폐하께 들으셨습니까?"

"네. 시안 남작 영애에게 동정적인 자도 많다고 들었어요……."

"아무래도 아들도 그중 한 명인 것 같습니다. 어째서 그렇게 시야가 좁아졌는지 따져 묻고 싶습니다. 기사단장의 아들로서 매일 부끄럽지 않게 행동하려고 했을 텐데……."

스프라우트 기사단장의 태도에서 나블 군에 대한 곤혹과 실망이 느껴졌다. 기대했기에 실망한 것일 테고, 설마 자기 아들이 약혼 파기 소동에 가담할 줄은 몰랐을 것이다.

"시안 남작 영애의 처지에 동정할 점은 있다고 생각하지만……."

"으음, 시안 남작은 원래 평민이었죠?"

"네, 그리고…… 시안 남작 영애는 날 때부터 귀족 영애였던 건 아닙니다."

"어? 그런가요?"

"네. 하지만 모친이 귀족의 피를 물려받았을 가능성은 큽니다. 시안 남작이 모험가 시절에 사랑했던 여성의 아이이고 모친은 이미 죽었다고 합니다."

"어? 그런 사정이 있었어요?"

"네. 고아원에서 생활하는 딸을 시안 남작이 우연히 발견하여 그대로 집에 들였다고 합니다. 조사하면서 마법 재능이 있다는 걸 알고 귀족 학원에 입학하게 된 겁니다."

"흐응…… 그건 확실히, 뭐랄까, 복잡한 경위네요……."

즉, 시안 남작 영애의 모친이 귀족의 피를 물려받았을 가능성이 있다는 거다. 세습 귀족들은 안 좋게 생각할 것 같다.

"시안 남작 영애의 모친이 죽어서 진상은 알 수 없지만요. 하지만 원래 평민이었으면서 마법 재능이 있다는 것도 반감을 산 이유일지도 모릅니다."

"그렇군요. 모험가로서 활약한 사람을 귀족으로 삼는 건 원래 그런 재능을 나라에서 거두기 위한 정책일 텐데 말이죠."

아바마마의 아버지, 즉 내 할아버지 대에 시행된 정책이다. 내가 태어났을 즈음에는 할바마마가 안 계셨기에 이야기를 들었을 뿐이지만.

팔레티아 왕국의 역사는 길어서 귀족의 피가 평민과 섞이는 일도 늘고 있었다. 사랑의 도피를 하거나, 신분을 유지할 수 없어지거나. 그래서 잠재적으로 평민 중에도 마법 소양을 가진 자들이 있었다. 시안 남작 영애도 그런 사람 중 한 명일지도 모른다.

"솔직한 의견을 듣고 싶은데, 스프라우트 기사단장은 이번 일을 어떻게 생각하나요?"

"정확히 어떤 걸 말씀하시는 겁니까?"

"유력자의 아들들이 남작 영애 한 명에게 모조리 홀린 것 말이에요. 저는 그 부분이 영 석연치 않아요……."

"……조사 결과를 보면 결백하다고 말할 수밖에 없습니다."

스프라우트 기사단장은 석연치 않은 모습으로 그렇게 중얼거렸다.

"시안 남작 영애가 있었던 고아원과 시안 남작 부인의 친가 등도 조사했지만 신경 쓰이는 점은 없었습니다."

"흠…… 음모일 가능성은 없다는 건가요?"

"확실하게 그렇다고 단언할 수는 없지만…… 적어도 시안 남작 영애가 관여하지는 않았을 겁니다."

"그렇다면 더더욱 이상하네요……."

정말 반해서 약혼 파기 소동을 일으킨 건가? 그건 그것대로 문제인 것 같은데. 만약 그렇다면 휘말린 유피가 너무 불쌍하지 않아?

그렇게 생각하고 있으니 마차가 멈췄다. 스프라우트 백작가의 저택에 도착한 모양이다.

나는 스프라우트 기사단장의 에스코트를 받아 스프라우트 백작가의 저택에 들어갔다.

"여기가 나블의 방입니다."

"고마워요, 스프라우트 기사단장."

방까지 안내해 준 기사단장에게 웃으며 감사를 표했다.

자, 먼저 인사부터 해야지. 그렇게 생각하며 나는 방문을 노크했다.

"—누구냐?"

그러자 안에서 뾰족한 목소리가 들렸다. 당장에라도 으르렁거릴 것처럼 저기압인 목소리를 듣고 나는 한숨을 쉬듯 웃고 말았다. 그렇군, 확실히 반항기인가 보네. 그렇다면 나도 생각이 있다. 나는 결심하고 숨을 크게 들이마셨다.

"돌격! 옆집 방문!!"

"잠시만요오오오?!"

기세를 몰아 문을 뻥 걷어찼다. 옆에서 기사단장이 경악했지만 신경 쓰지 않는다! 의표를 찌르려면 기세가 중요하다!

방 안에 있던 나블 군은 눈을 크게 뜨고서 경계하고 있었다. 마치 도적이 침입한 듯한 반응이었다. 좋아, 예상대로다! 이대로 밀어붙인다!

"움직이지 마! 나는 아니스피아 윈 팔레티아 왕녀다!"

"허?"

"오랜만이야, 나블 스프라우트 군!"

"……예? 아니, 그…… 어?"

어떻게 반응하면 좋을지 모르겠다는 듯 나블 군의 시선이 방황했다. 내 뒤에서는 기사단장이 머리를 싸매고 있는 것 같았다. 하지만 신경 쓰지 않는다!

그대로 멍하니 있는 나블 군과 거리를 좁혀 양손을 악수하듯 잡고 위아래로 흔들었다. 가만히 내가 하는 대로 따르던 나블 군은 마침내 현실을 인식했는지 허둥거리기 시작했다.

"와, 왕녀 전하?! 어? 어어?!"

"으음~ 좋은 반응이야. 같은 핏줄이란 게 느껴지네요, 스프라우트 기사단장!"

"대체 뭐 하시는 겁니까?!"

"얼마나 왕족답지 않은 인사를 할 수 있을지 의표를 찔러봤어요!"

"이해할 수가 없습니다……!"

내 대답에 스프라우트 기사단장이 머리를 싸맸다. 나블 군은 아직 믿을 수가 없다는 얼굴로 나를 바라보고 있었다. 흐흥, 기선 제압은 충분하려나!

"자, 나머지는 젊은 사람들끼리 어떻게든 할게요. 안내해 줘서 고마워요!"

"예? 잠깐."

다시 부술 기세로 문을 쾅 닫았다. 그러자 방에는 나블 군과 내가 남았다. 아빠가 있으면 얘기하기 힘든 것도 있을 테니까.

"그런고로 오랜만이야, 나블 군!"

"예? 아, 네…… 격조했습니다……?"

아직 충격이 다 가시지 않았는지 나블 군은 멍하니 대답했다.

기사단장과 아주 닮은 진녹색 머리에 연한 벌꿀색 눈. 키가 크고 선이 얇지만 미덥지 못한 느낌은 주지 않았다. 전형적인 미형 기사님이었다.

평범한 여자라면 내버려 둘 수 없는 외모였다. 나블 군 관찰은 그쯤 하고 나는 본론을 꺼냈다.

"너한테 묻고 싶은 게 있어서 왔어. 근신 중이라서 강행 돌파…… 크흠, 연락 없이 온 거야."

"……아니스피아 왕녀님이 제게 뭐가 궁금하셔서?"

만남의 충격이 가셨는지 나블 군이 표정을 다잡고 물었다. 경계하고 있다는 게 훤히 보였다. 나블 군과는 친해질 만큼 얘기한 적이 없으니 어쩔 수 없었다. 가끔 근위 기사단에서 본 적이 있는 정도였다.

"단도직입적으로 물을게. 어째서 유필리아 마젠타를 규탄했는지 그 진의를 묻고 싶어."

내가 묻자 나블 군의 표정에 불쾌함이 어렸다. 나를 향한 기운이 단숨에 뾰족해졌다. 근신 중인 이유를 건드렸으니 당연한 반응이었다.

"오해하지 않았으면 하는데, 나는 널 비난하려고 여기 온 게 아니야."

"……뭐라고요?"

"내가 유피를 조수로 삼았다는 건 알지? 내가 유피 편이라는 건 부정하지 않겠지만, 그렇다고 해서 널 어떻게 할 생각은 없어."

"······그 말을 믿으라는 겁니까?"

못 믿겠다는 것처럼 나블 군이 내뱉었다. 나는 그런 나블 군의 태도에 씩 웃었다.

"반대로 묻겠는데, 내 어떤 부분을 못 믿겠다는 거야?!"

"그걸 본인 입으로 말하는 겁니까?!"

적반하장 격으로 말하자 나블 군이 이해할 수 없다는 듯 소리쳤다. 완전히 페이스가 무너진 것을 보고 나는 바로 입을 열었다.

"갑자기 얘기하라는 것도 가혹한 일이지. 하지만 솔직히 네 사정 따위 알 바 아니야."

"알 바 아니라고요······?"

"나는 너희의 치정극에 얽힌 감정을 이해할 수 없고, 나라가 기울지 않는 선에서는 마음대로 해도 된다고 생각해. 하지만 유피에 관한 건 별개야. 그 아이는 내가 받았어. 그 아이가 고민하는 일이라면 해결해 주고 싶고, 그리고 이번 일은 아무래도 마음에 걸려. 그래서 너한테 자세한 이야기를 들으러 온 거야. 나블 군도 납득할 수 없잖아?"

"······그건."

내 말을 듣고 나블 군의 표정에 쓸쓸함이 퍼졌다. 감정을 전혀 숨기지 못하는 것부터가 불만이 있다고 말하는 것과 같았다.

"유피에 대한 불만이라면 내가 들어 줄 수도 있어. 어차피 한동안 유피는 표면적으로 나서지 못할 테고, 다시 아르 군의 약혼자가 될 일도 없어. 적어도 현시점에서 다음 약혼은 절망적이고, 유피의 미래는 송두리째 뽑혔다고 해도 과언이 아니야. 이렇게 엄청난 일이 일어났는데도 나는 뭐가 뭔지 전혀 모르겠어."

거기서 한 번 한숨을 쉬고 다시 나블 군을 보았다. 새삼 유피의 현재 상황을 읊어 보니 심각했다. 그렇기에 나는 알고 싶었다.

"학원 내부의 일은 외부에서 알 수 없어. 그래서 궁금해. 너희가 무슨 생각으로 행동했는지. 나라를 운영하는 자에게는 머리 아픈 얘기겠지만, 나는 남한테 피해만 안 준다면 마음대로 해도 된다고 생각해. 하지만 나랑도 관련이 있게 됐으니 이야기를 듣고 싶어지는 것도 자연스러운 일이잖아?"

내 물음에 나블 군은 아무 대답도 하지 않았다. 그저 표정을 굳히고서 날카로운 눈으로 나를 뚫어져라 볼 뿐이었다. 정말 무엇이 나블 군을 이렇게 고집스럽게 만드는지 알 수 없었다.

"나한테는 여럿이서 유피를 모함한 거로밖에 안 보여. 어쩌면 시안 남작 영애가 국가 전복을 노리고 음모를 꾸민 걸지도 모른다는 의심마저 하고 있어."

"―레이니는 그런 걸 바라지 않아!"

내가 말한 추측을 부정하며 나블 군이 고함쳤다. 하지만 나는 어쨌든 왕녀다. 역시 자신의 태도가 좋지 않았다고 생각했는지 얼굴을 찌푸렸다.

"왕족이라고 신경 쓰지 말고 마음대로 발언해도 돼. 꼬투리 잡지 않을 거니까. 나는 그저 너의 본심을 듣고 싶어. 내가 알기로 아르 군은 바보가 아니고, 나블 군도 어리석다고 생각하지 않아. 사람은 잘못을 저지르지만, 아무 전조도 없이 멍청해지다니, 무슨 일이 있었길래 그러나 궁금하잖아?"

아르 군은 평범할지도 모르지만 어리석지는 않다. 아르 군에게 요구되던 것은 개인의 재능보다 주위를 잘 이끌 수 있는지였다.

그래서 아바마마는 학원에서 아르 군이 인심을 장악하길 기대했을 테고, 유피와 잘 되기를 바랐다. 일이 이렇게 되어서 가장 아쉬워하고 있는 사람은 아바마마겠지만, 나도 안타깝게 여길 만한 정은 남아 있었다.

"나는 유피 측의 이야기만 들었고, 애초에 유피에게 잘못이 있다면 고쳐야 한다고 생각해."

내 말에 나블 군이 의심스럽다는 듯 노려봤다. 그런 나블 군을 마주 노려보며 나도 눈에 힘을 줬다.

"나한테 유피는 솔직하고 노력가인 착한 아이야. 앞으로 귀족 사회에 돌아갈 수 없을 만큼 명예가 훼손됐어도 조수로 둘 거면 문제는 없어. 하지만 이 일을 방치하면 안 될 것 같다는 기분이 들어. 그래서 확실히 해 두고 싶어."

나는 주눅 들지 않고 똑바로 나블 군을 바라보며 분명히 말했다. 먼저 꺾인 사람은 나블 군이었다. 겸연쩍은 듯 이리저리 시선을 옮겼다. ……이 상태라면 얘기를 들을 수 있으려나?

"……서서 이야기하기도 뭐하니 앉을까요."

체념한 듯 나블 군이 의자를 뺐기에 얌전히 의자에 앉았다. 내가 자리에 앉자 나블 군도 맞은편에 앉았다.

"……솔직히 너무 뜬금없는 말을 들어서 술수에 걸려든 기분이지만."

"하하하, 글쎄 어떠려나?"

얼버무리듯 웃자 나블 군이 피곤한 얼굴로 한숨을 쉬었다. 조금 미안하긴 하지만 이번 일은 확실히 해 두고 싶으니까.

"그럼 본론. 유피를 규탄한 건 네 뜻이지?"

"……네. 서는 레이니가 부당한 내우를 받고 있다고 들었고, 마찬가지로 그 얘기를 들은 아르가르드 님이 제안해서 규탄하기로 했습니다."

"아르 군이 말을 꺼냈구나. 원래부터 유피와는 사이가 좋지 않았다고 했던가?"

"……아니스피아 왕녀님이 유필리아 양을 어떻게 생각하시는지 모르겠지만, 제가 보기에 유필리아 양은 차가운 사람이었습니다. 완벽하기에 누구도 범접할 수 없는…… 그런 사람이요."

"흐응~? 유피가 그렇게 차가웠어?"

"어디까지나 제가 보기에는 그랬습니다."

나블 군이 살피는 듯한 시선을 보냈다. 유피가 차갑다는 말을 듣고 내가 어떻게 반응하는지 보는 거겠지.

솔직히 그건 그것대로 좋지 않나 싶다. 유피는 언젠가 왕비가 될 거였다. 필요 이상의 정을 가질 필요가 없다고 생각한다면 유피의 태도는 옳다.

"유피에 대한 나블 군의 평가가 신경 쓰이지만 지금은 됐어. 어쨌든 아르 군의 주도로 약혼을 파기하고 규탄했다는 거구나. ……그래서?"

"……그래서라뇨?"

내가 묻자 나블 군이 의아한 표정을 지었다. 그 대답에 나는 어깨를 으쓱였다.

"아니, 그래서 너희는 어떤 이익을 얻을 거였냐고."

"이익, 이익이라니…… 저희는 잘못을 바로잡으려고!"

"그런 건 어찌 되든 좋아. 이 얘기에 정의로움 같은 말은 꺼내지 마. 감정론으로 얘기해 봤자 아무것도 해결되지 않아."

격앙하려는 나블 군에게 못을 박았다. 잘못을 바로잡고 정의를 관철한다. 좋은 일이다. 하지만 그건 이야기 속에서만 그렇다. 정치 세계에서 그러면 곤란해진다. 그게 감정론일 뿐이라면 더더욱 그렇다.

"내가 말하는 너희의 이익이라는 건, 유피가 저지른 악행을 공표하고 레이니 양에게 사죄시켜서 레이니 양의 입장을 좋게 만들고 싶었다든가. 이런 걸 이익이라고 할 수 있겠지?"

"……듣고 보니 그럴지도 모르겠습니다."

"그렇구나. 너희가 그렇게 생각하고 행동한 걸 보면 유피는 어지간히 남의 의견에 귀를 기울이지 않는 아이였나 봐? 그건 확실히 차갑네."

내 말에 나블 군이 당황한 시선을 보냈다. 응? 뭐야? 나는 단순히 사실을 확인했을 뿐이다. 무엇이 발단이 되어 어떤 경위를 거쳤는지 알아내고 싶을 뿐이다.

"아니스피아 왕녀님은, 유필리아 양의 편이죠……?"

"보호하고 있으니 유피 편이지만. 유피가 잘못했다면 그건 바로잡아야 한다고 생각해. 실제로 유피는 과도한 정을 주지 않으려고 하는 구석이 있었고."

파고들 틈이 없었기에 미움받았을 것이다. 완벽하기만 해서는 적을 만든다. 지금의 상황을 초래한 이유 중 하나였다. 하지만 그렇다고 해서 빈틈을 보여야 하냐고 묻는다면 어려운 문제다.

완벽해지고자 한 것은 잘못이 아니다. 완벽만을 고집해 버린 것이 잘못이었다고 생각한다.

"오해하지 않았으면 해서 말하는데, 내가 유피를 감싸는 건 아르 군이 일방적으로 유피를 규탄했기 때문이야. 분명하게 서로 합의하여 이야기를 나눴다면 나도 끼어들지 않았어. 아, 미안. 파티장에는 끼어들었지⋯⋯."

그 우연이 없었다면 나는 과연 이렇게까지 유피를 감쌌을
까? 재야에 방치된 재능이 아까워서 결국 스카우트하러 갔
을 가능성은 있지만.

"애초에 너희는 왜 유피와 대화하지 않은 거야? 유피는
교섭을 거부할 만큼 완고했어?"

내 물음에 나블 군이 표정을 바꿨지만, 그 반응은 굉장히
기묘하게 느껴졌다. 마치 갑자기 찬물을 맞은 듯한, 그런 아
연한 반응이었다.

"⋯⋯그, 건. 듣지 않을 거라고, 생각해서."

"정말 들으려고 안 했어? ⋯⋯혹시 갑자기 규탄한 거야?
경고도 없이?"

내 물음에 나블 군이 표정을 굳히고 입을 다물어 버렸다.
입을 닫은 나블 군을 보고 나는 한숨이 나오는 것을 막을
수가 없었다. 역시 그건 이상하다고 생각해야 한다.

"나블 군, 잘 생각해 봐. 내가 보기에 너희는 전쟁을 벌이
면서 선전 포고도 없이 유피를 함정에 빠뜨리려고 한 거야."

"그건 너무 거창하지 않습니까?!"

"귀족의 자존심이 걸렸으니 전쟁이나 마찬가지지. 나블 군
은 갑자기 누군가가 「네 행동은 잘못됐으니 너를 규탄하겠
다!」라고 한다면 입 다물고 있을 거야?"

내가 지적하자 나블 군의 안색이 점차 나빠졌다. 이내 입

가를 가리고 등을 굽혔다. 아니라며 작게 중얼거리는 소리가 들렸다. 어딜 어떻게 봐도 이상했다.

나블 군이 진정되길 기다리기 위해 입을 다물었다. 한동안 아무 말도 하지 않고서 고개를 숙이고 있던 나블 군은 느릿하게 고개를 들어 나를 보았다.

"……다시 묻고 싶습니다. 왜 제게 얘기를 들으러 오신 겁니까……?"

"무슨 일이 일어났고, 무엇이 문제였는지 알고 싶었을 뿐이야. 문제를 일으켰다면 반성하면 돼. 속죄해야 한다면 마땅한 곳에 얘기하고. 꾸짖는 정도로 넘어갈 수 있다면 웃어넘기기 위해. ……나도 물어봐도 돼?"

완전히 얌전해진 나블 군이 여전히 안 좋은 안색으로 고개를 끄덕였다.

"레이니 양에게 반했었어?"

나블 군은 눈을 질끈 감았다. 기억을 떠올리려는 것처럼.

"……가련한 아이라고 생각했습니다. 동시에 아련해서 지켜 줘야 한다고 생각했습니다. 레이니는 힘들어도 남들이 모르도록 미소 짓는 그런 아이였으니까. 그래서 반했냐고 묻는다면, 저는 레이니에게 끌렸던 걸지도 모릅니다. 그건 부정할 수 없습니다……."

"……그렇구나. 원래는 귀족이 아니라고 했던가. 그랬는데 갑자기 귀족 학원에 들어와서 곤란해하고 있다면 도와주고 싶어지겠지. 레이니 양이 착한 아이라면 더더욱 그렇겠고."

이해 못 하는 바는 아니다. 나도 그 자리에 있었다면 손을 내밀고 싶다고 생각했을지도 모른다. 하지만 그래도 나블 군이 한 짓은 용서받을 수 없다.

"어째서 힘으로 해결하기로 한 거야? 나는 그게 이해가 안 되고, 그게 너희의 실수라고 생각해. 규탄하자는 말을 꺼낸 사람은 아르 군이라고 했지?"

"네⋯⋯."

"그거, 레이니 양은 기뻐했어?"

"예?"

멍하니 있던 나블 군이 내 질문에 화들짝 고개를 들었다. 나는 고개를 든 나블 군의 얼굴을 똑바로 바라보며 물었다.

"레이니 양은 기뻐했냐고 물었어. 그렇게 해 달라고 레이니 양이 말했어? 내가 받은 인상으로는, 이런 형태로 해결돼서 다행이라고 기뻐할 아이가 아닌 것 같은데."

내 말에 나블 군이 얼어붙은 것처럼 움직임을 멈췄다. 마치 마법이 풀린 것처럼 덜덜 떨기 시작하더니 자신의 양팔을 잡고 몸을 움츠렸다.

"⋯⋯저는, ⋯⋯나, 는⋯⋯ 그저, 레이니를 생각해서, 그게, 레이니를 위한 일이라고⋯⋯ 나는, 무슨 짓을 한 거지⋯⋯?"

양손으로 얼굴을 덮어 버린 나블 군의 혼잣말에 나는 아무런 대답도 하지 않았다. 당사자가 아닌 나는 관측한 사실만을 말할 수 있었다. 어쩌면 내가 모르는 시점에서 봤을 때는 올바르게 좋은 결과로 귀결되는 것처럼 보였을지도 모른다.

하지만 내가 보기에는 도저히 잘 정리될 것 같지 않은 행동이었다. 어떻게 굴러가도 실패할 뿐인 일을 실행했으니 어리석다고 말할 수밖에 없었다.

"……사랑은 열병과 비슷하다고 하지. 네가 한 일은 뒤집을 수 없지만, 너는 병에 걸렸던 거야. 그건 동정의 여지가 있을지도 몰라. 내가 해 줄 수 있는 말은 안타깝다는 말 정도지만."

아무래도 이런 상태인 나블 군을 몰아붙이는 말은 할 수 없었다. 그러자 나블 군이 얼굴을 들고 나를 바라보았다. 힘을 잃은 눈은 하릴없이 흔들리고 있었다.

"……아니스피아 왕녀님이 보기에 저희는 틀렸습니까?"

"너희가 일으킨 일의 결과를 스스로 잘 생각해 봐. 혈기가 가시면서 사랑의 열도 많이 식었지? 시점을 바꾸는 건 사물을 탐구하는 데 필수적인 기능이야."

"……엄한 분이군요."

나블 군은 어깨를 축 떨구고 고개를 숙여 버렸다. ……여기 더 있어 봤자 나블 군만 괴로우려나. 이쯤에서 물러나야겠다.

"마지막으로 물을게. 레이니 양은 누군가를 모함하는 아이가 아닌 거지?"

"……네. 저는 그렇게 생각합니다."

"그렇구나. 그럼 불행한 엇갈림이었네. 어쩌면 모두가 잘못한 걸지도 몰라. 분명 나블 군만 잘못한 건 아니야."

자리에서 일어나 나블 군에게 등을 돌렸다. 듣고 싶었던 건 전부 들었다. 이제 나블 군이 어떻게 되든 나는 아무것도 해 줄 수 없다. 그저 힘내라고, 그렇게 말할 수밖에 없다.

내가 떠나려고 하는 것을 알아차렸는지 나블 군이 고개를 숙인 채 힘없는 목소리로 물었다.

"저도 묻고 싶습니다. ……아니스피아 왕녀님이 보시기에 유필리아 양은 어떤 사람입니까?"

"유피는 오로지 왕비만 될 수 있었던 아이야. 왕을 내조하고 나라를 이끄는 상징이 되기 위해 자아를 죽였어. 그래서 차가워져 버린 상냥한 아이야. 왕비라는 무게를 짊어져서 그 외의 길을 택할 수 없었어. 그런 아이야."

"……그런가요. 감사합니다."

나는 돌아보지 않고 뒤에 있는 나블 군에게 말했다.

"이건 괜한 참견이지만, 아무리 치명적인 실수를 해도 자식에게 손을 내미는 부모는 의외로 있어. 그렇게 느꼈다면 대화하는 걸 추천해."

나블 군의 대답은 듣지 않았다. 문을 열고 방을 나갔다. 그러자 밖에 서 있던 스프라우트 기사단장과 눈이 마주쳤다.

스프라우트 기사단장은 뭐라고 말하기 어려운 표정으로 나를 보더니 아무 말도 하지 않고 고개를 숙였다.

스프라우트 기사단장의 옆까지 갔을 때, 나는 발을 멈추고 말했다.

"……스프라우트 기사단장, 혹시 모르니 충고해 둘게요."

"……충고요?"

"왠지, 불길한 예감이 들어요. ……들어맞지 않는다면 좋겠지만."

그 말만 하고서 나는 입을 닫았다. 스프라우트 기사단장도 나를 더 추궁하지 않았다.

그대로 나는 스프라우트 기사단장 옆을 지나쳐 입구로 향했다. 뭐라고 말하기 어려운 불길한 예감을 가슴에 품고서.

* * *

—나블 군의 이야기를 듣고 난 뒤로 아무래도 불길한 예감을 지울 수 없었다.

나는 공방에 들어가 생각에 잠겼다. 하지만 아무리 생각해도 답은 나오지 않았다. 이 불길한 예감을 지우기에는 정보가 부족했다. 이 예감은 직감인데, 그 직감이 어디서 오는 것인지 분명하지 않았다.

'……레이니 시안 남작 영애.'

무슨 일이 일어날 것 같았다. 하지만 수중의 정보를 어떻게 정리해도 명확해지지 않았다. 그게 답답하고 찜찜했다.

어떻게든 찜찜함을 불식하려고 했지만 아무것도 떠오르지 않았다. 기분을 전환하기 위해 숨을 내쉬고 고개를 드니 눈앞에 유피의 얼굴이 있었다.

"으악?! 유, 유피?!"

"……드디어 눈치채셨군요. 지금 돌아왔습니다."

"어, 어서 와."

유피가 기척을 지우고 있었는지, 아니면 내가 전혀 눈치채지 못한 건지. 어쨌든 유피의 시선이 따가웠다. 나무라는 듯한 부루퉁한 눈으로 나를 보고 있었다.

"스프라우트 백작가를 방문하셨다던데?"

"……일리아가 얘기했구나……?"

그걸 왜 말하는 거야, 일리아. 무심코 둘러대려고 했지만 말이 잘 나오지 않았다. 잘못을 인정하듯 시선을 피하자 유피가 깊이 한숨을 쉬었다.

"비밀을 만들지 말아 달라고 했잖아요?"

"……굳이 얘기할 일도 아닌 것 같아서."

"스프라우트 백작가에는 뭐 하러 가셨던 건가요?"

비밀은 허락하지 않겠다는 듯한 유피의 압력이 여실히 느껴졌다. 나는 그 압력에 굴복하여 자백하고 말았다.

"……시안 남작 영애에 관해 물어보러……."

"……그게 다인가요?"

"그리고, 유피를 왜 규탄했는지도."

"……왜 갑자기 그런 걸 조사하기 시작하신 건가요? 어제 무슨 일이 있었나요?"

유피의 물음에 나는 입을 닫으려고 했다. 하지만 유피는 나와 시선을 맞추기 위해 내 뺨에 손을 올려 자신을 보게 했다. 유피의 절실한 눈을 보니 역시 말할 수밖에 없었다.

"……그게, 아바마마가, 시안 남작 영애의 됨됨이를 확인하기 위해 조만간 소집할 건데 그 자리에 동석할 거냐고 물어서…… 그래서 어떤 아이인지 알아보려고……."

"굳이 제가 집에 돌아간 사이에 말이죠."

"아바마마랑 어마마마는 배려해 준 거야. 유피에게 부담이 가지 않도록……."

"……실피느 왕비님까지. 돌아오셨군요."

유피의 손이 내 뺨에서 떨어졌다. 유피는 한 손으로 이마를 짚고 고개를 숙이며 한숨을 쉬었다.

나는 민망해져서 의미도 없이 공방 안을 둘러보고 말았다.

"……저는 그렇게 미덥지 못한가요?"

"유피?"

"확실히 괜찮다고 잘라 말할 수는 없어요. ……하지만 저는 전하의 조수예요. 조수이고 싶어요. 그런데 폐만 끼칠 뿐 미덥지 못하다고. 그런 말을 들은 것 같아서 조금 슬퍼요."

"아, 아니야! 유피가 미덥지 못해서 그런 게 아니라 유피를 상처 입히고 싶지 않았던 거야! 안 그래도 충격을 받았잖아? 괜히 고민거리를 주고 싶지 않았어……."

유피의 말에 나는 벌떡 일어나서 그녀의 어깨에 손을 얹고 말했다. 그러자 유피가 내 손을 잡았다. 그대로 양손으로 움켜쥐듯 잡고서 품으로 가져갔다.

"그래도, 그건 제가 짊어져야 할 책임이에요. ……아니스 님이 괜찮다고 생각하신다면 저도 같이 짊어지고 싶어요. 혼자 두고 가는 건, 싫어요."

"……유피."

유피의 손은 살짝 떨리고 있었다. 하지만 나를 똑바로 보는 시선은 아주 필사적이었고 강한 빛으로 가득 차 있었다.

정말로 이 아이는 너무 강해지려고 한다. 더 약해져도 되는데. 하지만 그렇게 내가 신경 쓰는 것도 분명 유피에게는 괴로운 일이다. 그렇다면 유피가 바라는 대로 하는 게 가장 좋다는 생각이 들었다.

"……숨기려고 해서 미안해."

"네. 제발 함께 짊어지게 해 주세요. 제 일이니까요."

"응, 알겠어."

한 걸음 거리를 좁혀 유피를 끌어안았다. 보호받기만 해서는 납득하지 않을 것을 알고 있었을 텐데, 약혼 파기와 관련된 일만큼은 직접 말하기가 어려웠다.

본인도 말했지만 괜찮다고 잘라 말할 수 없을 것이다. 그래도 유피가 말해 달라고 하니, 입 다물고 있는 것이 더 불성실한 일이다.

"……잘 정리된 것 같군요."

"일리아."

나와 유피의 대화가 일단락된 것을 가늠한 듯 일리아가 공방에 들어왔다. 나는 일리아를 뚱한 눈으로 보고 말았다. 유피에게 숨기지 않는 편이 좋다고 생각을 고쳤지만, 일리아가 말하지 않았으면 들키지 않았을 거라는 생각도 들었다.

내 뚱한 눈길을 알아차린 일리아가 무표정을 유지한 채 눈만 가늘게 떴다.

"두 분을 생각해서 그런 겁니다. 제가 쓸데없는 짓을 한 걸까요?"

"아뇨, 고마워요. ……아니스 님, 일리아도 걱정해서 그런 거예요. 아니스 님이 뭔가 고민하고 계셨으니까요."

……고민하고 있었던 건 사실이고, 그것 때문에 걱정하게 만들었으니 반론할 여지가 없었다. 눈썹을 찌푸리면서도 나는 아무 말도 할 수 없었다.

"공주님이 그토록 고민하시는 일도 드무니까요."

"무슨 일이 있었나요?"

"……무슨 일이 있긴 했는데, 나도 안 좋은 예감만 들 뿐 확실히 말할 수가 없어."

"안 좋은 예감……?"

유피가 의아한 표정을 지었다. 하지만 일리아는 달랐다. 무표정이 조금 무너지며 싫다는 표정을 지었다.

"……공주님이 안 좋은 예감을 느끼셨다니. 그건 참으로 불길하군요."

"일리아?"

"공주님이 안 좋은 예감을 느끼면 정말로 안 좋은 일이 일어날 때가 많습니다. 공주님은 많은 문제를 일으키지만 그 동기는 대체로 선의입니다. 그런 공주님의 감은 대체로 악의에 반응합니다."

"그런가요?"

"우연이라고 생각하지만……."

내가 불길한 예감을 느낄 때는 확실히 뭔가 악의가 작용할 때다. 모험가로 활동할 때도 느낀 적이 적잖이 있었다. 부정한 의뢰이거나, 의뢰에 가려진 사건이 있는 등. 내 불길한 예감은 높은 확률로 들어맞는다.

정말로 위험한 일을 제외하고 내 감에 걸리는 것은 주로 마법부의 높으신 분이 내게 가하는 방해 공작이나 괴롭힘이다. 일리아가 말한 대로 악의에 반응한다고 해도 부정할 수 없다. 인정하고 싶진 않지만.

"……그렇다고 해도, 나는 뭐에 불길한 예감을 느끼는 걸까?"

"공주님도 모르시는 건가요?"

"그래서 찜찜해!"

"아니스 님은 시안 남작 영애에 관해 이야기를 듣고 오셨죠?"

유피가 시안 남작 영애의 이름을 꺼내서 조금 걱정이 됐지만 너무 신경 쓰지 않으려고 하며 대답했다.

"맞아. 어떤 아이일까 싶어서. 하지만 아무래도 그런 음모를 꾸밀 만한 아이는 아닌 것 같아……."

"네, 저도 그렇게 생각해요. ……시안 남작 영애가 악인이라는 생각은 안 들어요."

"유피도?"

"시안 남작 영애의 행동에 쓴소리를 한 적이 있는데 본인도 반성하는 것 같았어요. 충고를 안 듣는 아이는 절대 아니었고, 개선하려고 하는 것처럼 보이기도 했어요. 오히려 제가 선불리 말을 꺼내서 아르가르드 님에게 눈총받기도 했고, 그렇다면 그냥 사율에 맡기는 게 낫겠다고 생각했을 정도예요……."

시안 남작 영애는 유피가 보기에도 나쁜 아이가 아니었나. 그래서 동정적인 사람이 많나? 하지만 그렇다고 유피가 잘못한 게 되는 건 아니잖아? 아무래도 그 부분이 마음에 걸렸다.

"……시안 남작 영애에 관한 정보가 부족해."

"불길한 예감은 시안 남작 영애에게 느끼시는 건가요?"

"……모르겠어. 다만 이 상황 자체가 기분 나빠."

"상황 자체가요?"

"그걸 확실히 말할 수 있다면 좋겠지만…… 아아, 답답해!"

확실히 말할 수 있는 것은 이 상황이 뭔가 이상하게 느껴진다는 것뿐이었다. 하지만 어디에 위화감을 느끼는지 분명치 않았다. 그게 찜찜해서 고민이 됐다.

"뭔가, 시안 남작 영애의 됨됨이와 상황이 안 맞는 것 같아."

"……그런가요?"

"응. 그래."

"어떻게 안 맞는데요?"

"유피가 보기에도 시안 남작 영애는 다른 사람의 얘기를 듣는 아이고, 처지가 복잡해서 관심이 가는 것까지는 그나마 이해해. 하지만 그런 얌전한 아이를 지키기 위해 굳이 약혼 파기에 단죄까지 꺼내 드는 건 이상하지 않아?"

"……그건, 이상할까요?"

"나는 그렇게 생각해. 아르 군도 대체 무슨 생각인지……. 아아, 찜찜해……."

이 상황에 이른 원인을 파악할 수 없었다. 그게 찜찜했다. 역산해 보려고 해도 상황 증거로는 원인까지 도달할 수 없었다. 마치 안개가 낀 것처럼 손에 잡히지 않았다. 그게 속절없이 기분 나빴다.

"고민해도 답이 나오지 않는다면 일단 뒤로 미루는 게 낫지 않을까요? 불길한 예감이 드는 건 확실한 것 같지만, 신경을 곤두세우고 있으면 피곤하기만 하지 않습니까."

"······으음~ 그것도 그런가."

"맞아요. 일단은 쉬죠, 아니스 님."

일리아와 유피가 한목소리로 쉬라고 하니 거절하기도 미안했다. 걱정 끼치고 있고.

상황은 보이기 시작했는데 그 원인을 영 모르겠다.

대체 이 약혼 파기의 이면에 무엇이 있는 걸까. 그냥 넘어갈 수 없을 듯한 기운이 점점 강해진다.

그리고 그 중심에 있는 건······ 아르 군이다. 나와 같은 피를 물려받은, 나와 연을 끊은 동생. 이 나라의 왕으로서 차세대를 이끌어야만 했을 텐데.

'······정말로 뭐 하고 있는 거야? 아르 군······.'

가슴에 남아 있는 그리운 과거의 잔영이 따끔하게 가슴을 찔렀다. 그 아픔을 지우듯 나는 고개를 좌우로 흔들어 의식 바깥으로 쫓아냈다.

2장 운명의 소녀

"잘 어울리십니다, 공주님."

"……그것참 고마워."

나는 일리아가 화장해 준 내 모습을 보고 넌더리를 내고 말았다. 시안 남작 영애가 아바마마를 알현하는 날이 순식간에 찾아왔고, 나도 그 자리에 참석하기 위해 왕녀다운 옷차림으로 갈아입었다.

필요한 일이라는 건 알지만 꾸미는 건 싫다. 우울하게 한숨을 쉬고 말았다.

"아니스 님."

"유피."

내 준비가 끝난 것을 확인한 것처럼 유피가 안에 들어왔다. 유피는 평소와 같은 사복 차림이었다. 오늘 유피는 같이 가지 않기 때문이다.

"아리따우세요."

"인사치레는 됐어. 그럼 갔다 올게."

"……사실은 저도 동석하고 싶지만, 제가 있으면 이야기가 꼬일 것 같으니까요. 별궁에서 아니스 님이 돌아오시기를 기다릴게요."

불안한 표정을 지으며 유피는 그렇게 말했다. 유피도 시안 남작 영애가 신경 쓰이는 듯했다. 하지만 유피가 동석하는 건 나도 반대하고, 아바마마와 어마마마도 허락하지 않을 것이다. 별궁에서 기다리라고 할 수밖에 없다.

"제대로 확인하고 올게. 아무 일도 없으면 좋겠는데."

얼마 전부터 느끼는 불길한 예감의 정체는 여전히 불분명했다. 오늘 알현에서 위화감의 정체를 알게 되면 좋겠지만. 그러려면 시안 남작 영애를 제대로 확인해야 했다.

나와 일리아는 배웅해 주는 유피에게 등을 돌리고 왕성으로 향했다. 우리가 왕성에 도착하자 시녀가 대기실로 안내해 줬다.

왕족을 위한 대기실이었다. 대기실에서 어마마마가 우아하게 앉아 차를 마시며 기다리고 있었다. 반사적으로 발길을 돌리려고 했지만 일리아에게 어깨를 잡혔다.

"실피느 왕비 폐하, 격조했습니다."

"일리아, 딸이 항상 폐를 끼치고 있어. 정말 고마워."

"과분한 말씀입니다."

일리아가 내 어깨에서 손을 떼고 인사했다. 어마마마는 그런 일리아를 만족스럽게 바라보았다.

"정말 아니스에게는 아까운 종자야. ……아니스, 일리아의 헌신을 허사로 만들지 마세요. 알겠나요?"

"알고 있어요……."

"……정말이지 이 아이는. 아르가르드와는 다른 의미로 머리가 아파."

그렇게 어이없다는 모습으로 한숨 쉴 것까진 없잖아요. 일리아에게 신세 지고 있다는 자각은 있고, 확실하게 보답하고 싶다고 생각은 한다. 얼마 없는 내 편이라고 할 수 있는 사람이라서 이제는 가족과 같았다.

"은퇴하고 싶어도, 너희가 잘해 주지 않으면 언제까지고 은퇴할 수 없어……."

"예? 어마마마, 은퇴하시려고요?!"

어마마마는 평생 현역일 줄 알았는데. 그러자 어마마마가 부루퉁한 눈으로 나를 노려보았다.

"당연하죠. 언제까지고 제가 외교관 자리에 앉아 있을 수도 없잖아요? 후진이 양성되지 않으니 문제지요. 저도 계속 젊지는 않으니까요."

"……어마마마가 하실 말은 아닌 것 같아요."

보는 사람에 따라서는 나와 자매라고 착각할 듯한 어마마마가 젊지 않다니, 솔직히 말해서 농담으로만 들렸다. 외교관은 몰라도 무인으로서는 평생 현역이겠죠, 어마마마.

"……어머, 아니스는 내가 아주 젊다고 생각하는 모양이네요. 기뻐라. 그렇게 엄마랑 대련하고 싶나요?"

"그렇지 않습니다! 후진을 키우는 것도 중요하니까요! 어마마마의 생각은 훌륭합니다!"

"그렇게 바로 변명할 거면 처음부터 상대의 반응을 생각하고 말하세요. 아니스가 왕위 계승권을 포기해도 왕족의 일원이라는 사실은 변함없어요. 위에 서는 자로서 상대의 반응을 살피고 그에 맞춰 반응하는 것도 필요한 일이에요. 듣고 있나요? 아니스!"

히이이익! 왜 얼굴을 마주할 때마다 설교를 들어야 하는 거야. 불합리해! 도움을 청하려고 일리아를 봤지만 나와 눈을 맞추려고 하지 않았다! 매정해!

"지금부터 시안 남작 영애의 됨됨이를 확인해야 하는데……알고 있는 건가요? 아니스."

"으으, 알고 있어요……."

"……직감은 발동했나요?"

어마마마의 물음에 나는 불퉁했던 표정을 진지한 얼굴로 되돌렸다. 지금부터는 진지한 이야기를 하려나 보다.

"적어도 시안 남작 영애에게는 아무런 의도도 없는 것 같아요."

"그렇군요. 그래도 감에 걸리는 게 있는 거네요?"

"확실하진 않지만."

"아니스의 감은 무시할 수 없으니까요. 저도 눈치채지 못하는 것, 생각하지 못하는 시점은 아니스의 무기예요. 사소한 것이라도 눈치챈다면 경계하세요."

"어마마마는 어떻게 생각하세요?"

내 물음에 어마마마가 살짝 눈을 찡그리고 나를 보았다. 사적인 부분을 빼면 내가 어마마마에게 겁먹을 일은 없다. 이건 필요한 대화이니 위축될 때가 아니었다. 나와 시선을 맞춘 것도 잠깐, 어마마마는 눈을 돌리고 대답했다.

"저는 모르겠어요. 하지만 뭔가가 일어나고 있는 건 사실이에요. 아니스 같은 감이 발동한 건 아니지만, 조심하는 게 가장 좋다고 생각해요."

"……그렇군요."

내 위화감은 정말로 직감이지만, 어마마마는 인생 경험으로 뭔가 위화감을 느끼고 있는 듯했다. 그건 아마 아바마마도 마찬가지일 것이다. 그래서 굳이 알현 자리를 마련한 거겠지.

"이렇게 말하면 좀 그렇지만…… 아니스에게 그 직감이 있기에 참석시켜야 한다고 생각한 거예요."

"어마마마?"

"아니스는 엉뚱하고 파격적인 딸이지만 신뢰하고 있어요. 뭔가 눈치채면 바로 알리세요. 알겠죠? 절대 혼자 튀어 나가지 마세요."

"……네, 어마마마. 감사합니다."

솔직히 말해서 어마마마가 어렵게 느껴질 때도 있다. 하지만 싫지는 않았다. 엄격하고, 이길 수 없다고 생각하는 상대지만, 조금이나마 나를 인정해 줬다. 확실하게 엄마라는 실감이 들었다. 그렇기에 늘 고맙게 여겼다.

그리고 가족이기에, 내가 할 수 있는 일로 도와줄 수 있다면 그러고 싶었다. 유피를 위한 일이기도 하고, 시안 남작 영애가 어떤 아이인지 제대로 확인해야겠다.

"─실피느, 아니스피아. 시간 됐다."

노크하고 아바마마가 안에 들어왔다. 나랑 어마마마를 부르러 왔나 보다.

대기실에 일리아를 남겨 두고서 그대로 가족끼리 알현실로 갔다. 알현실에는 최소한의 인원만 있었다. 호위도 스프라우트 기사단장을 비롯하여 아바마마의 심복뿐이었다.

나도 분위기를 파악하고 왕족으로서 부끄럽지 않도록 등을 곧게 펴고서 기다리고 있으려니 두 인물이 알현실에 왔다.

한 명은 거한이었다. 짙은 갈색 머리와 날카로운 회색 눈이 특징적이었고 체격은 튼튼했다. 그 모습은 그야말로 압권이었다.

그런 거한이 귀족풍으로 입고 있으니, 실례지만 전혀 안 어울렸다. 이 사람이 드래거스 시안 남작. 원래 모험가였다는 게 납득이 가는 풍모였다.

그리고 시안 남작의 한 발짝 뒤에서 따라 들어온 사람은 약혼 파기 현장에서 아르 군 옆에 있었던 영애─ 레이니 시안 남작 영애였다.

반지르르한 흑발과 내리뜬 회색 눈. 시안 남작 옆에 서니

가냘픈 체구가 두드러졌다. 외모가 매우 청순했고, 낙심한 듯한 얼굴은 근심에 차 있었다. 그야말로 박복한 미소녀라는 말이 잘 어울리는 아이였다.

"시안 남작. 그리고 그 딸 레이니여. 잘 왔다."

무릎 꿇은 시안 남작과 레이니 양에게 아바마마가 말했다. 시안 남작은 가여울 정도로 몹시 긴장한 모습이었다. 커다란 몸이 작게 움츠러든 것처럼 보일 정도였다.

"고개를 들라. 발언을 허락하겠다."

"예! 제 불초한 딸이 이번에 대단히 큰 무례를 범하였습니다! 아무쪼록, 아무쪼록 관용을 베풀어 주시기 바랍니다!"

얼마나 필사적인지, 고개를 들어도 된다고 했는데도 시안 남작은 깊이 머리를 숙인 채였다. 당장 석고대죄라도 할 기세였다. 게다가 그 체격에 걸맞은 우렁찬 목소리로 간청하며 자비를 구하기 시작했다.

그런 시안 남작을 보고 아바마마는 조금 인상을 썼지만 바로 표정을 되돌렸다. 그리고 다시 한 번 시안 남작에게 고개를 들라고 했다.

"진정해라, 시안 남작. 이 자리를 마련한 것은 진실을 소상히 밝히기 위함이다. 진실을 모른 채 누군가를 문책할 생각은 추호도 없다. 일단은 마음을 편히 가지도록."

"……예, 실례했습니다. 폐하의 말씀이 깊이 사무칩니다."

여전히 긴장한 표정이었지만 시안 남작은 마침내 고개를

들었다. 어떻게 봐도 초췌했다. 시안 남작도 괴로운 입장이었다. 부친으로서 고생한다는 점에서는 아바마마와 똑같을지도 모른다.

그런 시안 남작에게서 나쁜 인상은 받지 않았다. 시안 남작의 태도를 보고 부모의 교육이 잘못됐을 가능성도 내 안에서 사라졌다. 그렇게 생각하며 레이니 양에게 시선을 옮겼다. 여전히 무릎 꿇고 있는 레이니 양의 표정은 보이지 않았다.

"아르가르드와 유필리아의 약혼은 원래부터 난항을 겪고 있었다. 그러던 차에 아르가르드가 그대의 딸에게 다가가 정을 통한 것이라고 나는 인식하고 있다."

"저, 정이라니……. 신분을 생각하면 당치도 않은 일입니다. 첩이라면 모를까, 정당한 약혼자를 밀어낼 생각 따위 딸은 하지 않았습니다."

"그럼 아르가르드가 일방적으로 구애했다는 것인가?"

"그, 그런 뜻은 아닙니다! 확실히 레이니는 양녀라서 귀족으로서의 교육이 불충분합니다. 그래서 학원에서는 왕자님께 수고를 끼치기도 한 모양이지만, 그 도움에 감사할지언정 정을 통하고 싶었던 것은 아닐 터……."

"하지만 아르가르드는 레이니 양을 위해 의분에 사로잡혀 약혼 파기와 탄핵을 결단했다. 이건 사실이지. 거기에 정이 없을 것 같지는 않군."

아바마마의 말에 시안 남작은 황송하다는 듯 어깨를 움츠렸다. 아바마마는 레이니 양에게로 시선을 옮겼다.

"레이니 시안. 고개를 들라."

아바마마가 말하자 레이니 양이 천천히 고개를 들었다. 금방이라도 사라져 버릴 듯한 아련함, 얼굴에 긴장은 있지만 감정의 색은 보이지 않았다. 그 눈은 허무를 담은 것처럼 빛이 느껴지지 않았다.

제대로 보니 정말로 사랑스러운 아가씨였다. 이 아련한 분위기가 사라지고 미소 짓는다면 남자들이 눈길을 빼앗기는 것도 납득이 간다. 유피와는 특색이 다른 미소녀였다. 다만 솔직히 말하자면 표정도 어우러져서 사람이라는 생각이 안 들었다. 인형이라고 해도 일순 믿을 것 같았다.

"발언을 허락한다. 솔직히 묻겠는데…… 그대는 아르가르드와 정을 통한 것 아닌가?"

아바마마가 묻자 레이니 양에게 주목이 모였다. 그런 가운데, 레이니 양은 입을 열었다.

"―아니요."

그 목소리가 너무 예뻐서 순간 귀를 의심했다. 단 한마디로 이 자리를 지배한 듯한 착각이 들 만큼 귀에 쏙 들어오는 목소리였다.

"당치도 않습니다. 저는 그런 과분한 생각은 하지 않았습니다. 아르가르드 님에게 호감이 없었다고 한다면 거짓말입

니다. 하지만 왕가의 미래를 암담하게 만들 생각은 전혀 없었습니다."

낭랑히 말하는 목소리에 모두가 귀를 기울였다. 눈을 내리뜨는 동작도, 살짝 숨을 내쉬기 위해 떨린 입술의 움직임조차 놓치지 않겠다는 듯.

얼마나 침묵이 이어졌을까. 레이니 양의 분위기에 삼켜졌다가 정신을 차린 것처럼 어깨를 흠칫한 아바마마가 헛기침했다.

"……그런가. 그대의 말에 거짓은 없는 것 같군."

상황이 정리되며 온화한 공기가 흐르기 시작했다. ─반면나는 위화감을 느끼고 있었다.

'기분 나빠……'

마치 얇은 막이 처진 듯한 감각이 퍼져 나갔다. 누구도 아바마마에게 뭐라고 하지 않았고 어쩔 수 없다는 듯 시선을 내리고 있었다. 어마마마조차 그랬다.

레이니 양은 나쁘지 않다는 인식이 모두에게 퍼져 나갔다. 그 분위기에 점점 위화감이 심해져서 기분 나빠졌다.

불현듯 「등」에서 열이 느껴졌다. 등에서 생긴 열이 전신을 휘돌았고, 열에 자극된 몸이 근질거렸다. 그리고 그 근질거림이 내 뜻과는 별개로 몸을 멋대로 움직였다.

"─프엣취!!"

내 재채기가 공간을 침묵시켰다. 레이니 양에게 향했던 시선이 내게 집중되었다. 인식에 막을 치는 듯한 위화감이 사라진 대신 싸늘한 시선이 차례차례 내게 꽂혔다.

'……아, 이런. 어마마마의 웃음이 엄청나. 나중에 죽을지도 몰라.'

어마마마는 웃는 얼굴로 당장에라도 내 목을 날려 버릴 듯한 압력을 가하고 있었다. 아바마마는 어깨를 부들부들 떨고 있었고, 시안 남작은 눈을 동그랗게 뜨고서 나를 보고 있었다.

그리고 레이니 양도 놀라서 멍하니 입을 벌리고 있었다. 아무도 움직이지 못하는 가운데, 아바마마가 움직였다.

"……아니스…… 너란 녀석은…… 대체 어디까지……!"

"아, 아니에요! 아바마마! 발언을 허락해 주세요! 저 아니스피아, 진언드리고 싶습니다!"

"변명이라면 듣지 않겠다!"

"아니에요! 부디 시간을 주세요!"

"에잇, 코라도 풀고 싶은 게냐!"

"장난치는 게 아니라 진지한 얘기예요!"

내가 호소하자 노발대발하던 아바마마도 뭔가 위화감을 느꼈는지 똑바로 나를 응시했다. 나도 아바마마를 똑바로 보며 우선 숨을 가다듬었다.

"아바마마, 일단 사람들을 물려 주시겠어요?"

"뭐라고? 뭘 하려는 거냐? 아니스."

"레이니 양에게 조금 묻고 싶은 게 있어요. 이건 레이니 양의 존엄을 해칠 가능성이 있기에 최대한 사람을 줄인 상태에서 확인하고 싶어요."

"예……?"

내 제안에 가장 먼저 반응한 사람은 내게 이름을 불린 레이니 양이었다. 의도를 전혀 파악하지 못했는지, 레이니 양은 왕녀인 나에게 지명당해 얼굴이 파래진 것 같았다.

"……뭔가 신경 쓰이는 점이 있었나? 아니스."

"네, 아바마마. 이 나라의 왕녀로서 물어야 할 일이에요."

"……흠."

평소에는 그다지 쓰지 않는 내 입장을 전면에 내세워 아바마마에게 진언했다. 레이니 양에 대한 의심을 깨끗이 지웠던 아바마마는 내가 대체 뭘 신경 쓰는지 모르겠다는 얼굴로 고민했다.

그런 아바마마의 결단을 어마마마가 도왔다. 어마마마는 표정을 다잡고 나를 바라보며 아바마마의 등에 살며시 손을 올렸다.

"그렇게 하죠, 폐하."

"실피느……?"

"저는 아니스의 직감을 믿어요. 이 아이가 이렇게까지 말하는 걸 보면 뭔가를 알아낸 걸지도 몰라요. 진위를 확실히 가리는 건 그다음에 해도 좋겠죠."

어마마마의 말에 아바마마는 인상을 썼다. 나와 레이니 양을 번갈아 보고 작게 침음을 흘렸다. 아바마마가 결단하기 전에 시안 남작이 앞으로 나왔다.

"자, 잠시만 기다려 주십시오, 아니스피아 왕녀님! 딸은 정말로 아무것도 꾸미지 않았습니다……!"

"진정하세요, 시안 남작. 저는 레이니 양을 비난하거나 문책하려고 말을 꺼낸 게 아니에요."

"하지만!"

"부디 저를 믿어 주세요. 레이니 양에게 위해를 가할 생각은 전혀 없어요."

내 말 따위 믿을 수 없다며 트집을 잡을지도 모르지만, 이번만큼은 왕녀라는 직함을 내세워서라도 확인해야 했다. 어마마마가 제일 먼저 내 판단을 믿어 준 것은 솔직히 고마웠다.

뜬금없는 내 제안에 알현실에 모인 이들이 수군거렸다. 그다지 긍정적인 분위기는 아니지만, 어마마마가 제일 먼저 나를 지지했기에 반론을 꺼내기 어려운 상황인 것 같았다.

"아니스피아 왕녀 전하, 너무 갑작스러운 제안이지 않습니까?"

"……샤르트뢰즈 백작."

그런 가운데 유일하게 앞으로 나와서 내게 쓴소리한 사람은 풍채가 좋은 은발 남성이었다. 그가 바로 마법부의 장관인 샤르트뢰즈 백작이었다. 크게 나온 배가 무겁다는 듯 어루만지고 있었다. 그 불룩한 배는 나잇살인지, 운동 부족 때문인지. 아니면 그만큼 유복한 생활을 누리고 있는 건지. 솔직히 말해서 칠칠맞지 못한 체형이었다.

딱 보기에는 온화해 보이지만 생김새만 그럴 뿐이다. 옛날부터 이 사람은 온갖 말로 나를 비꼬았고, 서로를 불구대천의 원수로 여기고 있었다. 그래도 마법부의 장관이라 상담역으로서 이 자리에 있는 것이었다.

샤르트뢰즈 백작은 알현실에 있는 자들을 둘러본 후 이어서 발언했다.

"연약한 영애를 추궁하기 위해 사람을 물리려고 하시니 겁을 안 먹을 수가 없지 않겠습니까?"

아주 밉살스러운 표현에 나는 웃는 가면을 쓰고 대응했다.

"샤르트뢰즈 백작의 말도 이해해요. 하지만 아무래도 저 말고 눈치챈 사람이 없는 것 같아서 말을 꺼내게 됐어요. 만약 제 생각이 틀렸다면 레이니 양에게 애먼 혐의를 씌우게 될 수도 있어요. 남들이 다 보는 앞에서 왕족에 의해 혐의를 쓰게 되면 치명적이잖아요? 그래서 레이니 양과 직접 이야기하고 싶어서 말을 꺼낸 거예요."

"혐의? 아니스피아 왕녀 전하는 시안 남작 영애를 의심하시는 겁니까?"

샤르트뢰즈 백작의 눈이 가늘어지며 나를 꿰뚫을 듯한 압력을 가해 왔다. 그 압력에 지지 않도록 나는 배에 힘을 주고 가슴을 쭉 폈다.

"제 제안에 불만이라도 있나요? 샤르트뢰즈 백작."

"……아뇨. 왜 전하가 그렇게까지 고집스럽게 레이니 양과 직접 이야기하려고 하시는지 의문일 뿐입니다. 전하가 보호한 유필리아 양을 위해 레이니 양을 위협하려는 건 아닐까 해서 말입니다."

……알현실의 분위기가 단숨에 싸늘해졌다. 가장 싸늘해진 사람은 분명 다름 아닌 나일 것이다.

"—하고 싶은 말은 그게 다인가요? 샤르트뢰즈 백작."

내가 듣기에도 이상할 만큼 냉랭한 목소리였다. 속에서 부글부글 끓어오르는 분노와 비례하여 머리는 차게 식었다.

"일단은 왕족으로서 이 자리에 참석한 제가 그런 짓을 할 거라고. 그렇게 생각하고 있다고 받아들여도 되는 거겠죠? 샤르트뢰즈 백작."

내 물음에 샤르트뢰즈 백작의 눈썹이 일순 치켜 올라갔다. 굳이 왕족임을 강조해서 말한 것은 왕가 사람에게 그렇게 말해도 되겠느냐는 최종 확인이었다.

"……아뇨, 아니스피아 왕녀 전하는 정이 많은 분이지만, 잘못된 판단을 하실 가능성도 있기에 충언드린 것입니다."

"그렇다면 불필요한 걱정이에요. 이 자리에서 제 역할은 진실을 도출하는 것. 그러기 위해 누구의 편도 들지 않을 거예요. 레이니 양에게 위해를 가하거나 협박하지 않을 것을 정령에게 맹세합니다."

주먹을 심장 위에 올리고 선언했다. 마법부의 장관이라면 정령에게 맹세까지 한 이 선언을 함부로 취급할 수 없을 터. 아니나 다를까 샤르트뢰즈 백작의 얼굴이 알기 쉽게 일그러지는 것이 보였다.

"왕녀 전하가 이렇게까지 말씀하셨네. 그렇다면 우리는 물러나야 하지 않겠나?"

"마젠타 공작……."

험악한 분위기가 되어 가는 상황을 그란츠 공이 수습했다. 그란츠 공은 내게 한 번 시선을 보냈다가 아바마마를 보았다.

그란츠 공의 시선을 받으면서 아바마마도 마침내 생각이 정리됐는지 나를 봤다가 주위로 시선을 돌렸다.

"내가 허락하겠다. 아니스와 레이니 양의 대화 자리를 마련하지. 그러니 다들 일단 물러나라."

아바마마가 확실하게 선언하자 신하들은 조용해졌다. 그리고 한 명씩 인사하고서 알현실을 떠났다. 마지막까지 남아 있던 샤르트뢰즈 백작도 아무 말 없이 알현실을 떠났다.

"저, 저도 동석시켜 주십시오! 아니스피아 왕녀 전하!"

시안 남작이 내 앞까지 나와 무릎을 꿇었다. 사람이 적어지면서 앞으로 나올 수 있었는지 필사적인 모습으로 내게 간청했다.

그런 아버지의 뒷모습을 불안하게 바라보는 레이니 양이 보였다. 나는 슬쩍 한숨을 쉬고서 무릎을 굽혀 시안 남작과 눈높이를 맞췄다.

"시안 남작, 저는 정말로 남작의 딸에게 위해를 가할 생각이 없어요. 그러니까 저를 믿고 밖에서 기다려 줄래요?"

"……윽, 하지만……!"

"시안 남작, 그 이상은 역시 무례합니다. 저와 함께 물러나죠."

"마젠타 공작……."

그란츠 공이 시안 남작을 나무랐다. 공작까지 이렇게 말하니 더는 매달릴 수 없었는지 시안 남작은 분한 얼굴로 입을 다물었다. 그란츠 공을 따라 알현실을 뒤로하면서 불안하게 레이니 양을 바라보는 것이 인상적이었다.

그렇게 사람들이 떠난 후, 아바마마와 어마마마, 그리고 나와 레이니 양만 남았다. 레이니 양은 당장에라도 쓰러질 듯 새파란 얼굴로 떨고 있었다. 그 모습을 본 나는 아바마마와 어마마마에게 시선을 보냈다.

"죄송해요, 아바마마, 어마마마. 일단은 별실에서 확인할 테니 그때까지 기다려 주시겠어요?"

"우리한테도 보여 주지 않는 건가요?"

"부탁드릴게요. 일리아는 동석시킬 테니까요."

"……알겠어요. 아니스의 걱정이 가시는 대로 우리를 부르세요. 알았죠?"

어마마마가 거듭 확인해서 나도 고개를 끄덕여 응했다. 그리고서 나는 레이니 양에게 다가갔다. 내가 옆으로 오자 레이니 양은 겁먹은 얼굴로 나를 바라보았다.

"반가워, 레이니 양. 무서워하지 말라고는 못 하겠지만⋯⋯ 일단은 나를 따라와 줘. 널 위한 일이라고 생각하고, 알았지?"

"⋯⋯네."

떨림을 억누르듯 작게 대답한 레이니 양이 고개를 끄덕였다. 나는 레이니 양의 떨리는 손을 잡고 에스코트하며 알현실을 뒤로했다. 향하는 곳은 일리아가 대기 중인 왕족 대기실이었다.

내게 손을 잡혀 끌려오는 동안 레이니 양은 불쌍하리만큼 몸을 떨었다. 그런 레이니 양을 걱정하면서도 왕족의 대기실에 들어갔다.

"⋯⋯공주님? 무슨 일이십니까?"

대기실에서 기다리던 일리아가 의아한 표정을 짓고서 우리에게 다가왔다.

내가 레이니 양을 에스코트하고 있는 걸 알아차리자 그 표정은 더욱 곤혹스럽게 바뀌었다.

"조금 일이 있어서. 레이니 양, 일단 앉을까."

레이니 양이 고개를 끄덕인 걸 확인하고 의자에 앉혔다. 몸이 떨려서 의자도 덜덜 소리를 냈다. 레이니 양이 긴장하고 있다는 걸 싫어도 알 수 있었다. 일리아도 그런 레이니 양이 가여웠는지 눈썹을 찡그린 채였다.

"갑자기 미안해. 꼭 확인하고 싶은 게 있어서."

"확인······이요?"

"잠시 널 조사하고 싶어."

"······저기, 저는, 정말로 아무 짓도 안 했어요······!"

레이니 양이 창백한 안색으로 고개를 가로저었다. 솔직히 레이니 양의 정신적 부담이 크다는 건 안다. 하지만 그냥 넘어갈 수는 없었다.

"그걸 증명하기 위해 나를 믿어 줘. ······아아, 아니지. 믿지 못하는 건 알아. 이건 왕녀의 명령이라고 생각하고 따라 줘."

왕녀의 명령. 그 말에 레이니 양이 몸을 움츠리고 말았다. 나를 보는 눈이 그렁그렁해지며 공포로 일그러졌다.

"무례하다는 건 알아. 나중에 얼마든지 사과할게. 하지만 여기서 제대로 확인하지 않으면 네 입장이 불리해질 거야."

"······그럴 수가······."

"대답은 「네」뿐이야. 알겠어?"

"······네."

절망한 목소리로 말한 레이니 양이 고개를 숙였다. 나는 레이니 양의 뒤로 돌아가 살며시 등을 만졌다.

"꺅! 뭐, 뭐 하시는 건가요?"

"조용히. 아무 짓도 안 해."

"하, 하지만······."

레이니 양의 반응은 무시하고 몸을 덧그리듯 천천히 손끝을 움직였다. 등뼈를 따라 올라가 어깨에서 팔로 손을 미끄러뜨리며 의식을 집중했다.

"……실례."

"꺄악?!"

다음으로 손이 이동한 곳은 레이니 양의 가슴이었다. 귀엽게 비명을 지른 레이니 양이 움직이지 않도록 뒤에서 잡고 가슴을 만졌다.

"……그렇군. 이제 됐어."

구속하던 손을 풀어 레이니 양을 해방했다. 레이니 양은 자기 몸을 끌어안고서 울먹이는 눈으로 나를 올려다보았다. 그렁그렁한 눈물이 당장에라도 흘러내릴 것 같았다.

필요한 일이었다고는 하지만, 확인하기 위해 가슴을 만진 탓에 위기감을 부추긴 모양이다. 조금 어색해하며 나는 한숨을 쉬었다.

"레이니 양, 지금부터 굉장히 뜬금없는 질문을 할 거야."

"……무슨 질문이요……?"

경계하듯 몸을 끌어안은 채 물어보라는 것처럼 대답했다. 나는 어떻게든 말을 고르려고 했지만, 어떻게 물어보면 좋을지 알 수 없어서 결국 직구로 묻기로 했다.

"─너, 본인이 「마법」을 쓰고 있다는 자각이 있어?"

"……네?"

예상하지 못했다는 것처럼 레이니 양이 멍청한 소리를 냈다. 무슨 말인지 모르겠다는 듯 고개를 좌우로 흔들었다.

"……그런가, 무자각인가. 이것 참 「성가신 일」이네……."

"엇, 저기, 저는, 마법 같은 건 안 썼는데요……."

"의식하지 못했어? 너는 마법으로 내 정신에 간섭하려고 했어."

"……네?"

"지금도 마찬가지야. 닭살이 돋아. 아마 알현실에 있던 사람들한테도 똑같은 마법을 걸었을 거야. 하지만 솔직히 이건 평범한 마법이 아니야."

"네……?! 저, 저는, 모, 몰라요! 아무 짓도 안 했어요!"

이제는 얼굴이 파랗다 못해 새하얘 보이는 레이니 양이 고개를 마구 흔들었다. 당장에라도 난리를 피울 듯한 레이니 양의 양쪽 어깨에 손을 얹이 어떻게든 앉아 있게 했다.

"응, 알았어! 레이니 양이 일부러 쓴 게 아니라는 건 알았으니까! 원인도 대충 알았으니까!"

"원인……?"

"레이니 양. 너는 아마 평범한 인간이 아니야."

무슨 말을 들었는지 모르겠다는 듯 레이니 양이 움직임을 멈췄다. 회색 눈이 크게 뜨이며 맺혀 있던 눈물이 떨어졌다.

"……펴, 평범한, 인간이, 아니야……?"

"공주님, 어떻게 된 건가요?"

"이래서 내가 사람들을 물린 건데, 들어맞지 않길 바랐던 예감이 들어맞았어…… 있지, 레이니 양. 진정하고 들어. 네 심장에는— 「마석」으로 여겨지는 게 있어."

내가 고하자 이번에는 일리아까지 움직임을 멈춰 버렸다. 두 사람의 표정이 놀라움으로 물드는 것이 잘 보였다.

"마, 마석이라니…… 어째서……?"

"……그건, 즉, 레이니 양은 마물인가요……?"

공포와 곤혹으로 레이니 양이 얼굴을 굳혔고, 일리아는 경악한 표정으로 중얼거렸다.

그랬다. 원래는 마물만 마석을 가지고 있었다. 인간이 마석을 가지고 있을 리가 없다.

즉, 레이니 양은 인간이 아닐 가능성이 있었다. 하지만 그건 말도 안 되는 일이다. 그래서 두 사람이 놀라는 것도 이해가 갔다. 나도 놀라고 있으니까.

"내가 눈치챈 것도 우연이야. 우연히 레이니 양의 마법에 대항할 수 있는 시술을 자신에게 했거든. 하지만 일부러 마법을 쓰는 것 같지는 않으니까. 레이니 양도 자기 몸속에 마석이 있다는 건 몰랐지?"

"그, 그럴 수가…… 저, 저는…… 이, 인간이, 아닌 건가요……?"

"모르겠어. 아직 확실하게는 말할 수 없어. 그래서 사람들을 물린 거야. 너에 대한 오해를 키우지 않기 위해."

"……절 위해……."

나에 대한 의심이 풀렸는지, 내가 위해를 가할 생각이 없다는 걸 알았는지, 레이니 양은 힘을 빼고 차분해졌다.

"응. 아무래도 네가 가진 마석의 힘은 사람의 정신에 작용하는 것 같아. 자신에게 호의를 품게 만든다고 할까, 보호 본능을 일으킨다고 할까……. 알기 쉽게 말하자면 「매료」의 힘이 있는 것 같아."

"……매료요?"

레이니 양이 눈을 크게 뜨고서 내 말에 멍하니 맞장구를 쳤다. 나도 크게 고개를 끄덕였다.

"그래. 만약 정말로 그렇다면 내 위화감도 납득이 가. 다들 레이니 양을 편드는 게 그 매료의 힘 때문에 레이니 양을 지켜야 한다고 유도된 결과라면……."

"─그런 건가요?! 남들이 이상하게 저를 좋아하는 건 분명히 원인이 있었던 건가요?!"

갑자기 레이니 양이 다급한 모습으로 내게 달려들었다. 나는 레이니 양을 잡으면서도 당황하고 말았다.

"레, 레이니 양?"

"정말 그런가요?! 저는 항상 매료의 힘 같은 걸 쓰고 있었던 건가요?!"

"아니, 그건 역시 알 수 없지만…… 자각이 없었다면 그럴 가능성은 클지도 몰라……."

내 대답을 듣고 레이니 양은 다시 힘을 잃은 듯 의자에 털썩 앉았다. 넋이 나간 레이니 양의 두 눈에서 눈물이 뚝뚝 떨어졌다.

"예, 옛날부터…… 사람들이, 저를 좋아했지만…… 하지만, 그래서, 다들 심술을 부리거나, 배신하거나…… 괴, 괴롭혀서…… 그게, 줄곧 무서워서…… 별로, 남들이 안 좋아하도록, 눈에 안 띄려고……!"

흐느끼며 양손으로 얼굴을 덮은 레이니 양이 울음을 터뜨려서 나는 어쩌면 좋을지 몰라 곤혹스러워졌다. 하지만 내가 움직이기 전에 일리아가 레이니 양의 어깨에 살며시 손을 올려 안아 줬다.

일리아가 어깨를 안아 주자 레이니 양이 참을 수 없다는 듯 목 놓아 울기 시작했다. 너무 비통해서 나도 눈썹이 찡그려질 것 같았다. 레이니 양에게도 아주 큰 고민이었나 보다.

……그런데 일리아가 이렇게나 남을 신경 써 주다니 조금 의외다. 일리아도 자연스럽게 움직인 것 같고, 매료의 영향이 정말 커서 전율했다. 레이니 양의 힘은 틀림없이 진짜다.

'하지만 위험했어…….'

레이니 양의 몸에는 매료의 힘이 있는 듯한 마석이 있다. 내가 레이니 양의 힘을 눈치챌 수 있었던 것은 우연히 사전에 티르티와 공동으로 연구하여 경과를 관찰 중인 것이 있었기 때문이다. 그게 없었다면 나도 매료에 당했을지 모른다.

'……정말 위험했어. 아슬아슬한 타이밍이었어.'

아바마마뿐만 아니라 어마마마조차 눈치채지 못했다. 그렇다면 귀족 학원에 다니는 학생들이 매료에 걸린 것을 알아차릴 리가 없다. 어떻게 생각해도 레이니 양의 힘은 너무 위험하다. 이대로 방치했다면 어떻게 됐을지.

"……공주님."

레이니 양의 등을 쓸어 주며 일리아가 내게 시선을 보냈다. 이대로 둘 수는 없지만 어쩌면 좋을까. 일단은 아바마마에게 얘기해야겠지…….

레이니 양이 진정되기를 기다리고 나서 일리아에게 아바마마와 어마마마를 불러오라고 했다. 눈이 빨갛게 부을 만큼 울던 레이니 양도 지금은 코를 훌쩍거리며 얌전히 앉아 있었다.

"……진정됐어?"

"……추태를 보여서 죄송해요."

"괜찮아. ……갑자기 이런 말을 들으면 냉정하게 있을 수 없잖아?"

"네…… 하지만 안도하기도 했어요."

"안도했다고?"

"……제가 모두를 이상하게 만들었던 거였다니. 마침내 납득이 돼서……."

그렇게 말하면서도 연약하게 웃는 레이니 양을 보니 가슴이 아팠다. 직접 얘기해 봐도 역시 레이니 양은 순수하고 착한 아이다. 특별한 힘을 가지기에는 어울리지 않는, 그런 상냥한 아이.

그런 아이가 남들을 미치게 하는 힘을 가지고 있다는 걸 알고 맨 처음 한 생각이 안심이라니, 이런 일이 있어도 되는 걸까.

"……옛날부터 자주 그랬어?"

"네. 제가 고아원에 있었던 건 아시나요? 그 무렵부터 그랬어요."

"고아원……. 고아원에 들어가고 나서 시안 남작에게 거둬졌다고 듣긴 했는데, 엄마는?"

"처음에는 엄마와 함께 여행했지만 어릴 때 병으로 돌아가셨어요. 그 뒤로 고아원에 맡겨졌어요."

"……그랬구나."

레이니 양이 마석을 가지고 있는 원인은 모친 때문일 가능성이 있다. 이미 사망한 건 안타깝지만, 안도할 부분이기도 했다. 만약 레이니 양의 모친이 똑같은 힘을 가지고 있었다면…….

"공주님, 폐하와 왕비님을 모셔 왔습니다."

생각에 잠겨 있던 내 의식을 일리아의 목소리가 끌어 올렸다. 뒤따라 방에 들어온 아바마마와 어마마마가 눈이 빨개진 레이니 양을 보고 조금 놀란 표정을 짓고 있었다.

"아니스, 뭔가 알아냈나요?"

"네. 어마마마, 아바마마. 진정하고 들어 주세요."

나는 자세를 바로 하고서 레이니 양의 마석에 관해 두 사람에게 이야기했다. 매료의 힘에 대해 들은 두 사람은 믿을 수 없다는 표정을 지었다.

"설마 마석을 가진 사람이 있을 줄이야……."

"하지만 힘을 제어하고 있진 못해요. 그래서 무차별적으로 자신에게 호감을 느끼도록 힘이 발휘되어 인간관계에 불화가 생기게 된 것 같아요."

"……그랬군."

아바마마가 두통이 인다는 듯 이마를 짚고서 한숨을 쉬었다. 한숨을 쉬고 싶은 건 나도 마찬가지였다.

입을 다문 아바마마 대신 어마마마가 이야기를 이었다. 진지한 표정으로 내게 시선을 보냈다.

"어떻게 된 건지는 알았어요. 그래서 어떻게 해야 한다고 생각하나요? 아니스."

"……음, 일단은 레이니 양의 힘을 제어할 방법을 모색해야 해요."

"하지만 레이니 양의 힘은 위험해요. 우연히 아니스가 눈치챘으니 망정이지, 저와 폐하조차 알아차리지 못한 힘이에요. 그 힘은 나라를 위협할 수도 있어요."

나라를 위협한다는 어마마마의 말에 레이니 양이 작게 떨었다. 창백한 얼굴로 떠는 레이니 양을 일리아가 살며시 부축했다. 레이니 양의 모습을 살피듯 어마마마가 한 번 시선을 줬지만 바로 내게 시선을 되돌렸다.

확실히 레이니 양의 힘은 위험하다. 일단 힘을 써도 눈치챌 수 없다는 게 치명적이다. 이번에는 레이니 양이 무의식적으로 썼기에 이 정도로 끝난 것이다.

만약 의도적으로 누군가를 유혹하기 위해 쓴다면, 그 생각으로 어마마마가 걱정하는 것도 이해한다. 그리고 레이니 양은 힘을 의식하고 있지 않아서 제어하지도 못한다. 그렇다면 여기서 화근을 없애 버리는 것도 올바른 선택일지 모른다.

"그래도 저는 레이니 양을 처리하는 건 반대해요."

"왜죠?"

"레이니 양이라는 전례를 확인했기 때문이에요. 레이니 양 말고도 비슷한 힘을 가진 자가 없다고 단정할 수 없어요. 그렇다면 연구 대상으로서 국가가 보호해야 해요."

레이니 양이 최후의 한 사람이라면 괜찮다. 하지만 만약 레이니 양과 같은 힘을 가진 자가 더 있다면 레이니 양을 처리해서는 안 된다.

다행히 레이니 양은 아주 착한 아이다. 나라를 위해 필요한 일이라고 하면 보호받는 걸 거부하지 않을 터. 그리고 레이니 양의 힘을 해석하기 위해서는 본인이 협력자가 되는 편이 좋다.

"레이니 양이 앞으로 자신의 힘을 제어할 수 있으리라는 보장도 없어요."

"그렇다면 레이니 양의 매료에 걸리지 않는 제가 보호하며 감독하면 되잖아요?"

그리고 레이니 양의 힘은 마석에서 유래한 힘이다. 나도 연구하는 보람이 있다. 내게는 레이니 양을 지키는 이점이 크다.

어마마마는 한동안 나를 지그시 바라보다가 눈을 감고 깊이 한숨을 쉬었다.

"……그러네요. 하지만 레이니 양이 위험한 건 사실이에요. 만약 아니스도 감당할 수 없다면 처리할 수밖에 없어요. 그 책임을 아니스가 지겠다는 거죠?"

"네. 제가 책임지고서 레이니 양을 보호하겠어요."

어마마마는 내 대답을 듣고 한 손으로 이마를 짚으며 고개를 숙였다. 상당히 피곤해 보였다. 심로가 크다는 걸 아는 만큼 아무 말도 할 수 없었다.

"……아르가르드를 생각하면 아니스에게 맡기는 게 최선일 것 같지는 않지만 어쩔 수 없죠. 되도록 정보를 제한하여 레이니 양에 관해서는 숨기기로 해요. 그래도 되겠죠?"

"……그래. 실피느의 우려도 이해하지만, 향후를 생각하면 레이니 양이 자신의 힘을 제어하는 게 가장 좋아."

어마마마가 확인하듯 아바마마를 보았다. 아바마마는 동

의하는 것처럼 고개를 끄덕였다. 두 사람의 대답을 듣고 나도 레이니 양이 바로 처리되지 않는 것에 안도의 한숨을 쉬었다.

"그럼 누구한테 어디까지 이야기할까요? 전부 밝힐 수 없는 이상, 사람은 엄선해야 해요."

"음. 그란츠에게는 말하기로 하고, 시안 남작에게도 설명해야겠지. 네 곁에 두더라도 공표할 수는 없으니 말을 맞춰야 하니까. 레이니 양은 요양을 위해 집을 나갔다고 하고 비밀리에 네 별궁에 두는 게 좋겠지."

"스프라우트 기사단장의 아들이 탄핵에 가담했다고 했죠? 관계자이니 그도 끌어들이기로 해요."

나는 정치적인 줄다리기는 못 하니 맡길 수밖에 없다. 그리고 레이니 양을 보호하든 숨기든 별궁의 환경은 이상적이었다. 내가 사람들의 출입을 제한해서 남들 눈에 잘 띄지 않는다는 이점이 있기 때문이다. 적극적으로 내게 다가오려고 하는 사람도 없고.

그리고 나는 레이니 양을 조사하여 힘에 대한 대책을 모색하는 것이다. 솔직히 내게는 바람직한 일이라서 레이니 양을 맡는 건 고되지 않았다.

"레이니 양. 미안하지만 동의할 수밖에 없으니까 따라 줘."

"아뇨, 오히려 제가 폐를 끼치고 있으니까요……. 따르라고 하시면 따르겠어요."

레이니 양은 아직 안색이 나빴지만, 내가 보호하는 방향으로 이야기가 정리됐기 때문인지 분명하게 자신의 뜻을 표했다.

근데 설마 마석을 가지고 있을 줄은 몰랐다. 엄청난 사실이 판명되어 버렸다. 마석을 가진 사람을 내가 보호하게 되다니, 실례되는 말이지만 가슴이 설레려고 했다.

"아니스도 큰일이겠지만…… 잘 대처하세요."

"물론이죠! 이렇게나 흥미로운 연구 대상인걸요. 책임은 느끼지만 그건 그거고! 이건 이거니까요!"

"……아니스의 그런 점이 문제인 거예요."

"네?"

어마마마가 어이없어하며 한숨을 쉬었다. 내가 의아해하며 고개를 갸웃하자 어마마마가 눈을 가늘게 뜨고서 노려보았다.

"레이니 양을 아니스의 별궁에 두면 큰 문제가 있잖아요."

"문제요?"

"지금 누구랑 별궁에서 지내고 있죠?"

"……아."

그렇지, 참. 지금 별궁에는 유피가 있잖아! ……아니, 하지만 사정이 이러니까 유피보고 받아들이라고 하더라도, 앞으로 유피와 레이니 양과 같이 별궁에서 지내게 되는 건가?

나도 모르게 레이니 양을 보니 굉장히 어색한 표정을 짓고 있었다. 레이니 양을 부축하던 일리아가 벌레 보듯 나를 바라보았다.

……어, 어라? 어, 어째서 일이 이렇게 됐지……?

*　*　*

"—하아. 그런가요."

별궁에서 레이니 양을 보호하기로 했지만, 역시 레이니 양도 준비가 필요하고 시안 남작에게 설명도 해야 해서 별궁에는 나중에 들어오게 됐다.

그 전에 유피에게 레이니 양이 별궁에 들어오는 걸 설명해야 한다며 나도 마음의 준비를 하고 이야기했는데…… 유피의 반응은 매우 담백했다.

김빠지는 반응에 오히려 내가 당황하고 말았다. 무심코 모습을 살피듯 유피를 보았다.

그런 내 시선을 알아차렸는지 유피가 난처한 듯 눈썹을 모았다.

"레이니 양의 사정은 이해했어요. 소동의 원인이 된 힘은 자각 없이 쓴 거고, 저는 레이니 양에게 아무런 유감이 없어요. 오히려 마석을 가지고 있다니 희귀한 사람이니까, 매료의 영향을 받지 않는 아니스 님이 보호하는 데 의문은 느끼지 않아요."

"……유피는 그걸로 좋아?"

"좋냐고 물어보셔도. 그러는 게 옳다고 생각하니까요."

유피는 정말 진심으로 그렇게 생각하는 것 같았다. 유피의 그 반응을 보고 나도 모르게 인상을 쓰고 말았다. 나블 군이 왜 유피를 차가운 사람이라고 여겼는지 그 일면을 느꼈기 때문이다.

유피는 정말로 레이니 양에게 아무런 유감도 없는 거다. 오히려 레이니 양의 처지를 이해하고 보호하는 편이 좋다고 진지하게 생각하고 있었다.

평범한 사람이라면 화낼 터다. 약혼자를 현혹하고 자신의 평판을 땅에 처박았으니까. 하지만 유피는 그러지 않았다. 그건 유피에게 올바른 일이 아니기 때문이다.

완벽해지려고 했기에, 사람이 당연하게 느끼는 감정을 두고 와 버린 것 같았다. 왕비로서는 틀림없이 옳다. 하지만 사람으로서는 완전히 틀렸다는 생각이 들었다.

"아니스 님?"

"응…… 유피는. 좀 더 화내도 된다고 생각해."

"네에……."

유피가 내 말에 난처한 듯 눈썹을 모으고 입을 다물어 버렸다. 분명 지금의 유피는 자신의 결점이라고도 할 수 있는 부분을 이해하고 있을 것이다. 그래서 난처한 표정으로 내게 아무런 대꾸도 하지 않는 거겠지.

그런 유피에게 무심코 손을 뻗고 말았다. 머리로 손을 가져가 빗어 내리듯 쓰다듬었다.

갑자기 머리를 쓰다듬자 유피는 조금 놀란 것 같았지만, 아무 말도 하지 않고 내가 하는 대로 뒀다. 살짝 눈을 내리뜬 것을 보고 나도 안도했다.

"레이니 양이 별궁에 와도 잘 지낼 수 있을 것 같아?"

쓰다듬던 손을 멈추고 다시 유피에게 물었다. 내가 쓰다듬어서 조금 흐트러진 머리를 다시 매만지며 유피는 고개를 끄덕였다.

"네, 정말로 레이니 양에게 유감은 없어요. 오히려 동정이 들려고 해요. 지금 생각해 보면 짚이는 구석도 몇 개 있고……."

"자각이 없었다고는 하지만 왕족조차 매료할 정도니까……. 그것도 옛날부터 그랬대."

"그건…… 힘들었겠네요. 무차별적이라면 불특정 다수에게 호감을 샀다는 거잖아요? 힘들었을 거예요. 재학 중에 레이니 양을 둘러싸고 소동이 벌어진 적도 있었고. 매료의 힘으로 호감을 산다고 해도 그게 꼭 본인을 위한 일이 되지는 않는 모양이에요."

소동까지 일어났었나. 하지만 제어되지 않은 무차별적인 힘이라면 그렇게 되는 것도 자연스러운 일일지 모른다. 좋아하게 만들어 놓고 레이니 양은 아무런 호의도 돌려주지 않는다면 그건 그저 보답받지 못하는 마음일 뿐이다.

사람은 보답받지 못하는 마음을 계속 품기 어렵다. 호의를 배신당했다고 느낀 사람이 레이니 양에게 심하게 대했을지도 모른다. 그렇게 생각하면 정말로 불쌍한 일이다.

"……그러고 보니 유피도 매료당했을 텐데?"

"레이니 양에게 호감을 가지고 있는 건 사실이에요. 이게 매료의 효과일까요? 영향이 없어 보이는 건 사람을 판단할 때 감정을 제하도록 철저히 교육받았기 때문일지도 몰라요."

"좋게도 나쁘게도, 인가. 레이니 양의 매료가 그렇게 강제력이 크지 않다는 이유도 있을 것 같지만."

이 정도면 유피와 레이니 양을 만나게 해도 문제는 없을 듯하다. 한때는 어떻게 되려나 싶었지만. 솔직히 두 사람 다 휘둘렸다는 점에서는 똑같이 피해자다.

'……아무리 호감을 느끼도록 힘이 작용했다지만 그렇게까지 레이니 양에게 빠져 버린 아르 군의 잘못이야.'

매료의 힘을 안 아바마마와 어마마마도 아르 군을 어떻게 할지 고민 중인 것 같았다. 적어도 매료의 힘이 해명될 때까지는 근신일 것이다.

레이니 양이 자신의 힘을 제어하게 되면 매료도 완화될지 모른다. 이번에 아르 군이 일으킨 사건은 제정신으로 벌인 일은 아니었다.

'……진짜 뭐 하고 있는 거야. 아르 군은 바보라니까.'

　　　　　* 　 * 　 *

　레이니 양이 별궁에 올 준비가 끝났다. 별궁에 들어오는 걸 주위에서 눈치채지 못하도록 비밀리에 찾아온 레이니 양은 매우 안절부절못했다.

　레이니 양 앞에 유피가 있으니 안절부절못하는 것도 당연할지 모른다. 서로에게 직접 뭔가를 하진 않았지만, 약혼자를 둘러싸고 분쟁을 일으킨 관계였다.

　레이니 양 입장에서는 자신보다 신분도 높고, 자신 때문에 약혼이 파기됐다는 미안함도 있을 것이다. 확연하게 겁먹고 움츠린 레이니를 보고 유피는 특별히 아무런 표정도 짓지 않았다. 차가운 무표정이 아니라 정말 아무런 감정도 없었다. 보고 있는 나까지 전전긍긍하게 될 정도였다.

　"으음…… 오늘부터 우리는 이 별궁에서 같이 살 건데, 사이좋게 지내자!"

　호들갑스러울 만큼 밝게 말해 봤지만 그래도 두 사람은 반응이 없었다. 이걸 어쩌나 고민하고 있으니 유피가 먼저 입을 열었다.

　"레이니 양."

　레이니 양은 눈에 보일 만큼 어깨를 흠칫하고서 유피를 마주 보았다. 하지만 유피의 말은 이어지지 않았다. 무표정으로 레이니 양을 바라보았고, 그 시선을 받은 레이니 양은 마치 고양이 앞에 쥐 같았다.

"……죄송해요. 이럴 때 어떤 표정이 적절한지 잘 몰라서."

"네……?"

"레이니 양의 사정은 들었어요. 제가 별다른 생각이 없어도 레이니 양은 신경 쓰겠죠. 그럼 차라리 비난하는 편이 좋을지, 아니면 용서하는 편이 좋을지. 어떻게 해야 레이니 양이 가장 편해질지 생각해 봤지만 잘 안 되네요……."

"그, 그럴 수가?! 그러지 마세요! 유필리아 님이 사과하지 않으셔도 돼요! 전부 제 잘못이에요……!"

유피가 사과하자 레이니 양은 혼비백산하여 고개를 좌우로 흔들었다. 신분 높은 공작 영애인 데다가 자신 때문에 피해를 본 상대가 사과하니 당황스럽겠지. 그렇게 남의 일처럼 바라보고 말았다.

"레이니 양은 저를 해치고자 모함한 거고, 그 행동을 뉘우치기에 자기 자신을 책망하고 있는 건가요?"

"아뇨! 당치도 않아요! 유필리아 님을 해치려는 마음은 전혀 없어요!"

"그렇다면 타고난 특성으로 인한 불행을 죄로 묻는 건 너무나도 불합리합니다. 저는 지금의 상황을 그렇게 나쁘게 생각하지 않아요."

레이니 양을 진정시키려고 하는지, 그렇게 말하는 유피의 음색은 매우 온화했다.

"레이니 양에게도 사정이 있고, 도움의 손길이 필요해서 이곳에 왔어요. 그렇다면 저는 그 손을 잡을지언정 내칠 수 없어요."

유피가 일어나서 레이니 양에게 다가가 손을 잡았다. 그리고 조금 전과 비교하면 부드러운 표정으로 레이니 양을 바라보았다. 손을 잡힌 레이니 양은 어쩌면 좋을지 모르겠다는 듯 안절부절못했다.

유피는 아무 말도 하지 않았다. 레이니 양은 뭔가 말하려고 했지만, 말로 표현하지 못하고 눈물을 뚝뚝 흘렸다. 그리고 매달리듯 유피의 손에 이마를 댔다.

"죄송해요⋯⋯! 제가, 유필리아 님의 인생을, 엉망으로 만들었어요⋯⋯!"

"나쁜 일만 있었던 건 아니에요. 차기 왕비였던 사람이 해선 안 되는 말일지도 모르지만⋯⋯ 저는 지금 그런대로 즐겁게 살고 있어요. 그러니까 레이니 양도 앞으로의 인생을 즐겁게 살아도 돼요."

남을 용서하고 인정하는 것. 말은 간단히 할 수 있다. 하지만 실제로 그게 얼마나 어려운 일인지 나는 잘 안다.

그걸 자연스럽게 하는 유피는 역시 대단하다. 이게 유피의 강함일 것이다.

레이니 양에게 필요했던 것은 분명 무엇보다도 유피의 말이었을 터다. 뭐라 말하지 못하고 흐느끼며 유피의 손에 매달린 레이니 양을 보고 생각했다.

모르던 사실을 알고, 다가오는 현실이 무섭고. 불가항력이었다지만 자신이 망가뜨려 버린 미래를 어떻게 보상하면 좋을지 몰라서 두려웠을 것이다. 당연한 이야기다.

사과하고 싶어도, 그 마음을 받아 주지 않는다면 자기만족으로 끝난다. 그래서 유피가 용서하고 레이니 양이 용서받은 건 기쁜 일이었다. 그런 생각이 들었다.

"……부끄러운 모습을 보였네요."

한참 울다가 마침내 진정된 레이니 양이 코를 훌쩍이며 빨개진 눈을 비볐다. 눈은 빨갛지만 표정은 개운했다.

우리는 다시 테이블에 둘러앉았다. 어느새 일리아가 차를 끓여 줘서 그 차로 목을 축였다. 응, 평소와 다름없이 맛있는 일리아의 차다.

"레이니 양, 앞으로 여러 가지로 큰일이겠지만, 이 별궁에 들였으니 너는 동료야. 그러니까 곤란한 일이 생기면 의지해도 돼."

"네, 감사합니다. 왕녀 전하."

"그냥 아니스라고 불러. 나도 레이니라고 부를게."

레이니는 황송하다는 표정을 지었지만, 로마에 가면 로마법을 따르라고 하니까. 사적인 자리에서 딱딱하게 예의 차리는 건 싫고.

이렇게 내 별궁은 조금씩 시끌벅적해져 갔다.

*   *   *

"―변함없이 그 사람은 예측할 수가 없어."

갑자기 말이 나왔다. 이에 다른 사람이 짜증 난 목소리로 반응했다.

"어쩌시겠습니까? 설마 그분이 움직일 줄은 몰랐습니다. 일이 이렇게 되면 계획이……."

"그 사람은 이쪽의 의도를 모조리 피해 가며 악마처럼 정확하게 방해하니 말이지."

책상을 톡톡 두드리는 소리가 울렸다. 방은 어두워서 희미한 조명이 얼굴의 윤곽을 어렴풋하게 비출 뿐이었다.

"계획은 변경하지 않아. 다만 앞당겨야겠어. 그 사람의 수중에 들어가는 게 가장 성가셔. 역시 마지막에 막아서는 건 그 사람이군."

"……어떻게 하실 생각입니까?"

"그 사람은 성가시지만 완전무결하진 않아."

불빛이 일렁이며 윤곽을 비추는 빛이 옮겨 갔다. 어둠 속에 숨은 자들은 그 어둠에 몸을 담그듯 녹아들며 말을 거듭했다.

"파고들 틈은 얼마든지 있어. 그걸 아니까 평소에는 둥지에서 안 나오는 거야."

"······그건 그렇지요. 그럼 어떤 방법을 쓰시겠습니까?"

"효과적인 건 둥지에 품은 보물을 건드리는 거겠지. 그 사람은 반드시 나올 수밖에 없어. 그 사람이 그 사람이기에. 그걸 붙잡으면 돼. 둥지에서 나오면 그 사람 편은 적어."

"—그럼 그렇게 하겠습니다. ······실패는 허락되지 않습니다."

어둠 속에 녹아들어 있던 한 사람이 떠났다. 한 명, 또 한 명. 어둠 속에 홀로 남은 자는 작게 중얼거렸다.

"그래, 실패할 수는 없어. —이게 마지막이니까."

빛이 일렁이고 사라졌다. 빛이 사라지자 어둠은 홀로 남은 누군가의 윤곽조차 감춰 버렸다.

3장 옛날이야기 속 괴물

"흐응~? 이 아이가 바로 수많은 귀족 영식을 포로로 만들었다는 그 미소녀 영애?"

그렇게 말하며 티르티는 송구스러워하는 레이니의 얼굴을 들여다보았다. 이곳은 클라렛 후작가의 별가, 티르티의 연구실이었다. 그곳에 나를 포함해 유피, 일리아, 레이니, 그리고 저택의 주인인 티르티가 모여 있었다.

레이니를 별궁에서 보호한 후, 우리는 레이니의 신체검사를 위해 클라렛 후작가의 별가를 찾았다. 레이니의 신체검사에 티르티의 지혜도 빌리고 싶었기 때문이다.

참고로 티르티가 레이니의 신체검사에 동석하는 것은 아바마마에게도 허락을 받았다. 티르티는 문제아면서 동시에 약학과 의학, 그리고 내가 제창한 마학을 이해하는 영애라는 것을 아바마마도 알기에 간단히 허락해 줬다.

"잠깐만 티르티. 레이니는 섬세하니까 너무 겁주지 마."

"예이예이. 그나저나 마석을 가진 인간이라니 희한하네. 설마 정말로 있을 줄은 몰랐어."

티르티가 감탄하며 레이니를 관찰했다. 자신보다 신분이 높은 영애의 시선을 받은 레이니는 불쌍하리만큼 위축되어 버렸다. 그러자 티르티가 이상한 표정을 지었다.

"……윽, 그렇군. 미리 듣지 않았다면 위화감을 못 느꼈을 거야. 죄책감 같은 건 오랜만에 느꼈어."

"역시 티르티도 영향을 받는구나. ……방약무인한 네가 죄책감을 느끼다니."

레이니의 마석이 매료의 힘을 가지고 있다는 것은 티르티에게도 설명해 뒀다. 성격 파탄자라고 해도 과언이 아닌 티르티조차 레이니에게는 인정을 느끼는 모양이다. 레이니의 힘이 얼마나 강한지 느끼고 다시금 감탄하고 말았다.

"정신에 간섭하는 마법이 없는 건 아니지만, 이렇게까지 명확하게 사람의 감정을 유도하는 마법은 나도 모르고, 고안하기도 어려워. 무엇보다 감지할 수 없다는 게 대단해."

"정신 간섭은 티르티의 특기 분야이니 말이지."

티르티가 소질이 있는 건 어둠 속성 마법이다. 4대 속성 정령과 마찬가지로 기초 속성으로 꼽히는 빛과 어둠 속성은 4대 속성 마법과 비교해서 효과가 눈에 잘 보이지 않는 마법이 많았다.

빛은 치유와 성장 촉진, 힘 강화. 어둠은 정신 안정과 활동 억제, 구속 등. 그 성질은 정반대지만 눈에 보이지 않는 영역에 간섭한다는 점은 공통적이었다.

유피도 물론 빛과 어둠 마법을 쓸 수 있었다. 하지만 레이니처럼 자신에게 호감을 가지도록 하는 마법은 다루지 못한다고 했다. 그것은 즉, 레이니의 마법이 기존의 마법에 해당되지 않는 특수한 마법임을 증명하는 것이었다.

"이 매료는 무의식적으로 발동한다고 했나?"

"앗, 네. 저는 제가 그런 힘을 쓸 수 있는 줄 전혀 몰랐어요……."

"흐응? 그럼 본능적으로 발동하는 거네. 더더욱 마석의 마법다워."

"마석의 마법답다고요?"

티르티의 말에 유피가 의아해하며 고개를 갸웃했다. 그 반응을 보고 티르티가 검지를 세웠다.

"마석의 마법은 마물의 생태와 강하게 결부된 고유한 마법이야. 즉, 본능과 연동한다고 할 수 있어. 그리고 마석이 가장 힘을 발휘하는 건 생존 본능이나 방어 본능이 반응할 때야. 가혹한 환경에서 살아야만 하는 마물다운 힘이지."

"레이니처럼 자신에게 호감을 가지도록 하는 건 방어 본능에 가깝겠네."

"……그렇군요. 그 말을 듣고 보니 납득이 가요."

레이니의 마법은 강하게 스트레스를 받을 때 발동한다고 추측할 수 있다. 자신을 지키기 위한 방어 본능이 반응하여 매료 마법을 발동시키는 것이다.

이 가설에는 유피도 납득했는지 고개를 주억거렸다.

"안정된 환경에 있으면 매료의 힘도 발휘되지 않을지 모르지만, 레이니는 원래 평민이었기에 귀족 사회가 익숙하지 않잖아? 거둬진 곳도 귀족가고, 상당한 스트레스를 받더라도 이상하지 않아……."

"그건…… 그게……."

레이니는 말하기 껄끄러워했지만 무언의 긍정이라고도 할 수 있었다. 생명이 위태로운 수준은 아니더라도 본인이 느끼는 부담은 상당했을 터다.

그런 레이니의 정신 상태와 연동하여 마석이 방어 본능에 따라 매료를 뿌려 댔다고 생각하면 앞뒤가 맞는다. 시안 남작을 비난하려는 건 아니지만, 정말이지 타이밍이 너무 나빠서 웃기지도 않는 상황이다. 자칫 잘못했으면 나라가 기울었을지도 모른다.

"그렇다면 별궁에서 맡은 건 정답이네. 그곳이라면 다른 사람과의 접촉도 최소한이고, 귀족 영애로서 행동할 것을 요구하지도 않잖아?"

"그렇죠……."

레이니를 별궁에서 맡으면서 시안 남작에게도 사정을 이야기했다. 시안 남작은 놀람과 동시에 매우 씁쓸한 표정을 지었다. 레이니를 위한 일이라며 깊이 머리를 숙였을 정도다.

"아버지도, 새어머니도, 시안 남작가 사람들이 모두 좋은 사람이라는 건 알지만……."

시안 남작은 레이니의 모친이 모습을 감춘 후 모험가로서 공적을 올려 남작 지위를 받았다. 그와 동시에 자작가의 막내딸을 아내로 맞았다고 들었다.

고아원에서 거둬진 레이니에게 시안 남작 부인은 매우 복잡한 상대였을 것이다. 부인에게도 그랬을 테고. 하지만 부인의 인품 덕택에 시안 남작가는 레이니를 따뜻하게 맞아들였다고 들었다.

레이니는 자신의 힘을 안 뒤로 그 호의도 결국은 매료의 힘으로 만들어 낸 것이 아닌지 몹시 근심하고 있었다. 그래서 친아빠인 시안 남작을 어떻게 대하면 좋을지도 몰라 고민했다. 시안 남작도 애끓는 심정으로 내게 레이니를 맡겼을 것이다.

그런 사정도 있어서 레이니가 한시라도 빨리 마석을 제어할 수 있도록 해결하고 싶었다. 레이니의 심신 안정을 위해 급무라고 할 수 있었다.

"……그보다 아니스 님."

"응?"

"이거 혹시…… 「그거」인가?"

"……역시 티르티도 똑같은 생각을 했구나?"

나와 티르티는 무심코 얼굴을 마주 보았다. 레이니의 마석을 알고 나서 하나 짚이는 게 있었다. 하지만 확증이 없었기에 말하지 않았었다.

그러나 티르티도 나와 똑같은 견해에 이르렀다면 내 우려가 맞을 가능성이 크다. 나는 인상을 썼고, 티르티는 흥미진진한 얼굴로 레이니를 바라보았다.

"저기……?"

"만약 네가 우리가 예상한 그 존재라면 얄궂은 일이네."

"두 분은 뭔가 짚이시는 게 있는 겁니까?"

일리아가 대표하듯 물었다. 질문받은 나는 어떻게 대답할까 고민하며 입을 닫았고, 티르티는 늘 사용하는 작업대의 서랍을 열어 열쇠를 꺼냈다.

"굉장히 오랜만에 듣는 얘기야. 실재하지 않을까 싶었던 존재를 정말로 보니 신기하네. 잠깐만 기다려. 가져올 게 있으니까."

그렇게 말하고서 티르티는 열쇠를 쥔 채 방을 뒤로했다. 그러자 모두의 시선이 내게 모였다.

"아니스 님?"

"……솔직히 믿기 어려운 얘기야."

"항상 그렇습니다만."

"그렇게 말하니까 귀가 좀 따갑네!"

일리아의 지적에 미간을 누르며 호흡을 가다듬고 모두를 둘러보았다.

"─「뱀파이어」 이야기, 들어 봤어?"

"뱀파이어?"

의아해한 사람은 레이니뿐이었다. 유피와 일리아는 퍼뜩

놀라 안색을 바꿨다. 레이니 혼자만 몰라서 모두의 얼굴을 둘러보고 있었다.

"뱀파이어는 사람의 피를 빤다는 옛날이야기 속 괴물이야."

—이야기에 따르면, 그 괴물은 절세의 미남이라고도 하고 미녀라고도 한다.

아무도 무시할 수 없는 미모를 가지고서 사랑에 빠진 자들을 포로로 만든다. 그 아름다운 괴물은 사람의 생피를 즐겨 마시며, 뱀파이어에게 피를 빨린 자는 똑같이 뱀파이어가 된다.

"인간을 현혹하여 자신의 동포를 늘리며 어두운 밤에 숨어 사람을 해치는 자. 뱀파이어라고 불리는 괴물 이야기. 아이들에게 들려주기 위한 무서운 이야기 중 하나야."

"……그러고 보니 뱀파이어 전승에 관해 공주님이 열심히 조사하셨었죠."

생각났다는 듯 일리아가 손뼉을 치며 말했다.

그랬다. 우연히 뱀파이어 이야기를 알고 「이쪽 세계에는 뱀파이어가 있는 거야?!」라며 엄청나게 흥분해서 조사했었다. 마치 전생에 전해 내려오던 흡혈귀 같아서 조사할수록 흥미로워 뒤쫓던 시기가 있었다.

"제가 그 뱀파이어라는 건가요?"

"으음…… 그렇다고도 할 수 있고, 아니라고도 할 수 있으려나."

나는 어떻게 대답해야 하나 싶어서 어물거리고 말았다. 그
러자 다들 눈썹을 모으고 이상한 표정을 지었다.

"그런 건가요, 아닌 건가요?"

"뱀파이어 전승은 단순히 지어낸 얘기가 아니라 토대가
된 원형이 있었어."

유피의 물음에 대답한 사람은 내가 아니라 방에 돌아온
티르티였다. 티르티는 낡은 책을 한 권 들고 있었다.

"티르티, 그건?"

"이건 「금서」야."

"금서?!"

유피가 믿을 수 없다는 듯 티르티를 보았다. 유피가 언성
을 높이는 것을 본 레이니가 겁먹은 얼굴로 나를 보았다.

"저기, 금서라는 건……?"

"금서는 팔레티아 왕국이 단속하는 위법 서책을 말해. 좋
지 못한 사상이나 기술을 기록하여 규제 대상이 된 책이지.
가지고 있다가 걸리면 벌을 받을 정도야."

내 설명을 들은 레이니가 깜짝 놀라서 티르티가 들고 있는
책을 보았다. 금서가 무엇인지 알고 유피의 반응에도 납득
한 듯했다.

"그런 걸 가지고 있어도 되는 건가요?!"

"당연히 안 되지. 들키면 바로 압수당할걸."

레이니의 지적에도 티르티는 아랑곳하지 않고 금서를 책

상 위에 놓았다. 팔레티아 왕국은 정령 신앙이 뿌리 깊은 나라라서 국가의 사상에 맞지 않는 책은 관리하에 두도록 마법부가 주도하고 있었다.

"애초에 이 금서를 가져온 건 아니스 님이야."

"……아니스 님이?"

"대놓고 말할 수는 없지만, 금서는 일부 호사가들 사이에서 거래되고 있어. 대체로 금서 자체가 목적이라기보다는 금서를 발견해서 나라에 바치고 받는 보상이 목적이지만."

"돈 말고도 목적이 있는 건가요?"

유피가 복잡한 표정을 지으며 물었다. 유피의 질문에는 티르티가 대답했다. 티르티는 과장되게 어깨를 으쓱이고서 입을 열었다.

"물론이지. 순수하게 지식을 얻기 위해 금서를 구하는 자가 끊이질 않아."

"나라에서 금지한 것을 왜……?"

"금서로 지정된 것 중에는 약학이나 의학 지식도 많이 포함되어 있으니까."

"약학과 의학이요?"

왜 그런 걸 구하는지 모르겠다는 듯 유피가 인상을 쓰고 이상해했다. 반면 레이니는 납득한 듯 씁쓸한 표정을 지었다. 그런 레이니를 일리아가 의아하게 보았다.

"레이니 님은 짚이시는 게 있습니까?"

"예? 아, 네. ……평민은 중병에 걸리거나 다치면 귀족에게 비싼 돈을 내고 치유마법을 받는 게 상식이에요. 하지만 마법 대금을 그렇게 간단히 낼 수는 없어요. 돈을 내지 못하는 평민은 약을 의지할 수밖에 없는데, 약은 대부분 마법만큼 효과가 뛰어나지 않아요. 하지만 마법이 아닌 약으로 치료할 수 있다면…… 금서를 구하는 사람이 있는 건 자연스러운 일이라고 생각해요."

"그런 거지."

치유마법은 귀족의 특권이다. 마법을 베푸는 자가 가격을 올리고자 하면 얼마든지 비싼 값을 부를 수 있다. 그래서 평민이 간단히 지불할 수 없는 대가를 요구하는 일이 많았다.

너무 비싼 금액을 요구하는 경우도 끊이지 않아서 평민과 귀족의 격차와 골을 만드는 원인 중 하나이기도 했다. 이 점은 좀처럼 해소되지 않은 채 지금에 이르고 있었다.

"그래서 암시장 같은 게 있는 거야. 나도 모험가 시절에 몇 번 들렀어."

"뭐 하시는 건가요……."

"잠입 조사 의뢰도 있었거든. 그리고 암시장은 국가의 권한으로 대처하기 어려워."

말하자면 팔레티아 왕국의 어두운 부분이라고 할 수 있었다. 그 원인을 살펴보면 귀족과 평민의 골이 발단이기도 해서, 개선하기 위해 손을 대는 건 아주 어려웠다. 국가로서도 묵인할 수밖에 없는 상황이었다.

"물론 불법적인 물건을 취급하지만, 근본을 없애려면 나라의 형태를 바꿀 만한 일을 해야 해. ……치유마법을 받을 수 있다면 불법적인 일도 서슴지 않는 평민은 적지 않아, 유피."

"……그건."

"그리고 우리에게는 권력도 권한도 없어. 아바마마에게 말해서 움직이게 할 수는 있어도 직접 뭔가를 바꾸지는 못해."

나라의 정책과 형태를 정하는 것은 국가의 중추에 있는 귀족들의 역할이다. 아무리 내가 왕녀여도 그 구조를 바꿀 수는 없다. 내가 할 수 있는 일이라고는 상황을 파악해서 효과적이라고 생각되는 구상을 아바마마에게 제안하는 것뿐이다.

무거워진 분위기를 바꾼 사람은 티르티였다. 손뼉 쳐서 주목을 모은 티르티는 이 화제에 전혀 관심이 없다는 표정을 짓고 있었다.

"이야기를 되돌리자. 그 아이의 마석을 어떻게든 하자는 얘기 중이었잖아."

"……그랬죠. 그 금서는 뱀파이어에 관한 책인가요?"

"맞아. 그리고 나랑 아니스 님이 마약을 완성시키는 계기가 된 책이기도 해."

"마약을요?"

유피가 확인하듯 나를 보았기에 나도 고개를 끄덕여 긍정했다.

"뱀파이어 이야기에는 원형이 되는 사례가 있었어. 이건 뱀파이어라고 불리게 된 어떤 마법사의 연구 자료야."

"마법사?"

"그래. 그것도 독보적인 천재가 도달한 광기의 산물이지."

사랑스럽다는 듯 웃으며 금서를 쓰다듬는 티르티를 보고 나를 포함해 전원이 질색했다. 확실히 티르티가 좋아할 만한 연구 자료이긴 하지만. 이 저주 수집가는 진짜……

"그 마법사의 목적은 마법의 진리를 추구하는 거였어. 나랑 접근 방식은 다르지만 공교롭게도 나랑 비슷한 발상을 하기에 이르렀지."

"아니스 님과 비슷한 발상이요?"

유피의 물음에 티르티가 내 설명을 이어받아 말했다.

"아니스 님의 마약은 마석을 소재로 삼아 마물의 힘을 몸에 담기 위해 만든 거야. 아까도 살짝 말했지만, 마석의 힘은 본능이나 생태와 강하게 결부되어 있어. 마약은 되도록 몸에 부담을 주지 않도록 인간의 신체에 맞춰서 조합한 강장제라고 할 수 있어."

"뱀파이어의 원형이 된 마법사도 비슷한 생각에 도달한 건가요?"

"여기서 나와 마법사의 방향이 달라지는데. 마석의 힘을 몸에 담는다는 점은 똑같아. 하지만 이 마법사는 자신이 마물이 되는 길을 택했어."

유피와 레이니가 동시에 숨을 삼켰다. 마석의 힘을 이용하자고 생각한 것은 이 마법사나 나나 같았다. 다만 마법사는 자신의 존재 자체를 변혁시켜서 마석의 힘을 얻으려고 했다.

"당시 읽은 연구 자료가 도중에 끊어져 있었기에 이 실험은 실패했다고 생각했었어. 그래서 마약이라는 길을 가기로한 건데, 레이니가 나타나면서 실은 성공했던 게 아닐까 생각하게 됐어."

"어째서 자신을 마물로 바꾸자는 생각을 한 걸까요……?"

두렵다는 듯 유피가 작게 중얼거렸다. 그 답도 물론 존재했다.

"그 마법사가 추구한 것이 그만큼 터무니없는 것이었으니까."

"……터무니없는 것이요?"

자신과 관련된 일이라서 레이니도 긴장한 모습으로 이야기를 들었다. 나는 숨을 가다듬고 조용히 답했다.

"―「불로불사」."

일순 공간이 침묵했다. 너무 현실감이 없어서 레이니는 멍한 표정을 짓고 있었고, 유피는 무슨 말을 들었는지 이해할수 없다는 표정을 짓고 있었다.

"마법의 진리를 추구하기에는 그 마법사에게 시간이 부족했어. 그래서 마법사의 연구는 어떤 방면으로 좁혀졌어. 진리를 추구할 영원한 시간을 손에 넣기 위해."

"……불가능해요. 불로불사라니, 마법으로 육체와 정신을 유지할 수 있더라도 노쇠해지는 것까지 수복할 수는 없어요."

유피가 딱딱한 목소리로 부정했다. 맞는 말이다. 그래서 나와 티르티도 참고는 했지만 이 연구 자체는 실패했다고 여겼었다.

아무리 마법으로 큰 부상을 고치거나 정신을 안정시킬 수 있어도 시간의 흐름까지 거스르지는 못한다. 노화를 늦출수는 있어도 불로불사는 어림없는 얘기다.

"확실히 노화는 막을 수 없어. 하지만 그 집착과 광기는 끔찍한 생각을 낳았어. ―바로「타인에게서 빼앗는」거야."

"……빼앗는다고요?"

"늙는다면 젊음을 빼앗고, 스스로 보충할 수 없는 생명은 타인의 생명으로 보완하는 거지. 부족한 건 남에게서 빼앗는 것. ……여기까지는 성공한 것 같아. 이게 뱀파이어 전승의 원형이 된 마법사의 집착과 광기가 낳은 산물이야."

레이니는 겁먹은 얼굴로 자기 몸을 끌어안았고, 유피는 땀 한 방울을 흘리며 입술을 떨었다.

"……타인에게서 생명을 빼앗아 불로불사를 구현한 마물이 됐다는 건가요?"

"역시 진정한 불로불사와는 거리가 멀겠지."

"그리고 뱀파이어 전승이 퍼진 시기와 이 연구 자료가 적힌 시기는 일치하지만 뱀파이어가 실재한다는 건 지금까지 확인되지 않았었어."

그래서 나와 티르티는 이 실험이 도중까지 성과를 올렸으나 그 후에 토벌되었다고 생각했다. 토벌되지 않으면 확연하게 위험한 존재니까.

"불로불사를 얻으려 한 점도 위험하지만, 그 수단도 상당히 문제였어."

"타인에게서 빼앗는 수단이요?"

"그래. ……뱀파이어 전승에서 뱀파이어에게 피를 빨린 사람은 똑같은 뱀파이어가 된다고 하잖아?"

"……설마."

"그 설마야. ……나랑 티르티는 그게 타인을 세뇌하는 거라고 생각했어."

"세, 세뇌……?"

뭔가를 눈치챘는지 유피의 표정이 험악해졌고, 그런 유피의 변화에 레이니가 겁먹은 모습으로 중얼거렸다.

"본체에 무슨 일이 생겼을 때를 대비한 예비인 거지. 자신의 사상을 계승하는 존재들을 준비해서 어떻게든 마법의 진리를 추구하겠다는 집념의 결정체. 그러니까 타인에게서 빼어도 돼. 왜냐하면 그건 「자기 자신」과 다르지 않으니까. 그런 인식을 심는 거야. 그게 동일시였는지 신봉시키는 거였는지는 모르겠지만, 어쨌든 뱀파이어가 동족을 늘린다는 건 자신의 쓸모에 맞춰서 타인의 인격을 고치는 거였을 거야."

내가 거기까지 말하자 모두의 시선이 자연스럽게 레이니에게 모였다. 레이니는 얼굴이 새파래져서 떨고 있었다.

"마법사의 목적은 마법의 진리를 추구하는 것. 궁극적으로 그게 자기 손으로 이루어지지 않아도 된다는 생각으로 이어졌어. 자기 목숨의 연장선으로 이용한 자들에게 자신과 똑같은 처치를 하여 수를 늘린 거지. 본체에 무슨 일이 생겼을 때를 위한 예비로."

"……악독하네요."

일리아가 내뱉듯이 말했다. 내가 생각하기에도 그랬다.

"마석 이야기로 돌아갈까. 이런 황당무계한 마법을 실현시킨 게 마석일 거야. 극단적으로 말하면 마석은 고유 마법을 다루기 위해 특화된 정령석의 아종이야. 마석은 불로불사에 이르기 위한 힘을, 그리고 사람의 의식조차 갈아 치워버리는 힘을 가졌어. 이 마석을 심으면 확실하게 마물이 만들어져. 마법의 진리를 추구하는, 불로불사에 가까운 인간형 마물이 말이야."

나는 이 연구 자료를 손에 넣으면서 막연했던 마석의 이용 방법에 활로를 발견했다. 그것이 마약이 되어 지금도 나를 도와주고 있었다. 고맙게 여기는 것과 비슷한 수준으로, 봉인해 둬야만 하는 연구라고도 생각하지만.

"……저는, 뱀파이어인가요?"

완전히 핏기가 가신 레이니가 나직이 중얼거렸다. 당장에라도 쓰러질 듯한 레이니를 일리아가 조용히 부축하고 있었다.

"가능성은 커. 다만 자손이라고 생각하는 편이 좋겠지. 뱀파이어는 어디까지나 사람이 마석을 받아 변질된 존재라서 인간에 한없이 가까워. 본인이 뱀파이어인 줄 모르고 마석을 계승하여 이어져 내려왔다고 해도 이상하지 않아."

"「무슨 일이 있어도 살아남겠다!」라는 저주의 결정체니까."

"웃을 일이 아니야, 티르티!"

나는 지금 레이니를 위로하고 있거든! 방해하지 마!

"어떤 힘이든 어떻게 활용하느냐에 따라 독이 되기도 하고 약이 되기도 해. 그리고 레이나라는 존재가 확인된 이상, 다른 뱀파이어가 없다고 단언할 수도 없어. 그렇다면 대항책을 생각해 둬야 해. 왕족조차 현혹하니, 만약 다른 뱀파이어가 타 국에 있다면 최악이야."

"아니스 님의 말이 맞아. 레이니가 자신의 힘을 제어하게 되면 반대로 가치도 올라가는 거지. 감시는 붙겠지만."

나와 티르티가 그렇게 말하자 레이니의 안색도 좀 나아졌다. 레이니가 힘을 제어하게 되면 그 가치는 이루 헤아릴 수 없다. 나라에서 보호하고 감시해야 할 만큼 중요한 인물이 될 것은 틀림없다.

"뭐, 길게 얘기했지만. 이쪽에는 아니스 님이 있고, 마석의 힘을 이용해 온 실적이 있어. 레이니의 향후를 보좌하는

데는 우리가 최적이야."

"……네, 잘 부탁드려요."

결의하여 표정을 다잡은 레이니가 깊이 머리를 숙였다. 레이니의 힘을 제어하는 것은 레이니에게도 우리에게도 이득이다.

"그럼 바로 실험하자."

"실험이요?"

"멋대로 힘이 발동된다는 건 제어가 안 되고 있다는 거잖아? 그렇다면 일단 자신의 의지로 힘을 써 보는 게 빠르지 않겠어?"

티르티가 재촉하듯 레이니의 어깨에 손을 얹고 활짝 웃었다. 그런 티르티를 보고 레이니의 얼굴이 단숨에 굳었다.

"하, 하지만…… 마석의 힘을 어떻게 쓰면 좋을지……."

레이니가 곤혹스러워하며 나와 티르티의 얼굴을 번갈아 보았다. 티르티는 그런 레이니를 보고 이상하다는 표정을 지었다.

"평범하게 마법을 쓰는 것처럼 하면 돼. 마법은 쓸 줄 알지?"

"으, 그, 그게…… 저는 마법이 서툴러서……."

"그럼 내가 가르쳐 줄게. 자! 바로 시작하자!"

"네에?!"

티르티에게 손을 잡혀 강제로 일어난 레이니가 안절부절못했다. 역시 말려야 할까. 실험을 시작하기 전에 레이니에게 확인받아야 한다.

"잠깐만 기다려, 티르티. 레이니한테 확인받아야지."

"확인?"

"마석을 기동시키면 마법이 폭발할지도 몰라. 먼저 유피와 일리아가 거리를 두게 해야 해. 그리고 마석을 기동시켜서 레이니에게 뭔가 변화가 생기면 어쩌려고?"

안 그래도 레이니는 마석을 가진 전대미문의 존재다. 무슨 일이 생겨도 이상하지 않았다. 마석을 기동시킨 영향으로 정신까지 마물처럼 될 가능성도 버릴 수 없다. 신중히 일을 진행하려고 하자 티르티는 눈을 찌푸렸다.

"아니스 님이 하고 싶은 말은 이해하지만, 그렇다고 뒤로 미룰 수도 없잖아? 실제로 선택지는 없을 텐데?"

"그건…… 그렇지만. 본인이 각오할 시간은……."

"—아뇨, 괜찮아요, 아니스 님. 저…… 하겠어요."

내 말을 막으며 말한 사람은 뜻밖에도 레이니였다. 조금 겁먹은 표정이긴 했지만 결심한 듯 나를 보고 있었다.

"……티르티 님의 말씀이 맞아요. 제가 힘을 제어하지 않으면 저는 죽어야만 하잖아요? 어차피 시도한다는 선택지밖에 없어요. 그러니까 괜찮아요. 만약 무슨 일이 생기면 폐를 끼치게 될지도 모르지만……."

"……그걸 위해 내가 있는 거야. 정말로 괜찮은 거지?"

"네."

내가 거듭 확인하자 레이니는 작게 고개를 끄덕였다. 레이니가 하겠다고 정했는데 내가 말리는 것도 주책인 것 같아서 나는 입을 닫았다.

레이니의 동의를 얻은 것을 확인한 티르티가 레이니 뒤로 가서 등에 손을 올렸다. 티르티는 내게 확인하듯 시선을 보냈다. 나는 티르티에게 고개를 끄덕여 대답했다.

"혹시 모르니까 유피랑 일리아는 물러나 있어."

"네."

"알겠습니다."

레이니의 힘이 폭발했을 때에 대비해 유피와 일리아는 거리를 두게 했다. 두 사람이 거리를 둔 것을 확인하고 나서 티르티의 강의가 시작됐다.

"잘 들어. 마력을 조작하려면 체내의 마력을 느끼고 마력 조작에 익숙해져야 해. 체내에 보유할 수 있는 마력의 양은 정해져 있어. 남은 마력은 호흡이나 체액과 함께 배출돼. 아니스 님, 레이니의 마석은 심장에 있어?"

"응. 내가 조사했을 때, 보통은 없는 이물이 심장에서 느껴졌어."

내 대답을 듣고 티르티가 레이니의 등을 흥미롭게 쓸었다. 레이니는 등을 쓸어내리는 감촉에 흠칫거리면서도 얼굴을 굳히고 있었다.

"……그러게. 확실히 마석으로 여겨지는 게 있어. 마력이

통하고는 있는 것 같은데 마석 자체가 활성화되지 않은 느낌이야. 무의식적으로 발동될 만한 마력은 마석 자체에 비축되어 있는 것 같지만, 의식해서 쓰는 게 아니라서 불활성 상태인 건가?"

"아, 알 수 있는 건가요?"

"촉진하면 마력의 흐름은 대충 알 수 있어. 나는 내 몸 상태를 관리하는 데 필요했고, 아니스 님은 나를 진찰하는 데 필요해서 감각을 익혔지."

마력량의 차이는 있어도 이 세계의 인간은 마력을 가지고 있다. 자신 안에 흐르는 마력의 감각을 파악하면, 상대의 몸을 직접 만져서 마력의 흐름을 대충 알 수 있다. 나도 그걸로 레이니의 마석을 확인했었다.

"우선 크게 숨을 들이쉬어. 숨을 마시면서 배에 의식을 집중하는 거야. 세대로 마력을 느낄 수 있게 의식을 집중하면 배에 마력이 고이는 걸 알 수 있을 거야."

레이니가 눈을 감고 티르티의 지시에 따라 숨을 들이쉬며 심호흡을 반복했다. 몇 번 심호흡을 마친 레이니에게 티르티가 말했다.

"배에 마력이 고인 걸 느꼈으면 숨을 크게 내뱉어. 고여 있던 마력이 숨과 함께 나갈 거야. 마력의 흐름을 느꼈다면 그 감각을 기억해. 그리고 이번에는 그걸 온몸으로 순환시켜 봐. 배에서 가슴으로, 가슴에서 팔로. 팔에서 다리로 갔다가 다시 배로 돌아가."

레이니가 천천히 숨을 내뱉었다. 그리고 다시 크게 숨을 들이마셨다. 심호흡을 반복하는 레이니를 살핀 티르티가 어깨에 손을 얹으며 말했다.

"잘하고 있어. 마력의 유동은 파악했나 보네. 이번에는 그 마력을 심장에 모이게 해. 마력이 심장에 녹아들지 않아?"

"……네. 확실히 가슴에 뭔가가 있는 것 같아요. …… 흐름을 막고 있는 것 같기도 해요."

"착하네. 그 감각이야. 안달 내지 말고 천천히, 조금씩 마력을 주입해서 풀어내듯이 의식해 봐."

티르티의 말을 따라 레이니가 일정한 리듬으로 호흡하며 마력을 조작했다. 의식을 집중하기 위해 눈을 감은 레이니의 숨소리가 잘 들릴 만큼 공간이 조용해졌다.

레이니가 한동안 그 상태로 있으니 갑자기 정전기가 인 것처럼 등이 찌릿했다. 동시에 레이니가 휘감은 기운이 달라졌다. 지금까지 레이니에게 느꼈던 뭔가가 하나로 뭉치는 듯한 그런 느낌이었다.

소용돌이치듯 레이니의 기운이 집중되고 이내 안정되었다. 그러자 레이니가 크게 숨을 내쉬고 천천히 눈을 떴다. 나는 레이니의 눈을 보고 깜짝 놀라고 말았다.

"레이니, 눈이—."

"눈이요……?"

레이니가 열에 들뜬 얼굴로 나를 보았다. 그 눈은 회색이 아니라 진홍색으로 물들어 있었다. 변해 버린 눈의 홍채 안쪽에서 요요한 빛이 일렁거렸다.

"이게…… 뭐지……? 어? 이가……."

"이?"

레이니가 멍하니 입을 살짝 벌렸다. 확연하게 뾰족해진 송곳니가 보였다. 더더욱 뱀파이어 같아진 레이니를 보고 나도 모르게 달려갔다.

"레이니, 일단 마력을 진정시켜. 천천히 방출하는 거야."

"내가 도울게. 레이니, 내 마력 유도를 따라."

"네……."

레이니가 눈을 감고 천천히 숨을 내쉬었다. 나는 레이니의 손을 잡았고, 티르티가 뒤에서 양쪽 어깨에 손을 얹었다. 얼마나 그러고 있었을까. 레이니의 마력이 진정된 것을 확인할 수 있었다. 그와 동시에 레이니도 다시 눈을 떴다.

눈동자에 떠올라 있던 요요한 빛은 사라졌지만 색깔은 완전히 진홍색이 되어 있었다.

"눈 색이 바뀌었어……. 뭔가 시야에 변화는 있어?"

"아뇨, 특별히 없어요. 하지만 눈에 위화감이 든다고 할까……."

"위화감?"

"네. 뭐랄까, 마력을 쉽게 보낼 수 있다고 할까……."

"······마안(魔眼)일까? 상대에게 매료를 거는 전형적인 수단이긴 해."

눈에 마력을 담아서 고유한 마법을 쓰는 마물은 존재한다. 그런 특수한 힘의 매개체가 되는 눈을 나는 마안이라고 부르고 있었다. 레이니가 마석을 활성화하면서 겉으로 변화가 나타난 것일지도 모른다.

"그리고 치아와 손톱도 그래요. 마력을 담으면 동물의 엄니처럼 키우거나 딱딱하게 만들 수 있을 것 같아요."

"흠······ 육체 변화인가. 흥미로운 힘이야. 비슷한 효과를 발휘하는 마법은 생각나지 않아. 마력으로 덮는 마법은 있지만 육체 자체를 변화시키지는 않으니까."

티르티가 흥미로워하며 대화에 끼었다. 하지만 레이니의 정면에는 가지 않으려고 했다. 마안이라고 듣고 경계하는 것일지도 모른다.

"레이니, 매료는 어때? 의식해서 억제할 수 있겠어?"

"네, 어떻게든······. 지금까지는 줄곧 숨 쉬기 답답했다고 할까, 뭔가 막혀 있는 느낌이었는데, 지금은 의식이 굉장히 또렷하고 힘의 사용법도 대충 알 것 같아요. 흐름을 막는 게 아니라 최소한으로 하면······."

"역시나."

"역시나?"

만족스럽게 숨을 내쉬는 티르티를 보고 나는 무심코 고개를 갸웃했다. 뭐에 납득한 걸까? 내가 의문스러워하는 걸 알았는지 티르티가 의기양양한 표정을 지었다.

"레니의 힘은 제어되지 않고 그냥 흘러나오는 마력으로 움직이고 있었어. 그렇다면 일단 움직임이 정상화되면 제어할 수 있겠다고 생각했지. 마석은 레니의 체내에 있는 게 당연한 것. 불활성 상태로 있는 편이 더 불건전한 거야."

"……그렇구나."

듣고 보니 확실히 납득이 갔다. 마물에게 마석은 신체 일부, 장기와 같다고 생각하면, 정상적으로 작동하지 않기에 문제가 생긴 거라고 여길 수도 있다.

이번에 레니가 마력을 보내 제어하에 둠으로써 레니는 처음으로 정상적인 상태로 돌아왔다고 말할 수 있을지도 모른다. 레니도 마석에 마력을 보내기 전까지는 답답함을 느꼈다고 했으니, 아주 블린 가설도 아닐 것이다.

"유피, 일리아. 괜찮은 것 같아. 이제 이쪽으로 와도 돼."

"네."

내가 허락하자 유피와 일리아가 빠르게 이쪽으로 다가왔다.

유피는 내 옆에, 일리아는 레니 곁으로 다가가 얼굴을 들여다보았다.

"레니 님, 괜찮으십니까?"

"네, 괜찮아요. ……저기, 저를 보고 뭔가 이상한 느낌이 드나요?"

레이니가 기대하는 얼굴로 일리아에게 물었다. 매료의 힘을 직접 억제하고 있다는 느낌이 드는지 밝은 목소리였다.

하지만 질문받은 일리아의 반응은 떨떠름했다. 그저 가만히 레이니의 얼굴을 보다가 고개를 가로저었다.

"……아뇨, 특별히 바뀐 느낌은 들지 않습니다. 눈 색이 바뀐 것이 신기한 정도일까요?"

"어……?"

일리아의 대답은 레이니가 기대한 답이 아니었을 것이다. 굳어 버린 레이니 앞으로 티르티가 이동했다. 레이니의 눈을 관찰한 티르티는 고개를 한 번 끄덕이고서 레이니에게 말했다.

"괜찮아. 지금 네가 뭔가 하고 있는 것 같지는 않아. ……그렇다면 매료는 감정 자체를 조작한다기보다 인식을 각인하는 데 가까울지도 모르겠어."

"인식을 각인한다고요……?"

"알에서 갓 부화한 새끼 새는 처음 본 존재를 부모로 인식한다고 하잖아? 그것처럼 시선을 맞춤으로써 자신을 비호할 대상으로 인식하도록 각인하는 거야. 그게 매료의 시스템이지 않을까?"

"인식 각인인가. 확실히 그럴듯해. 지금은 마석을 제어하에 둬서 인식을 계속 갱신하진 않는 거네."

티르티의 가설에 나는 손바닥 위에 주먹을 올리며 납득했다.

레이니의 눈 색이 변화한 것은 인식을 각인하는 마안이라는 촉매로 변화했기 때문이라고 생각하면 앞뒤가 맞는다. 눈이 마주치면 사랑에 빠지듯 인식을 각인시키는 느낌이리라.

"하지만 그렇다면 레이니 님을 계속 보호하려고 해야 하지 않나요? 학생들이 레이니 님에게 악감정을 가지게 되는 건 이상하지 않습니까?"

"각인은 어디까지나 각인이지 감정 자체를 조작하는 게 아니야. 인식과 감정이 일치하지 않는 일은 흔하고, 그 차이가 커질수록 뒤틀려 가는 거겠지. 자각은 못 하지만 그 뒤틀림이 스트레스가 되어서 결과적으로 레이니에 대한 악감정으로 반전되기도 할 거야."

일리아의 의문에 티르티가 희희낙락대며 자신의 가설을 말했다. 마치 물 만난 물고기 같았다.

매료는 좀 더 복잡한 것인 줄 알았는데, 이렇게 알기 쉬운 시스템이라면 관계가 뒤틀리는 것도 설명이 됐다.

"……활발하게 의논하는 건 좋지만. 레이니도 지친 것 같으니 여기서 한숨 돌리는 게 어떨까요?"

크흠, 작게 헛기침하고서 유피가 우리에게 말했다. 유피의 말에 레이니가 미안해하며 움츠러들었다. 레이니도 계속 긴장했었으니 유피의 말은 타당했다.

"그것도 그러네. 우리 메이드한테 차를 준비시킬게. 잠깐 쉬자."

*　*　*

'……아니스 님도 티르티도 대단해요.'

제 한마디에 휴식하는 흐름이 된 것을 보며, 문득 자신이 그렇게 생각하고 있다는 것을 깨달았습니다.

레이니에게 마석이 있다는 걸 감지하고, 힘의 구조까지 해명하고, 해결책을 제시하고. 저는 아무리 애써도 이룰 수 없는 일입니다.

"응? 유피? 왜 그래?"

"아뇨, 아무것도 아니에요."

"그래……?"

걱정스럽게 저를 살피는 아니스 님을 피하면서 저는 슬쩍 한숨을 쉬었습니다.

아니스 님이 약혼 파기와 관련된 이야기에서 은근슬쩍 저를 빼려고 하는 것은 느끼고 있었습니다. 그래서 아니스 님이 알현 자리에 동석하기로 하셨을 때, 저를 빼놓는 것에 소외감을 느꼈습니다.

약혼이 파기되고 시간이 지난 지금, 저도 생각하는 바는 있습니다. 하지만 결국 제 노력이 부족해서 일어난 일입니다. 누군가를 비난하고 싶은 마음은 없습니다.

저는 그래야만 하는 입장이었고, 누구도 상상하지 못한

레이니라는 요소를 빼더라도 아르가르드 님과의 관계는 양호하지 않았습니다.

모든 잘못이 레이니의 매료에 있는 건 아닙니다. 저도 할 수 있는 일이, 해야만 하는 일이 있었는데, 그 역할을 다하지 못한 것도 잘못입니다. 그러니 적어도 자신이 저지른 실수는 만회하고 싶습니다.

그러기 위해 제가 할 수 있는 일은 뭘까요? 아니스 님의 조수라는 입장으로 이곳에 있지만, 티르티가 더 조수 같다는 생각이 듭니다.

'……티르티가 나쁜 건 아니지만.'

어째서인지 아니스 님과 티르티가 의논하는 모습을 보는 것이 조금 괴로웠습니다.

가슴을 쓸어내리며 조금이라도 자신의 기분을 지우려고 했지만 잘 안 되었습니다.

"─있지, 유필리아 님?"

"……?! 왜, 왜 부르시죠?"

갑자기 지척에서 들린 목소리에 얼굴을 들었습니다. 티르티가 저를 빤히 보고 있었습니다. 집어삼킬 듯 쳐다보면서 아무 말도 하지 않았습니다.

"흐응……?"

"저기……."

"금서를 서고에 다시 갖다 놓을 건데, 잠깐 같이 가자."

"네?"

"아니스 님, 유필리아 님을 잠깐 빌릴게."

"뭐?"

티르티의 뜬금없는 선언에 저는 얼떨떨해지고 말았습니다. 제가 말리기 전에 티르티가 아니스 님에게 말했습니다. 아니스 님은 무슨 소리냐는 듯 얼굴을 찌푸렸습니다.

"갑자기 왜?"

"괜찮잖아. 그냥 유필리아 님과 둘이서 잠깐 얘기하고 싶어서 그래. 책을 서고에 갖다 놓고 오는 거니까 금방 돌아올 거야."

"……아니, 티르티라서 신용이 안 가는데."

"안 돼?"

"안 된다고 할까……. 유피?"

어쩔래? 하고 묻듯 아니스 님이 곤란한 얼굴로 저를 보았습니다. 솔직히 저도 갑작스러워서 어떻게 대답해야 할지 모르겠습니다.

"뭐, 어때. 가끔은 나도 교류하고 싶은 상대가 있어."

"……더더욱 수상해."

"뭐야, 보호자가 없으면 일대일로 얘기도 못 해?"

"끄으으으응."

그렇게 말하니 아니스 님도 대꾸할 수 없었습니다. 그리고 저도.

"……아니스 님, 괜찮아요. 잠깐 다녀올게요."

"유피……."

"안 잡아먹으니 걱정하지 마. 자, 가자."

티르티를 따라 둘이서 방을 뒤로했습니다.

복도를 걷는 동안 티르티는 줄곧 아무 말도 없었습니다. 저는 그저 뒤따라갈 수밖에 없었고, 그렇게 걷다 보니 서고로 여겨지는 방에 도착했습니다.

"일단 못 박아 두겠는데. 이 서고는 비밀이야."

"그 책 말고도 금서가 있나요?"

"응. 자, 들어가자."

"……실례합니다."

안에 들어가니 서고 냄새가 코를 간질였습니다. 이 냄새는 싫어하지 않습니다. 옛날부터 독서를 좋아해서 책 냄새도 친숙했습니다. 제가 안으로 들어간 후, 티르티도 서고에 들어와 문을 잠갔습니다.

문을 닫으니 서고가 어두워졌지만, 티르티가 작게 중얼거리자 희미한 빛이 켜졌습니다. 별궁에서 사용하는 마도구 램프가 여기서도 쓰이는구나 싶어서 감탄하고 말았습니다.

"이 서가야. 책 위치는 정해져 있거든."

방이 아주 넓지는 않았지만 여러 책이 서가에 꽂혀 있었습니다. 관심이 가서 방 안을 둘러보았습니다.

그러는 사이에 티르티는 들고 있던 책을 서가에 꽂았습니다. 그곳이 원래 있던 자리였는지 책과 책 사이에 티르티가 가져온 책이 딱 맞게 들어갔습니다.

"─그래서? 나한테 뭔가 할 말 있어? 유필리아 님."

"네?"

"아까부터 나한테 예사롭지 않은 시선을 보내는 것 같았는데, 기분 탓인가?"

"……눈치채고 있었나요?"

티르티가 눈치챘다면 아니스 님도 눈치채셨을까요?

무심코 자신의 뺨을 쓸자 갑자기 티르티가 웃음을 터뜨렸습니다.

"괜찮아. 아마 나랑 일리아만 눈치챘을 거야. 아니스 님은 자신에게 보내는 악의에는 민감하지만 호의를 가진 사람의 감정에는 둔해."

"……하아."

"─질투?"

질투. 티르티의 그 말을 듣고 저도 모르게 인상을 쓰며 입을 꾹 다물었습니다. 가슴속에 자리 잡아 숨 막히게 하는 이 감정은 질투일까요?

"어? 자각 없었어? ……뭐랄까, 정말 예쁘게 자란 아가씨네."

"……질투하는 것처럼 보였나요?"

"그것 말고 뭐로 보이는지 오히려 묻고 싶을 정도야. 나는 아니스 님과 달리 내게 보내는 감정이 뭔지는 판단할 수 있어."

티르티는 어이없어하며 한숨을 쉬었습니다. 생각해 보면 후작 영애답지 않은 그녀와 만났을 때부터 내심 느끼는 바가 있었던 것 같습니다. 예전부터 아니스 님과 아는 사이, 서로를 이해하는 거리감에서 제게는 없는 것이 느껴지는, 그런 기분을.

제게 없는 것을 가지고 있고, 아니스 님과의 거리가 가까운 티르티에게 질투했던 거라고 생각하면 납득이 갑니다. 동시에 자신이 이런 무거운 감정을 느낀 것에 기분이 나빠졌습니다.

"아아, 진짜. 설마 이렇게 순수할 줄은 몰랐지……. 그냥 살짝 찔러볼 생각이었는데."

"……죄송해요."

"사과하지 마. 오히려 곤란해."

머리를 벅벅 긁은 티르티가 혀를 찼습니다. 제가 이렇게 만들었다고 생각하니 미안해서 어깨를 움츠리고 말았습니다.

"……유필리아 님. 하나 물어봐도 돼?"

"뭐가 궁금하신가요?"

"얼마나 진심이야?"

무슨 뜻으로 묻는 것인지 알 수 없어서 저는 어리둥절한 표정을 지었습니다.

"저, 뭐가 말인가요?"

"진심으로 아니스 님의 조수가 되려는 거냐고 묻는 거야."

그 물음에 저는 심장을 붙잡힌 듯한 기분을 느꼈습니다. 일순 제대로 숨을 쉴 수가 없어서 히끅거리는 소리가 났습니다.

왜 그런 걸 묻느냐고 질문하고 싶어도 목소리가 나오지 않았습니다. 친밀하게 의논하던 아니스 님과 티르티가 머릿속에 떠올라서 아무 말도 나오지 않았습니다.

"그런 표정 짓지 마. ……아아, 진짜. 어떻게 물어보면 좋을까? 유필리아 님은 참 다루기 어려운 아이야. 나는 유필리아 님이 상관없다면 조수든 뭐든 하면 된다고 생각해. 아니스 님이 유필리아 님을 조수로 두고 싶어 하는 기분은 이해하거든."

"네?"

"나는 솔직히 관심 없지만, 유필리아 님이 약혼을 파기당한 원인은 레이니였잖아? 소동의 원인도 알았고, 유필리아 님의 불명예도 드래곤을 토벌한 공적으로 어느 정도 회복됐어. 굳이 아니스 님의 조수로 있을 필요가 있어?"

"……왜 그런 걸 묻나요?"

저도 모르게 눈을 찌푸리고 티르티를 보았습니다. 대체 제게 뭘 묻고 싶은 건지 불분명했습니다.

"유필리아 님이 공작 영애로서 책무를 다할 거면 아니스 님 곁에 언제까지고 있을 순 없잖아?"

"……그, 건."

"아니스 님이 유필리아 님을 조수로 삼은 건 명예를 회복시키기 위해서지? 그 목적은 달성됐고, 소동의 원인이 된 레이니의 수수께끼도 해명됐어. 레이니에게 현혹됐던 자제들도 원인을 알았으니 재교육으로 어떻게든 되겠지. 그렇다면 유필리아 님이 계속 아니스 님의 조수로 있을 이유가 없잖아? 명예 회복이 아직 충분하지 않다고 한다면 부정은 못하지만, 그것도 시간문제겠지. 규격을 벗어난 저 사람이 일을 저지르니 말이야."

"……그러니까 왜 그런 걸 묻는 건가요?"

"一어중간한 마음으로 아니스 님 곁에 있으면 반드시 후회할 테니까."

티르티가 담담히 꺼낸 말에 이번에야말로 저는 꼼짝할 수 없게 되었습니다. 그런 저를 보고 티르티가 콧방귀를 뀌었습니다.

"딱히 유필리아 님을 위해 하는 말은 아니야. 오히려 아니스 님을 위한 거야."

"아니스 님이요……?"

"아니스 님은 유필리아 님이 마음에 든 것 같으니까. ……그러니까 어중간하게 매달려 있을 뿐이라면 그만둬."

티르티는 손을 살랑살랑 흔들며 제게 말했습니다. 하지만 저는 아무 말도 못 하고, 손끝 하나 까딱하지 못하며 우두커니 서 있을 수밖에 없었습니다.

어중간하게 매달려 있을 뿐. 그건…… 그건 바로 제가 느끼던 무력감이었습니다. 저는 티르티처럼 아니스 님과 의논하지 못하니까요.

"그렇게 울 것 같은 표정 짓지 말래도 그러네……. 진심으로 조수가 될 거라면 안 말려. 하지만 그래도 괜찮겠냐고 확인하는 거야."

"안 괜찮을 게 있나요……?"

"아니스 님 곁에 있었으니 알 거 아니야? 그 사람은 기본적으로 이단이야. 지금은 아직 폐하가 있으니까 괜찮지만, 아르가르드 왕자가 국왕이 되면 국내에 아니스 님의 자리가 있을까?"

티르티가 꺼낸 말에 저는 머리를 세게 얻어맞은 듯한 충격을 받았습니다.

"아르가르드 왕자는 아니스 님을 싫어해. 지금처럼 별궁에 틀어박혀 있는다고 해도 용납하지 않을지도 몰라. 신하가 되더라도 왕도에서 멀리 떨어진 변경 영지를 받는 게 가장 평화로우려나? 유필리아 님은 그걸 함께할 수 있어?"

폐하가 퇴위하고 이대로 아르가르드 님이 왕이 된다면…… 아르가르드 님과 사이가 좋지 않은 아니스 님은 확실히 왕도에 있지 못하게 될지도 모릅니다.

그래서 왕도를 떠나 변경으로 거처를 옮길지도 모릅니다. 일어날 수 있는 미래입니다. 그걸 함께할 수 있느냐는 물음에 저는 바로 대답할 수 없었습니다.

'……저는, 어쩌고 싶은 걸까요?'

제가 바라는 것. 소망만을 말하자면 이대로 아니스 님과 함께 걷고 싶다는 생각은 있습니다. 그분을 지켜보고 싶고 보좌하고 싶습니다. 저는 그 소원을 이루어도 되는 걸까요……?

"냉엄한 소리지만…… 유필리아 님한테는 아니스 님의 조수로 있는 것 말고도 길이 있어. 아니스 님의 편이 될 듯한 귀족과 혼인해서 아르가르드 왕자가 즉위한 뒤에 아니스 님을 지원하는 방향의 길도 있잖아?"

"……그렇, 죠."

"아～ 진짜. 살짝 찔러만 볼 생각이었는데 어쩌다 인생 상담이 된 거야. 그냥 마음대로 굴어도 된다고 생각하지만……. 나도 아니스 님과는 질긴 인연이니까. 오래 알고 지낸 얼마 없는 친구의 어두운 얼굴은 보고 싶지 않아. 그래서 유필리아 님이 어중간하게 있으면 곤란해. 아니스 님은 유필리아 님을 소중히 여기고 있어. 무슨 일이 생기면 아니스 님은 또 소동을 일으킬걸?"

흥, 콧방귀를 뀌며 티르티가 잘라 말했습니다. 제자리걸음만 하며 전진하지 못하는 저는 미안한 마음에 시선을 내리고 말았습니다.

"티르티는, 아니스 님과 친하군요."

"그냥 서로 거리낌이 없을 뿐이야. 사이가 좋진 않아."

"하지만……."

"하지만이고 나발이고 없어. —왜냐하면 나와 아니스 님은 절대 서로를 이해할 수 없는 점이 있거든."

"……이해할 수 없는 점이요?"

그런 점이 두 사람 사이에 있는 걸까요? 이상해서 티르티의 얼굴을 보고 말았습니다. 그리고 저는 흠칫했습니다.

티르티가 감정이 사라진 얼굴로 정색하고 있었기 때문입니다. 램프 불빛을 받은 무표정이 몹시 인상적이라 무심코 침을 꼴깍 삼키고 말았습니다.

"나는, 마법을 혐오해."

"……마법을?"

"어릴 때부터 나를 괴롭히고 인생을 망친 이딴 재능이, 그런 저주받은 힘을 훌륭한 것이라며 떠벌리는 귀족이 싫어. 마법 따위 차라리 쇠퇴해 버렸으면 좋겠다고 생각해. 그래서 나는 아니스 님이 마법을 동경하는 게 구역질이 날 만큼 싫어."

티르티는 희미하게 웃으며 말했습니다. 그 목소리는 명백하게 진심을 말하고 있었습니다.

"나는 아니스 님이 마학을 추구하는 것도, 마도구를 만드는 것도 유쾌해. 그래서 돕고 있어. 하지만 생각은 정반대야. 나는 마법이 마도구라는 형태로 평민 손에 넘어가서 마법의 위상이 떨어지길 바라. 하지만 아니스 님은 마법을 순수하게 좋아해. 진심으로 동경하여 어린애처럼 눈을 반짝거

리며 마법은 훌륭한 것이라고 믿고 있어. 그게 자신에게 주어지지 않았더라도 말이야. 바보 같지?"

내씹는 듯한 어조였으나 목소리는 상냥하게 들렸습니다. 티르티의 모순된 태도에 저는 시선을 빼앗길 뿐이었습니다.

티르티가 마법을 원망하고 미워하는 것은 사실일 겁니다. 아니스 님을 싫어하는 것도. 그래도 티르티는 아니스 님을 친구라고 부르며 아니스 님의 꿈을 돕고 있었습니다. 거기에 바라는 것이 아니스 님과 같지 않더라도.

"나랑 아니스 님의 거리를 보고 고민할 시간이 있으면 확실하게 생각해 둬. 자신이 뭘 하고 싶은지. 나는 재미있어서 돕긴 하지만 아니스 님의 소원을 함께 빌 생각은 없어. 유필리아 님이 그걸 보좌하고 싶다면야 상관없지만, 편한 길은 아닐 거야."

티르티가 고한 말에 저는 아무 대답도 할 수 없었습니다. 그래도 최소한 고개를 작게 끄덕였습니다.

이에 대한 답을 낼 때가 온다면. 그건 분명 내게 커다란 선택이 될 거라는 예감이 들었으니까.

*　*　*

클라렛 후작가의 별가에서 별궁으로 돌아온 후, 잠잘 준비를 하고 방에서 혼자 이것저것 생각하고 있으니 아니스 님이 걱정스러운 얼굴로 저를 찾아왔습니다.

"······유피, 티르티가 뭔가 무례한 짓을 하진 않았어?"

아니스 님에게 걱정을 끼쳐서 조금 가슴이 괴로워졌지만, 저는 웃으며 대답했습니다.

"괜찮아요."

"······하지만 왠지 기운이 없는걸?"

얼굴에 드러난 걸까요. 저도 모르게 얼굴을 만지자 아니스 님이 눈썹을 찡그렸습니다. 이건 숨길 수 없을 것 같습니다. 저는 포기하고서 한숨을 쉬고 아니스 님을 보았습니다.

"······앞으로 어떻게 할지 생각하고 있었어요."

"앞으로?"

"레이니의 사정도, 일련의 소동이 일어난 원인도 보이기 시작했으니까요."

"뭐, 그렇지."

"네. 시간은 걸리겠지만 사태는 수습되겠죠. ······그래서, 앞으로 어떻게 할지를."

"······그렇구나."

걱정하던 아니스 님의 표정이 조금 풀어졌습니다. 티르티가 제게 장래를 생각하라고 말했을 거라고는 생각하지 않는 것 같았습니다.

"······어중간한 건 저도 싫으니까요."

"어중간하다니? 뭐가?"

제 중얼거림을 듣고 아니스 님이 의아해하며 고개를 갸웃했습니다. 계속 세워 두는 것도 좋지 않은 것 같아서 침대에 앉아 손으로 옆자리를 두드렸습니다. 아니스 님은 제 의도를 알아차리고 옆에 앉아 주셨습니다.

　아니스 님도 잠잘 준비를 마치셔서 평소에는 묶고 다니는 머리를 풀고 있었습니다. 옆에 나란히 앉은 아니스 님에게서 정면으로 시선을 옮기고 제 생각을 천천히 말했습니다.

　"지금까지 있었던 일을 돌아보고, 제가 아르가르드 님의 약혼자로서 미흡했다고 생각하게 됐어요. 아니스 님이 도와주셔서 명예는 회복될 것 같아요. 하지만…… 저 자신이 바뀌지 않으면 의미가 없어요."

　"……응."

　"저는 아니스 님께 은혜를 느끼고 있어요. 아니스 님을 돕고 싶기도 하고, 눈을 뗄 수 없다고도 생각해요. 마학은 훌륭한 학문이고, 마도구는 사람들에게 도움이 되는 발명이라고 확신해요. 저도 힘이 되고 싶은데…… 솔직히 지금 제가 뭔가를 할 수 있을 것 같지는 않아요."

　시선을 떨어뜨려 자신의 손바닥을 바라보며. 그렇게 중얼거리자 아니스 님의 손이 제 손을 감싸듯 잡았습니다.

　"……미안해. 유피가 그렇게 신경 쓰고 있을 줄은 몰랐어."

　"아니스 님이 저를 걱정하시는 건 알아요. 제가 무리하지 않도록, 자유롭게 지낼 수 있도록 하셨죠."

"······응. 유피는 지금까지 주어진 일을 아주 열심히 했잖아? 그러니까 좀 더 자신의 시간이나 자유로운 시간을 가졌으면 했어······."

"네. 이 별궁에서 지낸 시간은 짧지만 신선하고 즐거운 일들뿐이었어요. 그래서, 이곳이 정말로 편해서······ 아니스 님에게는 말로 다 할 수 없을 만큼 감사해요."

아니스 님이 제 손을 꽉 잡았습니다. 그 손을 저도 맞잡았습니다.

"이대로 있고 싶다고, 처음으로 생각했을지도 몰라요. 하지만 그럴 순 없어요. 저는 마젠타 공작가의 딸이고, 귀족의 딸로서 다해야만 하는 의무가 있어요."

"······응."

"가능하다면 그 책무를 당신 곁에서, 당신의 힘이 되도록 다하고 싶어요. 저는 아니스 님을 위해 뭘 할 수 있고 뭘 해야 할까요. ······조수라고 해도, 티르티가 저보다 더 지식이 있고, 저는 조수로서 그다지 도움이 안 되는 것 같아서."

"그건 내 잘못이야! 유피를 배려한다는 게 반대로 헛돌았다고 할까······!"

아니스 님이 허둥지둥 거리를 좁히고서 미안한 듯 눈썹을 모으며 말했습니다. 그 미간을 밀어 아니스 님과 거리를 뒀습니다.

"네, 그것도 알아요. 그래서 저도 좀 더 스스로 움직여야 한다고 생각했어요. 아니스 님 곁에 있어도 부끄럽지 않도록."

솔직히 아직 저는 자신의 장래를 그릴 수가 없습니다. 귀족의 의무라고 말은 했지만 집에 돌아갈 생각은 없습니다. 영애로서 사교계에 돌아가는 것도 뭔가 아닌 것 같습니다.

불확실한 것들뿐이라서 자신의 미래를 그릴 수 없습니다. 분명 아니스 님이 보는 세계를 엿봤기 때문이겠죠. 저는 아직 입구에 서 있을 뿐이라는 걸 알았기에.

"……아니스 님은 어째서 그렇게나 마법을 좋아하시나요?"

제가 질문하자 아니스 님은 제 손을 잡은 채 천장을 보았습니다.

"음~ 좋으니까 좋아해. 이유는 그만큼 간단하고, 그저 동경해. 사랑에 빠질 만큼."

"본인은 마법을 쓰지 못해도 말인가요?"

"그건…… 무척 아쉽지만. 그래도 나는 지금의 내가 그렇게 싫지 않아. 나라서 보이는 것도 있다고 생각하고, 나라서 만들어 낸 것도 있어. 그건 누군가에게 양보할 수 있는 게 아니니까."

그렇게 말하며 웃는 아니스 님의 얼굴은 눈부실 정도였습니다. 반짝거리는 눈에서 빛이 흘러넘쳤습니다. 거기에 빛나는 것이 있다는 걸 믿어 의심치 않는 것처럼.

—저는 당신의 그런 옆모습에 속절없이 끌리고 맙니다. 하지만 먼 곳을 바라보는 당신은 그대로 날아가 버릴 것 같으

니까, 부디, 적어도.

"……저도, 좋아하고 싶어요."

티르티는 마법 재능을 저주라고 말했습니다. 그래서 아니스 님과 소망은 합치하지 않는다고 했습니다. 티르티에게 마법은 미워해야 할 것이니까. 그럼 제게 마법은 뭘까요? 그 답은 아직 보이지 않지만.

"아니스 님."

이름을 부르고 맞잡은 손에 힘을 줬습니다. 저도 바라도 될까요? 여기 있고 싶다고, 그런 고집을 이루기 위해. 당신과 함께 있고 싶으니까, 마법을 좋아하고 싶어.

그런 저여도 괜찮을까요? 저는 그저 당신 곁에서 당신의 꿈을 함께 꾸고 싶습니다. 당신 곁에 있는 사람이 나였으면 좋겠다고, 그렇게 생각하고 맙니다.

이 마법 재능은 당신을 위해 있다고 말해도 될까요? 꺼내지 못한 말을 가슴에 눌러 담고서 저는 아니스 님에게 살며시 어깨를 기댔습니다.

"……오늘은 이대로 여기서 자도 될까? 유피."

제 행동을 어리광으로 받아들였는지 아니스 님이 상냥하게 말했습니다. 저도 작게 고개를 끄덕였습니다. 마음속으로 작게 죄송하다고 중얼거리고서. 아직 혼자 서지 못하는 저를 용서해 달라고 바라면서.

조금만 더 기다려 주세요, 아니스 님. 반드시 당신을 따라

잡을 테니까. 당신이 좋아하는 마법을 저도 좋아하고 싶어
요. 제 마법이 당신이 바라는 대로 있기를. 소소한 바람이지
만, 그게 지금의 제 목표니까.

4장 마학의 가치

클라렛 후작가의 별가에서 레이니를 검사한 후로 티르티가 별궁에 드나들게 되었다. 주된 목적은 레이니의 신체검사였다.

일리아는 왕성에 볼일이 있어서 자리를 비웠기에 별궁의 살롱에는 나, 유피, 레이니, 티르티만 있었다. 티르티는 외출할 때 검은 베일로 얼굴을 가려서 매우 수상쩍었다. 그렇게 햇빛이 싫은가.

"그래서 레이니 말인데, 역시 흡혈 충동이 들게 됐어?"

"네……."

티르티가 꺼낸 화제는 레이니의 흡혈 충동에 관해서였다. 마석을 활성화한 뒤로 레이니는 뱀파이어의 흡혈 충동을 느끼게 됐다. 자신의 몸에서 일어나게 된 충동이 송구스러운지 레이니는 또 위축되어 작아졌다.

"아무래도 평범하게 생산하는 마력이 마석으로 가서 몸이 마력 부족을 느끼고 흡혈로 타인에게서 마력을 섭취하려 드는 것 같아."

뱀파이어는 흡혈을 통해 피에 포함된 마력을 자기 것으로 만들 수 있었다. 일반적으로 마력 양도는 간단하지 않아서 어지간히 서로의 상성이 좋지 않은 한은 해 봤자 손해였다.

그리고 타인의 마력을 받으면 멀미와 비슷한 증상이 병발하여 대량으로 받지 못했다. 그래서 보충 방법은 아는 사람만 아는데, 뱀파이어는 마석을 거침으로써 타인의 마력을 자기 마력으로 만드는 데 뛰어난 것 같았다.

"흐응? 그래서 피는 먹이고 있어? 피를 빨렸다고 뱀파이어가 되지는 않지?"

"네, 일부러 만들려고 하지 않는 한은……. 그리고 피는 일리아 님이……."

"나랑 유피도 한 번 주긴 했는데, 역시 신분 때문에 일리아가 납득하지 못하더라고. 그래서 레이니에게 마력을 공급하는 건 일리아의 역할이 됐어."

나랑 유피의 피를 준 것은 비교하기 위해서였지만, 역시 계속 그럴 순 없다며 일리아가 강하게 주장하여, 레이니가 흡혈 충동을 느낄 때는 일리아가 피를 주고 있었다.

"근데 신기하네. 마석을 의식하게 되자 자연스럽게 사용법을 떠올리다니."

"네. 마석을 써서 그런지 다른 사람과 감각이 달라서 고생하고 있지만……."

"하지만 그 사용법은 뱀파이어만의 독특한 사용법이야. 역시 마석이 지금까지 경험한 것을 축적하고 있다는 가설은 맞는 것 같아."

"뱀파이어는 뱀파이어의 마석을 가진 자들이 계승하는 마법 체계를 지닌다고 해야겠지."

레이니는 원래 물 속성 마법이 특기였다고 한다. 지금도 물 속성 마법을 중심으로 실력을 키우고 있었다. 그중에는 유피도 어려워하는 마법도 있어서 우리를 놀라게 했다.

티르티가 말하길, 레이니가 다루는 마법은 평범한 마법이 아니라 레이니가 가진 뱀파이어 마석의 은혜라고 한다.

뱀파이어의 마석이 일종의 기억 장치가 되어, 마석을 계승시킴으로써 축적한 지식을 물려주고 진리에 도달하려고 한 게 아닐까 가설을 세우고 있었다.

마석 자체는 인지되지 않는다면 계속 다음 세대로 계승되고, 운 좋게 각성한 자에게 지식과 경험을 물려줌으로써 진리의 추구라는 야심을 유지하고자 한 것이다. 그런 집념이 느껴졌다.

"어쨌든 경과는 안정적인 것 같아서 다행이야. 레이니뿐만 아니라 아니스 님도."

"어떤 의미에서 레이니가 와 줘서 살았어. 여러 가지로 참고가 됐어."

지금 나와 티르티가 경과를 관찰 중인 실험도 순조로웠다. 이 타이밍에 레이니가 별궁에 와 준 것은 정령의 인도일지도 모른다.

레이니도 별궁 생활에 적응하여 최근에는 유피와 함께 공부하고 있었다. 레이니는 천재는 아니지만 대단한 노력가였다. 배운 것을 필사적으로 기억하려고 하는 모습은 매료의 힘이 없어도 기특하고 호감이 갔다.

……어째선지 나도 같이 공부하고 있지만. 왜 이렇게 된 걸까……?

'뭐, 유피가 즐거워 보이니까…….'

최근 레이니 일이 있었다고는 하지만, 유피를 배려한다면서 조수 일을 시키지 않은 것은 반성할 점이었다. 내가 몸을 혹사하지는 않는지 감시를 부탁했다고 할 수도 있지만, 그걸로는 공헌하고 있다는 실감이 들지 않는 것도 사실이다.

그런 가운데 의외로 즐겁게 나랑 레이니에게 공부를 가르쳐 주는 것 같아서 안심했다. 나도 왕족으로서 배울 게 있다고 하면 부정할 수 없다. 그렇다고 매너를 배우는 건, 응, 조금 귀찮지만.

뱀파이어의 생태와 힘도 조금씩 해석이 진행되고 있었다. 편안한 환경에 있으면 매료가 멋대로 발동하지 않는다는 것에 거의 확증을 얻었다.

조사 결과는 아바마마와 어마마마에게도 보내고 있고, 아바마마 쪽에서 사정을 아는 다른 사람들에게 전하고 있을 것이다. 현재로서 큰 문제는 없었다.

'평화롭네…….'

이대로 아무 일도 일어나지 않으면 좋을 텐데. 아르 군이 약혼을 파기하고, 드래곤이 습격하고, 뱀파이어가 실재함을 확인하는 등 살짝 나열해 봐도 최근에는 문제가 너무 많이 일어났다.

계속 평화롭기를. 속으로 작게 기도한 직후, 밖에 나갔던 일리아가 돌아왔다. 그 표정을 보니 맹렬하게 불길한 예감이 들었다.

얼핏 보면 평소와 다름없는 무표정 같지만, 그 표정과 풍기는 분위기가 험악해 보였다.

"다녀왔습니다. ……공주님."

"어서 와, 일리아. ……왜 그래? 무슨 일 있었어?"

"……네, 무척 유감스럽게도."

일리아가 깊이 한숨을 쉬어서 나는 하늘을 우러러보고 싶어졌다. 일리아가 이렇게까지 말하는 걸 보면 상당히 유감스러운 일이 일어난 모양이다. 평화롭기를 기도한 직후에 문제가 발생하다니, 확률이 얼마나 될까?

"무슨 일이 있었길래 그러나요?"

"공주님에게 초대장이 왔습니다. ……마법부에서."

마법부. 그렇게 말하면서 일리아가 내민 봉투는 확실히 마법부에서 온 것이었다. 나도 모르게 얼굴을 확 찌푸리고 말았다.

"왜 마법부에서……."

"안 좋은 일인가요?"

나와 마법부의 인연을 자세히 모르는 레이니가 곤혹스러워하며 중얼거렸다. 대답해 주고 싶지만, 우선 내용을 확인해야 한다. 나는 봉투를 열고 마법부에서 보낸 편지를 확인했다.

"······우와, 귀찮아······."

낮은 목소리로 중얼거리고 말았다. 레이니가 겁먹고 몸을 움츠렸지만 신경 써 줄 여유가 없었다. 그만큼 마법부에서 보낸 편지가 귀찮았기 때문이다.

"아니스 님? 무슨 내용인가요?"

"······드래곤의 소재에 관해 강연회를 열어 달래. 요약하면 드래곤의 소재를 대체 뭐에 쓰려는 건지 그 용도를 설명하라는 거야."

귀족다운 표현에 가끔 가시 돋친 비아냥을 섞는 거야 늘 있는 일이고. 내용은 내가 말한 대로였다. 보수로 받은 드래곤의 소재를 어떻게 쓸 건지 마법부 사람들에게 강연해 달라는 거였다.

내 말을 들은 유피가 눈을 찌푸리며 편지를 들었다. 그리고 내용을 확인할수록 유피의 표정이 어두워졌다.

"······아니스 님, 이건 대체?"

"흥. 어차피 트집 잡아서 소재를 뺏어 가려는 거겠지! 예전에도 그랬어! 그때는 다른 소재였지만!"

내가 연구에 쓰는 소재는 내 사비로 모은 것이다. 그래서 기본적으로 내가 무슨 소재를 쓰든 마법부는 불평할 수 없다. 하지만 마법부가 트집을 잡을 때가 있었다.

마도구가 불법 아니냐고 호소하는 것이다. 말하자면 종교 재판 같은 거다. 나 자신이 어떻게 되는 일은 없지만, 부당하게 마도구 개발을 중지당하고, 때에 따라서는 개발 중인 것을 압수당하기도 했다.

"네에?! 금서처럼 아니스 님의 발명을 불법으로 취급하여 압수한다는 건가요?"

내가 설명하자 레이니가 눈을 크게 뜨며 놀랐다. 역시 레이니도 그건 잘못됐다고 생각하는 모양이라 안도했다.

"그래. 확실히 내가 만드는 것 중에는 정령 신앙에 맞지 않는 물건이나 영향을 주는 게 있어. 나도 올바른 대화를 거쳐서 내려진 판단이라면 딱히 불만 없어. 하지만 그 녀석들은 그저 내 발목을 최대한 잡고 싶어서 그러는 거야!"

"뭔지 알아……. 나도 당했는걸."

내 짜증에 동의하며 티르티가 비꼬았다. 티르티가 압수당한 건 신약이지만. 나와 달리 티르티는 그 일로 귀찮아져서 신약을 조합해도 더 이상 공표하지 않게 되었다.

나도 발명품이 완성되면 일단 마법부보다 아바마마에게 가장 먼저 가져갔다. 아바마마의 판단을 듣고 나서 마법부에 신고할지 말지 정하는 거다. 평소에는 아바마마가 허락했다고 하면 별로 시끄럽게 굴지 않지만, 가끔 먼저 선수를

칠 때가 있었다.

그게 바로 소재를 조달한 타이밍을 알았을 때다. 나는 모험가로 활동하게 되면서 직접 마물을 잡아 소재를 조달했다.

그렇기에 남들 눈에 띄거나 소문이 나는 일도 늘게 되었다. 마법부가 트집을 잡기 시작한 것도 그 무렵부터다.

"마법부에서 그런 짓도 하나요?"

"해. 하지만 위법도 아니야."

"어째서죠?!"

"내가 딱히 용도를 정하지 않았다면 마법부가 그 소재를 매입하려고 하거든. 그건 정당한 거래라고 할 수 있어."

"매입이요?"

레이니가 의아해하며 고개를 갸웃했다. 어째서 매입하는지 모르겠다는 얼굴이었다. 나는 한숨을 쉬며 설명했다.

"마법부는 엘리트들이 모인 곳이야. 자금력도 충분히 있어. 조직의 예산도, 개인 자산도. 그래서 내가 용도를 정하지 않았다면 자신들이 사겠다고 하는 거야. 그리고 내가 거절하면 몰래 험담하는 거지. 탐욕스럽다느니, 수상한 실험을 하고 있다느니, 이것저것."

"……마법부의 장관은 모리츠 님의 아버지죠?"

"응, 맞아."

"……그런 너무한 일이 용납되는 건가요?"

"용납되지 않는 일이지만, 그렇게 활개 칠 만한 권력과 지위가 있는 게 마법부야."

이렇게 말하면 마법부는 안 좋은 사람들의 모임 같지만 제대로 일은 하고 있었다. 내가 하려는 일과 이루려고 하는 일이 마법부의 일과 사상, 이념과 맞지 않아서 문제라고 하면 인정할 수밖에 없다.

"그리고 마법부 사람이 전부 그렇진 않아. 순수하게 마법 실력과 우수한 성적을 인정받은 연구자도 있어. 하지만 정치가로서의 입장이 강해지면 아무래도 달라져."

마법부는 국정을 상담하는 곳이기도 했다. 엘리트 의식이 높아서, 나라의 문화와 질서를 자신들이 견인한다는 자부심이 있었다. 그래서 나와 대립하는 거지만.

마법부 측에서는 「자신들이 양보해 줬는데 저놈의 왕녀님은」 하고 생각하겠지. 그래서 소재의 용도를 정하지 않았다고 입 다물고 있어도 귀찮고, 그렇다고 섣불리 구상을 말하면 시끄럽게 난리를 피운다.

"……모리츠 님은 확실히 프라이드가 조금 높다고 생각하긴 했지만……."

"샤르트뢰즈 백작 영식만 그런 게 아니야. 마법부에 있는 사람들이 특히 심한 거지. 그리고 원래부터 귀족과 평민을 가로막는 벽은 커. 마법을 쓸 수 있느냐 없느냐는 그만큼 이 나라에서 큰 문제야. 레이니도 알잖아?"

내가 지적하자 레이니는 입을 앙다물었다. 레이니는 평민에서 귀족이 되었고, 우연히 마법 재능이 있었기에 학원에 입학했다. 마법을 쓸 수 있는 자와 못 쓰는 자의 골이 얼마나 깊은지는 싫어도 알 터다.

그리고 나는 왕족인데 마법을 못 쓰는 특이한 존재다. 어떤 의미에서 평민보다 더 아니꼬울지도 모른다는 자각은 있다.

"그나저나 타이밍이 최악이네? 하긴, 드래곤의 소재는 눈에 띄었으니까. 구실 붙일 기회를 찾고 있지 않았을까?"

"아아아아아! 날 좀 내버려 두라고! 게다가 타이밍이 최악이야! 거절하고 싶어도 거절할 수 없잖아!"

왜 타이밍이 최악이냐면, 지금 마법부의 제안을 거절하면 반드시 소문이 날 것이기 때문이다. 지금까지는 내 평가가 얼마나 떨어지든 신경 쓰지 않았다.

하지만 지금은 안 된다. 지금은 유피를 맡고 있고, 게다가 레이니도 보호 중이다. 지금 마법부를 자극하면 두 사람이 휘말릴 가능성이 크다.

유피는 그나마 나중에 만회할 수 있겠지만, 레이니 소문이 나는 것은 좋지 않다. 레이니에게 주목이 모이면 내가 레이니에 관해 뭔가 조사했다는 걸 샤르트뢰즈 백작이 알게 된다.

최근 레이니가 안 보이는 건 내가 무슨 짓을 했기 때문이 아니냐고 하면 매우 곤란해진다. 그러다 만에 하나 내가 레이니를 보호하고 있다는 게 알려지면 어떤 소문이 날지 모른다.

즉, 마법부의 제안을 거절하기 안 좋은 상황인 거다.

"뭔가 구상이나 계획을 마법부에 설명하고 와야만 하는 상황이 된 거네. 어쩔 거야? 역시 그건 아직 공표하지 않을 거지?"

"당연하지! 그건 나중에도 공표하지 않을 거야! 뭔가 다른 걸 생각해야 해…… 아아, 진짜, 마법부 놈들……!"

드래곤의 소재는 귀중품이다. 나는 내 몫을 한 조각도 양보할 마음이 없다.

하지만 이 타이밍에 내 악평이 나면 유피와 레이니에게 폐를 끼치게 된다. 그렇다고 마법부를 납득시킬 만한 아이디어가 떠오르지도 않았다.

"……아니스 님, 제게 맡겨 주시겠어요?"

"유피?"

턱을 잡고 생각에 잠겨 있던 유피가 느닷없이 고개를 들고서 제안했다. 갑작스러운 제안에 나는 눈을 동그랗게 뜨고 말았다.

"유피한테 맡기라니…… 어쩌려고?"

"마법부가 아니스 님을 싫어한다는 건 알아요. 다만 정규 절차를 밟은 제안을 거절하기엔 저희의 상황이 좋지 않아요. 하지만 저라면 어떨까요?"

"……유피가 나서서 움직이겠다는 거야?"

"솔직히 저는 아니스 님과 마법부의 인연을 제대로 인식하지 못했어요. 하지만 마법부가 아니스 님을 싫어하는 이유가 아니스 님의 평상시 행동과 마학 사상, 마도구 때문이라는 건 알겠어요. 그렇다면 제가 나서서 알력을 억제할 수 있을 거예요."

진지한 눈빛으로 말하는 유피를 보고 나는 숨을 삼키고 말았다. 아마 마법부는 내가 드래곤의 소재를 잔뜩 가지고 있는 게 마음에 안 드는 걸 테고, 내가 무슨 짓을 저지를지 몰라서 신경을 곤두세우고 있을 뿐이라고 생각하고 싶다. 그래서 내가 어떻게 나올지 살피려고 편지를 보낸 것이다.

나와 마법부 사이에는 응어리가 있는지라 내가 나서면 마법부와 서로 으르렁거리게 된다. 하지만 내가 아니라 유피가 나선다면 어떨까?

"괜찮지 않아? 마법부가 싫어하는 건 아니스 님이니까 유필리아 님이 나서면 반응이 달라질 테고, 좋은 방법이라고 생각해."

티르티가 그렇게 말했다. 좋은 방법인지 아닌지를 따지자면 나도 좋은 방법이라고는 생각한다. 귀족과 교섭하는 건 차기 왕비로서 교육받은 공작 영애인 유피가 나보다 더 잘할 것이다.

솔직히 말해서 여태까지는 나와 마법부 사이에서 교섭할 만한 사람이 없었다. 일리아도 학원에 다니지 않고 시녀로서 왕성에 들어왔기에 마법부 녀석들에게 무시당하고 있었다.

군이 찾아보자면 아바마마인데, 마도구나 소재에 관해 아바마마는 중립이었다. 아바마마는 기본적으로 내가 저지른 일을 수습해 주긴 해도 내게 긍정적이진 않아서 기대할 수 없었다.

"……아무리 유피여도 내 옆에 있으면 한 소리 들을지도 몰라."

"아니스 님."

내 말에 유피가 눈썹을 모았다. 그제야 나도 내가 너무 과하게 배려했다고 자각했다. 그렇지. 유피가 하고 싶어 한다면 내가 해야 할 일은 격려다.

"……알겠어. 하지만 유피가 나서더라도, 마법부가 불평할 수 없는 의견을 내고 설명해야 해. 그걸 생각해야 하는데……."

"그것도 제게 생각이 하나 있어요."

─고민하는 내게 유피가 제안한 내용은 놀라웠다.

*　*　*

강연회 날, 우리는 왕성에 갈 준비를 하고 있었다.

강연회가 끝나고 작은 입식 파티도 있는 것 같지만 어디까지나 강연회는 강연회다. 일리아가 드레스를 입고 가는 게 좋지 않겠냐고 했으나 나는 단호히 거절했다.

"아니스 님, 준비됐어?"

"티르티."

외출할 때 늘 쓰는 베일로 얼굴을 가린 티르티가 나를 불렀다.

웬일로 티르티도 오늘 강연회에 같이 가겠다고 했다. 협력자라는 명목으로 가는 것 같지만, 본인이 말하길 특등석에서 구경하는 게 목적이라고 했다.

평소 집에 틀어박혀 있고 마법부와 사이가 안 좋은 티르티에게 초대장 따위 가지 않았으니 말이지. 실제로 협력자인 것은 틀림없다. 이번에 마법부에 가져가기 위한 「메인 품목」을 준비한 사람은 유피지만, 그걸 같이 검증해 준 사람은 티르티이기 때문이다.

"아니스 님, 티르티, 많이 기다리셨죠."

티르티와 말을 나누고 있으니 일리아와 레이니를 데리고서 유피가 왔다. 오늘은 일리아가 기합을 넣어 화장했는지 유피는 평소보다 예쁘게 꾸미고 있었다.

"어머, 화장하니 역시 다르네. 그렇지? 아니스 님."

"그야 유피는 미인이니까."

티르티가 장난스럽게 말했기에 나도 고개를 끄덕이며 동의했다. 그런 우리를 보고 유피가 어이없어하며 한숨을 쉬었다.

"무슨 말씀을 하시는 거예요……. 그보다 슬슬 시간 됐네요. 가죠."

"응. 그럼 일리아, 레이니랑 같이 집 잘 봐 줘."

"알겠습니다, 공주님."

"힘내세요!"

일리아는 평소처럼, 레이니는 웃으며 배웅해 줬다. 레이니도 별궁에서 지내며 일리아에게 정이 든 것 같고, 매료의 효과가 있었다고는 하지만 일리아가 나 말고 다른 사람에게도 관심을 보이는 건 좋은 변화라고 생각한다.

일리아와 레이니에게 배웅받으며 우리는 별궁에서 왕성으로 향했다. 강연회는 밤에 열려서 달빛이 왕성으로 가는 길을 비추고 있었다.

왕성에서 강연회가 열리는 건 그렇게 드문 일이 아니다. 왕성에는 파티 같은 모임을 위한 회장이 여럿 준비되어 있었다. 오늘은 그중 하나를 쓸 예정이었다. 마법부가 단독으로 주도하는 강연회라 그렇게 회장이 크진 않지만.

왕성에 들어가 강연장에 거의 다 왔을 때, 한 인물이 서 있는 것이 보였다. 그 인물을 보고 나는 눈썹을 찡그리고 말았다. 안 좋은 의미로 잘 아는 얼굴이었기 때문이다.

"오랜만에 뵙습니다, 아니스피아 왕녀 전하."

호리호리한 장신에 얼핏 보면 이지적인 인상을 주는 청년이었다. 등 부근에서 은발을 묶었고, 얼굴에는 안경을 쓰고 있었다. 안경 안쪽의 눈은 차가운 파란색이라 전체적으로 냉랭한 인상을 줬다. 청년이 정중하게 고개를 숙여 인사했다.

"……반가워요, 볼테르 백작 영식."

"랑그라고 부르셔도 됩니다. ……몇 번이나 말씀드렸을 텐데 말이죠."

손으로 안경을 올리며 말했다. 질리도록 본 동작이었다. 변함없이 짜증 나는 상대야!

랑그 볼테르, 볼테르 백작가의 장남으로 차기 가주다. 마법부의 젊은 피 중에서도 우수한 녀석으로 발언력도 셌다. 입만 산 게 아니라 실제로 마법 실력도 출중하다는 모양이다. 직접 실력을 본 적이 없어서 사실인지는 모르겠지만.

"왕녀 전하 일행을 위해 안내역을 자청했습니다. 잘 부탁드립니다."

"굳이 수고가 많네. 안내역은 좀 더 지위가 낮은 사람한테 맡겨도 됐을 텐데."

"이상한 말씀을 하시는군요. 이 나라를 구한 구국의 드래곤 킬러 앞에서는 저조차 미물 같은 존재겠지요."

"말은 잘해……."

나를 칭찬하는 것 같지만 그 말에 경의는 담겨 있지 않았다. 그렇다고 혐오감을 겉으로 드러내지도 않고 정말로 담담했다.

"조수로 동행하신 분은 클라렛 후작가의……."

"티르티 클라렛이야. 하지만 나는 그저 내가 관여한 연구

성과가 올바른 평가를 받는지 확인하러 온 거야."

"……몇 년 전에 있었던 일을 신경 쓰고 계신 거라면 정식으로 마법부에 항의문을 보내 주시기 바랍니다. 대응하겠습니다."

"가능해? 마법과 정령밖에 못 보는 편협한 신봉자면서."

"……후작가의 영애라지만 말조심하시는 게 좋을 것 같습니다."

일순 랑그의 얼굴이 굳었지만 아무 일도 없었던 것처럼 그렇게 말했다. 티르티도 건드리지 않으면 싸울 생각이 없는지 팔짱을 끼고 입을 다물었다.

"……그리고 유필리아 마젠타 공작 영애님."

"네."

유피가 한 걸음 앞으로 나와 랑그와 마주했다. 그러자 랑그가 아주 잠깐 눈을 동그랗게 떴다. 그리고서 무마하듯 헛기침하더니 가슴에 손을 얹고 깊이 머리를 숙였다. 갑자기 머리를 숙여서 유피의 눈이 휘둥그레졌다.

"볼테르 백작 영식?"

"랑그라고 불러 주십시오. 만나 뵙고 싶었습니다, 유필리아 공작 영애님. 이와 같은 형태로 대면하게 되어 몹시 유감스럽습니다. 약혼 파기 건으로 무척 마음 아프셨으리라 사료됩니다. 애석한 일입니다……."

"……랑그 님이 고개 숙이실 이유는 없어요. 부디 고개를 들어 주세요."

랑그가 갑자기 머리를 숙여서 유피는 조금 난처한 표정을 지었지만 이내 영애로서 표정을 다잡고 조용히 말했다. 유피가 그렇게 말하자 계속 고개를 숙이고 있을 수 없었는지 랑그가 얼굴을 들었다. 그래도 표정은 여전히 씁쓸했다.

"······영애의 소문은 들었습니다. 졸업 후에는 꼭 마법부로 와 주길 바랐는데 그런 소식을 듣고 귀를 의심했습니다. 참으로 안타깝습니다."

"높이 평가해 주셔서 감사합니다. 하지만 약혼 파기는 제게도 잘못이 있었어요. 이번 강연회에서 아니스 님의 조수로서 명예를 회복할 생각이에요."

"······왕녀 전하의 조수로서 말인가요."

경쾌했던 랑그의 어조가 조금 무거워졌다. 나를 힐끔 본 시선은 노려보는 것 같기도 했다.

"······계속 서서 얘기할 순 없죠. 대기실을 준비해 뒀습니다. 안내해 드리겠습니다."

우리는 랑그를 따라 대기실로 향했다. 가는 길에 대화는 없었다. 랑그가 안내한 대기실에서 기다리고 있던 시녀들이 인사했다.

랑그의 권유로 착석하자 시녀들이 차를 준비하기 시작했다. 마도구가 없어서 마법을 사용해 불을 만드는 모습을 보니 왠지 신선했다.

"이번에 이렇게 마법부의 요청에 응해 주셔서 감사합니다."

"거절하면 시끄럽게 굴 거면서."

흥, 내가 콧방귀를 뀌며 말하자 랑그의 미간에 깊게 주름이 잡혔다.

"그만큼 드래곤의 소재는 가치가 높아서 그렇습니다. 이해해 주십시오, 아니스피아 왕녀 전하."

"내가 전부 가져간 것도 아니니까 상관없잖아? 드래곤은 내가 쓰러뜨렸으니 나는 소재를 얻을 권리가 있어."

"항상 말씀드리지만, 저희는 전하에게서 소재를 빼앗으려고 하는 게 아닙니다. 정당한 가격으로 거래하여 국고를 윤택하게 하고 백성에게 환원하기 위해……."

"그건 랑그의 이상이지. 정말로 그렇게 되고 있다면 나도 불평 안 해. 안 그러니까 불평하는 거야."

"전하의 악평을 말씀하시는 거라면, 그건 아니스피아 왕녀 전하의 행동에도 문제가 있기 때문입니다. 왜 몰라주시는 겁니까?"

마주 보는 나와 랑그 사이에 불꽃이 튀었다. 이래서 이 녀석을 보기 싫은 거야. 전형적인 마법부의 엘리트, 「이상적인 우등생」이니까…….

"하나 말씀드려도 될까요? 랑그 님."

나와 랑그의 눈싸움을 유피가 수습했다. 유피는 조용히 랑그를 응시했다.

"말씀하시죠, 유필리아 님."

"부끄럽지만 저는 학원을 졸업하지 못했어요. 그래서 마법부에 관해서도 자세히는 알지 못해요. 아니스 님과의 관계도 그렇고요. 아니스 님께 들은 내용만으로는 인식이 편중되겠죠. 괜찮으시다면 랑그 님께 설명을 듣고 싶어요."

"설명이라 하심은?"

"제가 생각하기에 마법부는 아니스 님에게 조금 야박하게 대하는 것 같아요. 만약 그게 오해라면 쌍방에게 슬픈 일이지 않나요? 아니스 님도 이렇게 완고해지실 만큼 서로의 앙심이 깊다는 건 알아요. 하지만 그 가교가 되는 것이 조수로서 제가 할 일이라는 생각이 들어요."

……나는 벌레 씹은 표정을 짓고 말았다. 이렇게 중재하면 나는 아무 말도 할 수 없어진다.

랑그의 얼굴을 힐끔 보니 그 시선은 유피에게 똑바로 향해 있었다. 랑그는 손으로 안경을 올려 위치를 고쳤다.

"그렇군요. 아니스 님이 저희 마법부를 어떻게 말씀하셨는지 신경 쓰이긴 하지만……. 저희가 야박하게 대하는 것은 아니스피아 왕녀 전하를 생각해서 그런 겁니다."

"그렇군요. 즉, 아니스 님에게 문제가 있다는 건가요?"

"반대로 여쭙겠는데, 유필리아 님은 아니스피아 왕녀 전하에게 아무것도 못 느끼십니까?"

"구체적으로 어떤 걸 말씀하시는 걸까요?"

"품위 없는 행동이 왕족으로서 너무나도 부적합하다고 생각하지 않으십니까?"

"그건 부정할 수 없네요."

유피, 그건 부정하지 않는구나! 하지만 소리 내어 말하지는 않았다. 내가 입을 열면 좋은 결과가 나올 것 같지는 않아서 조용히 차를 마셨다. 티르티도 여전히 딴청을 피우고 있었다.

"저희 마법부는 팔레티아 왕국의 미래를, 그 최첨단을 짊어진 자들로서 아니스피아 왕녀 전하의 부적합한 행위를 고쳐야 한다는 생각에 충고드리는 겁니다."

"그럼 소재 거래를 거절한 뒤에 악평이 난다는 건?"

"귀족 사회에서 빈틈을 보이면 입이 가벼워지는 자도 있습니다. 잘못을 바로잡아야 한다는 마음이 앞선 나머지 안 좋게 입을 놀리는 자도 있겠죠."

"랑그 님은 어떤가요?"

유피가 묻자 랑그의 눈썹이 움찔거렸다. 표정이 살짝 흔들려서 그런지 또 안경이 흘러내려서 손으로 올렸다.

"저는 마법부가 왜 아니스 님에게 그렇게나 간언드려야겠다고 결의했는지 이해할 수 없어요. 왕족으로서 조심성이 없다? 그렇죠. 그건 저도 동의해요. 하지만 정말로 그게 다인가요?"

"……유필리아 님이야말로 뭘 묻고자 하시는 겁니까?"

"마법부가 아니스 님을 비난하는 건 마학이 금서와 마찬가지로 규제 대상이라고 생각하기 때문인가요?"

랑그의 눈이 가늘어졌다. 그 눈이 지긋지긋하다는 듯 나를 힐끗 본 것 같았다. 시선을 맞추기 싫어서 피했지만.

"마학, 마학이요……. 유필리아 님은 어떻게 생각하십니까?"

"뚱딴지같아서 이해하기 어려운 점은 많아요. 하지만 그게 때로는 진리를 꿰뚫는 생각이어서 감탄하기도 해요."

"……마법부도 드래곤 토벌에 크게 공헌한 마도구의 유용성은 인정합니다. 그리고 마도구를 만들어 낸 마학에도 가치가 있죠. 그건 국왕 폐하도 인정하신 일입니다. 하지만……."

"하지만?"

"─그 사상은 너무나도 이단입니다."

랑그는 분명한 목소리로 그렇게 잘라 말했다.

"아니스 님의 마학은 이해하기 어려운 점이 많습니다. 그리고 정령 신앙을 뒤엎을 수도 있는 시점과 사고는 이 나라의 왕족으로서 너무나도 적합하지 않은 듯하여 걱정됩니다."

……아아, 그래. 이미 몇 년이나 줄곧 들었던 말이다. 내가 마법을 쓰지 못한다는 것을 알았을 때부터, 그래도 마법을 쓰는 걸 포기하지 않았던 그 날부터.

나는 평범한 마법사가 될 수 없으니까, 이단이라고 불리는 수단으로만 손에 넣을 수 있었으니까. 나는 모든 것을 적으로 돌리더라도 자신의 마법을 추구하는 것을 포기할 수 없다.

내 생각이 이단이라는 것도, 이 나라의 근간을 이루는 정령 신앙을 붕괴시킬지 모른다는 것도 이해한다. 그래서 미움받는 게 어쩔 수 없는 일이라는 것도, 전부 알고 있다.

"—그렇군요."

사고에 잠겨 있던 내 귀에 유피의 조용한 목소리가 들렸다.

"아니스 님이 이단적인 사상을 가진 것은 왕족으로서 마땅하지 않다. 그건 저도 이해가 가요. 하지만 그렇다고 해서 아니스 님이 왕족으로서 부적합한 것은 아니에요."

"……뭐라고요?"

랑그가 눈썹을 찌푸리고서 유피를 응시했다. 유피는 등을 곧게 펴고 바르게 앉아 말을 이었다.

"귀가 막힌 자가 음악을 즐길 수 있을까요? 즐길 수 없는 사물의 의미를 말할 수 있을까요? 저희에게 당연하게 주어진 것을 받지 못한 아니스 님에게 똑같은 말을 바라는 게 정말로 옳은 일인가요? 받지 못한 것이 벌이라면 아니스 님은 대체 어떤 죄를 지었다는 건가요?"

낭랑히 노래하듯 유피가 말했다. 나는 입을 반쯤 벌리고서 경청했다.

유피는 나를 보지 않고 그저 앞을 응시하고 있었다. 흔들림 없는 그 모습은 완벽하다고 칭송받던 공작 영애로서의 모습 같았다.

"아니스 님은 처음부터 정령을 믿지 않았나요? 처음부터 이단적인 생각을 품고 있었나요? 아니스 님은 단 한 번도 정령에게 다가가려고 하지 않았나요? 대체 무엇이 아니스 님의 죄라는 건가요? 마법 재능을 받지 못한 것은 신앙에 어긋나는 생각을 품었기 때문인가요? 아니면 가호를 받지 못해서? 대체 어느 쪽이 먼저인가요? 랑그 님은 대체 어떻게 생각하시나요?"

　……무섭다. 처음으로 유피에게 공포를 느꼈다. 그 물음에는 감정이 전혀 담겨 있지 않았다. 그저 순수하게 답을 물을 뿐이었다. 거기에 유피 자신의 감정은 아무것도 없었다.

　─마치 거울 같았다. 유피의 질문은 자기 자신이 과연 옳은지를 묻게 했다.

　허점이 있다면 가차 없이 자신의 목을 조를 것이다. 그런 착각이 드는 물음에 등으로 식은땀이 흘렀다.

　랑그는 아무 대답도 하지 않았다. 이마에 맺힌 땀이 뺨으로 흐르는 게 보였다. 유피에게서 눈을 돌리는 걸 허락받지 못한 것처럼 시선을 빼앗긴 채였다.

　갑자기 유피가 부드럽게 미소 지었다. 그리고 옆에 앉아 있던 내 손을 살며시 잡았다. 따뜻한 손의 온기에 나는 당황하고 말았다.

　"아니스 님이 정말로 이단인지, 아니면 그저 새로운 경지를 발견한 것인지. 그건 저 혼자 판단할 수 있는 일이 아니에요. 하지만 저는 마학에서 빛을 보았어요. 그건 결코 정령

과 마법을 부정하는 게 아니라, 다가가서 함께 걸어갈 수 있
는 길이라고 생각해요. 저는 오늘 그걸 많은 분이 이해해
주셨으면 해요. 그러니 부디 오늘 강연을 즐겁게 들어 주시
면 좋겠어요."

유피가 그렇게 말을 맺음과 동시에 노크 소리가 들렸다.
아무래도 이야기하는 사이에 강연회 시간이 된 모양이다.

"그럼 갈까요."

유피가 가장 먼저 일어났다. 잡은 손을 이끌며 유피는 나
를 보고 미소 지어 주었다.

*　*　*

안내인을 따라 강연장에 들어가자 자연스럽게 우리에게
시선이 모였다. 내가 향한 단상에는 사전에 마법부에 맡긴
마녀 빗자루가 안치되어 있었다.

유피, 티르티와 함께 단상에 올라 강연회를 들으러 온 사
람들을 향해 인사했다.

우리에 대한 반응은 다양했다. 내가 상상한 대로 값을 매
기듯 보는 사람이 많았다. 하지만 의외로 열심히 이야기를
들으려고 하는 사람도 적지 않았다.

참가자를 관찰하고 있을 수만은 없다. 나는 숨을 들이쉬
어 호흡을 가다듬었다. 유피와 미리 맞춰 보기는 했지만, 마

도구와 마학을 해석하는 강연 부분은 내가 해야 하니 기합을 넣어야 했다.

"여러분, 안녕하세요. 오늘 강연을 할 아니스피아 윈 팔레티아입니다. 이 강연회에 와 주셔서 대단히 기쁘게 생각합니다. 오늘은 얼마 전에 제가 토벌한 드래곤의 소재를 어떻게 사용할지에 관해 강연할 겁니다."

말이 너무 빨라지지 않도록 의식하며 인사하자 뜨문뜨문 박수가 일었다. 박수가 가라앉기를 기다린 후 나는 숨을 한번 들이마셨다.

"그럼 바로 강연을 시작하겠습니다. 드래곤의 소재를 어떻게 쓸지 설명하기 전에 여러분께 보여 드리고 싶은 게 있습니다. 비행용 마도구인 마녀 빗자루입니다."

나는 마녀 빗자루를 잡아 청중들에게 잘 보이도록 가슴 높이로 들었다.

"바람 정령석을 사용한 발명품이지만 세세한 부품도 세공사와 협의했습니다. 제작하려면 수고가 들지만, 이 마녀 빗자루가 있으면 하늘이라는 미답의 영역에 발을 들일 수 있습니다."

내가 마녀 빗자루로 제시할 수 있는 이점은 교통편 개선이다. 팔레티아 왕국에서 장거리 이동에 쓰이는 수단은 말이다. 말을 타는 것은 기본적으로 기사고, 말을 몰지 못하는 사람은 주로 마차를 이용한다.

육성과 사육에 드는 품을 생각하면 말은 고가다. 마녀 빗자루도 결코 싸다고 할 수는 없지만, 그래도 일단 다루는 법을 배우면 말보다 고분고분하다.

솔직히 나는 말을 타는 게 불편했다. 정비되지 않은 길을 가면 흔들려서 마차도 즐겨 타고 싶지는 않았다.

반면 마녀 빗자루는 탑승자의 마력을 소비하지만 지칠 줄을 모른다. 말은 생물이기에 휴식시켜야 하지만 마녀 빗자루는 그럴 필요가 없다. 그 점만 봐도 마녀 빗자루의 유용성은 증명된 것이나 마찬가지다.

"짐수레를 끄는 힘은 없지만, 왕도와 인근 마을, 그리고 그 옆 마을로 이동하는 게 현격히 편리해질 겁니다. 이게 제가 제작한 마녀 빗자루의 이점입니다."

"아니스피아 왕녀 전하, 질문해도 되겠습니까?"

내 설명이 일단락되는 타이밍을 가늠하여 한 남성이 손을 들었다.

"그 비행용 마도구가 가져오는 이익이 훌륭하다는 것은 아주 잘 알았습니다. 하지만 오늘은 드래곤의 소재를 어떻게 쓸지 설명하는 강연회 아닙니까?"

"네. 하지만 사전 지식으로 마녀 빗자루 해설을 빼놓을 수 없었기에 먼저 시간을 할애했습니다. 얼마 전에 교전했던 드래곤은 날개에서 특수한 역장을 발생시켜 그 거대한 몸을 하늘에 띄우고 있었습니다. 이건 마녀 빗자루의 발전에 매우 유용한 힘입니다."

"아니스 님, 여기서부터는 제가 이어서 설명하겠어요."

내 옆에서 대기하고 있던 유피가 인사하며 앞으로 나왔다. 미리 맞춘 대로 나는 마녀 빗자루를 들고서 뒤로 물러났다.

나 대신 유피가 앞으로 나오자 청중들이 살짝 술렁거렸다. 그런 청중들을 향해 유피는 다시 인사했다.

"아니스피아 왕녀님의 조수인 유필리아 마젠타입니다. 이번에 마법부에서 이런 자리를 마련해 주셔서 마학에 의한 밝은 전망을 이야기할 기회를 얻게 되어 대단히 기쁘게 생각합니다. 지금부터는 마법사의 관점에서 설명을 곁들일 것이라서 부족하지만 제가 설명을 이어받고자 합니다."

"마법사의 관점이요?"

"네. 얼마 전에 드래곤과 교전했을 때, 저도 사전에 마녀 빗자루로 비행을 체험했었습니다. 그 경험을 통해 저는 마법으로 비행할 수 있다는 걸 증명하게 되었습니다."

"세상에!"

아까보다도 훨씬 크게 청중들이 술렁였다. 마법으로 하늘을 날 수 있다, 그것도 자력으로 날 수 있다는 말에 마법부 사람들의 흥미로운 시선이 유피에게 모였다.

"……얼씨구, 눈빛들이 달라지셨네."

후방으로 물러나면서 옆에 있게 된 티르티가 비아냥거렸

다. 티르티를 달래고 있으니 유피가 이어서 설명하기 위해 입을 열었다.

"마법으로 비행할 수는 있지만 그러려면 훈련이 필요합니다. 문제도 아주 많기에 기록하고 정리해서 지도서를 만들고자 합니다. 그리고 마법으로 비행을 해 본 저이기에, 마도구에 의한 비행과 마법을 사용한 비행의 문제점을 들 수 있다고 자부합니다."

"양쪽에 각각 문제점이 있다고 인식하면 됩니까?"

재차 나온 질문에 유피는 크게 고개를 끄덕였다. 그랬다. 두 비행 방법이 고안되었지만 현재로서는 둘 다 문제점이 존재했다.

먼저 마법을 사용한 비행. 이쪽은 단순히 마법을 제어하는 게 어렵다. 게다가 하늘을 날기 위해 마법 자질이 요구된다. 주로 바람 마법이, 그리고 정교하게 제어할 수 있는 센스가 필요하다.

"비행 마법을 습득하는 건 어렵고, 또한 습득하더라도 마력 소비가 심하며, 제어하기 어렵습니다."

"흠…… 즉, 사람을 가린다는 거군요."

"네. 체감상 비행 마법을 습득하려면 실피느 왕비님이나 저희 아버지 수준의 실력이 요구될 겁니다."

맨 처음에 일었던 기대에 찬 술렁거림이 낙담의 한숨으로 바뀌었다. 천재인 유피여도 제어하기 어렵다고 말하는 비행 마법. 많은 적성이 요구되어서 습득할 수 있는 사람은 극히 일부라고 하면 얼마나 좁은 문인지 마법을 못 쓰는 나도 알 수 있었다.

"반면 마녀 빗자루는 사용자의 자질을 묻지 않는다는 점에서 매우 뛰어납니다. 그러나 그와 동시에 전체적으로 기술이 미숙합니다. 그렇기에 마녀 빗자루로 하늘을 나는 것은 몹시 위험하다고 말하지 않을 수 없습니다."

마녀 빗자루의 문제점은 도구와 기술로서의 미숙함이다. 내가 그리는 이상적인 이미지로 만든 마녀 빗자루는 다른 사람이 쓰는 걸 상정하지 않았다.

나는 빗자루로 날아다니는 마녀 이미지가 확실하게 있기에 비행할 수 있지만, 다른 사람에게 똑같이 날라고 하는 것은 무리한 요구에 가깝다. 그리고 티르티처럼 평소에 운동하지 않는 사람은 비행 시 자세를 유지하기도 힘들다고 했다.

낙하 시의 위험도 지적되었다. 날 수 있는 건 좋지만, 비행용 마도구를 세상에 보급할 생각이라면 빗자루라는 형상은 바람직하지 않다고 유피가 그랬다. ······개인적으로 쓰는 용으로는 마음에 들지만.

"그래서 드래곤의 소재를 비행용 마도구에 쓰기로 했습니다."

"드래곤의 소재를 비행용 마도구에?"

"네. 드래곤의 신체는 부위에 따라서 마법 촉매가 됩니다. 드래곤의 소재를 사용함으로써 더 안전한 비행용 마도구를 만들 수 있지 않을까 합니다. 도면 자료를 준비했으니 확인해 주세요."

별궁에서 다 같이 준비한 자료를 청중들에게 나눠 줬다.

그것은 드래곤의 신체를 의식하면서 마녀 빗자루와도 형태가 달랐다. 내가 마녀 빗자루의 결점을 지적받고 떠올린 새로운 비행용 마도구였다.

「하늘을 나는 드래곤처럼」이라는 뜻을 담아 「에어드라」라고 가칭을 붙였습니다. 마녀 빗자루와 다른 점은 말을 타는 요령으로 신체를 고정할 수 있다는 것입니다. 고삐 대신 손잡이를 달아서 안정된 자세를 유지할 수 있습니다. 다만 이 구조로 만들려면 드래곤의 소재가 반드시 들어가야 합니다."

유피는 승마라고 했지만, 나는 전생의 「오토바이」 이미지로 고안한 것이었다. 다만 평범한 오토바이가 아니라 수상오토바이 같은 형태였다. 물 위가 아니라 하늘을 달리지만!

이 세계 사람에게 친숙한 형상이고, 드래곤의 소재를 쓰기 위해 드래곤의 구조를 흉내 내야 했기에 이런 형태가 되었다. 거기에 내가 전생의 지식에서 오토바이를 떠올려 적용시킨 결과, 지금의 형태로 정착된 것이다.

"연구가 진행되면 드래곤의 소재를 쓰지 않더라도 양산할 수 있으리라는 전망도 있습니다. 교통편의 개선뿐만 아니라, 저택에 하나 구비해 두면 영지에서 급한 일이 벌어져도 대응할 수 있고, 만에 하나 도적이 습격해도 탈출할 수 있는 등 폭넓은 용도로 제공할 수 있습니다."

"……그렇군. 확실히 빗자루로 하늘을 난다고 하면 진기하지만……."

"이것도 기괴한 형태이긴 하지만, 승마 기술을 응용할 수 있다고 하니 친근감이 드는군요."

진기하다는 말을 들었다. 나도 부정은 안 하지만 복잡한 기분이다. 그리고 사람들이 받아들일 만한 형태로 만드는 게 중요하다는 것을 새삼 깨달았다. 마나 블레이드가 받아들여진 것도 알기 쉬운 형태였기 때문이구나.

"……드래곤의 소재를 어떻게 사용할지에 관한 강연은 이걸로 끝입니다. 하지만 여러분께 이야기할 시간을 조금 더 받고 싶습니다."

……어라, 유피? 이 이상 뭔가 말하기로 했었나? 당황하고 있으니 유피가 조용히 입을 열었다.

"비행용 마도구가 가져올 경제 효과는 조금 전에 저희가 설명한 대로입니다. 하지만 마법부에는 아니스 님의 발명을 정령과 신들에 대한 모독이지 않냐고 의심하시는 분들도 계실 것 같아서 걱정됩니다."

유피, 그 부분을 파고드는 거야?! 딱 보기에도 얼굴빛이 달라진 사람들이 아주 많은데?! 티르티도 빵 터져서 웃음을 참고 있고! 잠깐만, 왜 갑자기 그런 이야기를 시작하는 거야?!

내가 동요하고 있는 걸 아는지 모르는지, 유피는 말을 이었다.

"확실히 아니스 님의 발상은 기존에 없던 대담한 발상입니다. 바꿔 말하자면 남들은 이해할 수 없는 발상으로 보입니다. 그렇게 보인다는 건 저도 이해합니다. 하지만 가까이에서 보았기에 말씀드리고 싶습니다. 마학은 정령 신앙과 형태가 달라도 정령들에 대한 경의의 표현입니다."

유피는 낭랑히 말했다. 당당하게 연설하는 유피의 모습에 주목이 모였다. 이렇게 말하는 나도 눈을 뗄 수 없었다. 모두가 유피의 말과 분위기에 압도되었다.

"세상을 알고, 이치를 알고, 마법을 알고, 그 모든 것이 합쳐져 마학이 생겨납니다. 마학은 학문이지, 결코 신앙과 전통을 무시하는 사상이 아닙니다."

유피는 분명하게 잘라 말했다. 확실히 나는 남들과 다른 사상을 가지고 있다. 하지만 마학과 마도구의 발명은 이 나라에서 나고 자랐기에 탄생한 것이라고, 그렇게 유피는 말하고 있었다.

……그 말만으로도 가슴이 꽉 죄어드는 것 같았다.

"오히려 마학은 지금까지 우리가 계승해 온 전통과 지혜가 있었기에 탄생한 것입니다. 저는 아니스 님이 이 나라에 태어나신 것을 자랑스러워해야 한다고 생각합니다."

유피가 나를 보며 미소 지었다. 그 미소가 정말로 상냥한 미소라서 눈시울이 뜨거워졌다. 그런 부끄러운 말을 정면으로 하면 얼굴이 빨개지잖아! 그만해, 여긴 강연장이라고!

속으로 내가 항의하고 있는 줄은 모를 것이다. 유피는 다시 강연장으로 시선을 돌렸다. 가슴을 쭉 펴고서 그 가슴에 손을 올렸다.

"부디 이단이라고 단정 짓지 마시고, 눈을 떠서 보고, 듣고, 생각해 주세요. 마학은 배움의 길입니다. 과거를 알고, 현재를 느끼고, 미래를 보는 것입니다."

불현듯 누군가가 내 어깨에 손을 얹었다. 티르티의 손이었다. 티르티의 표정은 베일에 가려져 있지만, 재미있어하며 웃고 있다는 걸 알 수 있었다.

재미있어하지 마. 나는 그럴 여유도 없단 말이야!

"스스로 배움의 길을 막지 말아 주세요. 모든 것은 정령의 뜻입니다. 아니스 님이 정령의 가호를 받지 못한 것은 재능이 없어서가 아니라 그 재능을 정령이 인정했기 때문임을 여러분께 말씀드리고 싶습니다."

이렇게나 인정해 주는 사람이 있다. 앞에 서서 나를 위해 호소해 주는 유피가 있다.

나는 행운아다. 일리아가 있고, 아바마마와 어마마마가 있고, 극소수지만 나를 이해하고 도와주는 사람이 있다. 그것만으로도 정말로 행복했다.

부정당하는 건 괴롭다. 상처받지 않는 것은 아니고, 인정받고 싶다는 마음은 언제나 내 속에 남아 있었다. 그런 생

각을 허락받은 듯한 기분이 들었다.

    ……눈시울에 모인 열이 눈물이 되어 떨어진 것을 들키지 않으려고 옷소매로 재빨리 훔쳤다.

    "정령과 계약을 맺으며 팔레티아가 건국되고 대체 얼마나 많은 시간이 흘렀을까요? 저는 생각합니다. 지금이 바로 변화와 함께 걸어가야 할 때입니다. 여기까지 걸어온 초석과 함께, 여러분과 함께 미래로 나아가고 싶습니다. 오늘이 그런 좋은 날을 위한 첫걸음이 되기를 바랄 따름입니다."

    유피가 인사하며 말을 맺었다. 고요한 박수가 천천히 울려 퍼졌다. 박수 소리는 점차 커져서 강연장은 박수 소리에 휩싸였다.

5장 광란의 밤, 찾아오다

"아니스 님은 괜찮으실까요……?"

"걱정되시나요? 레이니 님."

내가 불쑥 중얼거리자 일리아 님이 물었다. 아니스 님이 없는 별궁은 아주 조용하고 평온했다. 어깨에서 힘을 빼고 일리아 님이 끓여 준 차를 마셨다.

설마 내가 왕성에서, 그것도 별궁에서 생활하게 될 줄은 생각도 못 했다. 태어났을 때부터 엄마를 따라 여행했던 나는 엄마가 죽은 뒤 고아원에서 지냈다.

엄마를 잃은 뒤로 내 인생은 엉망이었다. 고아원 아이들은 내게 심술을 부렸고, 그걸 다른 아이들이 봐서 싸움이 벌어지기도 했다. 나를 두고 남자아이들이 싸우는 것을 보고 여자아이들은 내가 우쭐거린다고 하는 등 아무튼 인간관계가 좋지 못했다.

바라지 않은 인간관계에 고통받다 보니 어느새 남들에게 기대하지 않게 되었다. 그런 나날을 보내던 내 인생은 부친과 만나며 전환기를 맞이했다.

나는 살아생전의 엄마를 쏙 빼닮은 모양이었고, 내 사정을 듣고서 자기 자식임을 안 아버지는 나를 거두어 귀족으로 키우고자 했다. 이제껏 괴로운 생활을 보내도록 한 것, 엄마를 지키지 못한 것을 아버지는 몹시 후회했다.

새어머니는 아버지가 엄마를 사랑했던 것을 알면서 시집왔다고 한다. 그래서 친딸이 아닌데도 나를 따뜻하게 맞아들여 줬다. 그게 정말로 기뻤고, 믿을 수 없을 만큼 행복했다.

우연히 내가 마법을 쓸 수 있다는 걸 알았을 때는 자기 일처럼 기뻐해 줬다. 분명 내게 도움이 될 거라며 귀족 학원에 입학하는 것을 권하기도 했다. 불안하긴 했지만, 이렇게 따뜻하게 나를 맞아 준 새로운 가족을 위해서 뭔가 하고 싶었다.

'……하지만 설마 내가 뱀파이어고 이상한 힘을 가지고 있었을 줄은 몰랐어…….'

알고 나니 지금까지 이해할 수 없었던 일도 납득이 갔다. 그래서 귀족 학원에서의 생활을 떠올리면 가슴이 괴로웠다. 만약 내가 자신의 힘을 더 빨리 눈치챘다면 이런 일은 벌어지지 않았을 텐데.

불가항력이라고 아니스 님은 말씀해 주셨다. 하지만 나는 심한 짓을 하고 말았다. 남의 마음을 현혹하여 많은 사람이 돌이킬 수 없는 짓을 저지르도록 만들었다. 이 죄를 어떻게 씻으면 좋을지 모르겠다.

지금도 나는 보호받기만 하며 아니스 님에게 전혀 은혜를 갚지 못하고 있다. 계속 손님으로 있고 싶지는 않지만, 내가 할 수 있는 일은 아무것도…….

"레이니 님."

"꺅!"

손가락이 미간을 콕 찔렀다. 일리아 님이 손가락을 내민 채 한숨을 쉬었다.

"너무 고민하면 복이 달아납니다."

"일리아 님……."

"위로는 아니지만, 어려운 일일수록 해결하려면 시간이 걸립니다. 간단히 해결된다면 아무도 고민하고 괴로워하지 않겠죠. ……차가 식겠습니다."

일리아 님이 지적한 대로, 한 모금 마시고 나서 차에 전혀 입을 대지 않았다. 확실히 식기 전에 마셔야겠다고 생각하여 다시 잔을 들었다. 귀족가에 거둬진 뒤로 차를 마실 기회가 늘었다. 차를 마시면 왜 안심이 되는 건지 잘 모르겠다. 하지만 싫지 않았다.

차를 준비하고 빠릿빠릿하게 일하는 일리아 님은 멋지다. 일단 신분은 나보다 높을 텐데 시녀라면서 「레이니 님」이라고 불러 줬다. ……그 모습을 동경하게 된다.

"왜 그러십니까?"

"아뇨, 아무것도 아니에요."

나는 뱀파이어라 평범하게 살기 어렵다. 장래를 생각하면 불안하다. 그렇다면 어떻게 살아야 할지 생각해 봤다.

제일 먼저 떠오른 것은 일리아 님이었다. 시녀, 아니스 님

곁에서 일리아 님처럼 일한다면 은혜를 갚을 수 있을지도 모른다. ……다음에 시녀 일을 가르쳐 달라고 할까.

—그렇게 생각했을 때였다. 갑자기 우리가 있던 살롱의 불이 꺼졌다.

"어?"

시간은 밤. 불이 꺼지니 단숨에 캄캄해졌다. 무슨 일이 벌어진 건지 알 수 없어서 허둥거리고 있으니 누군가가 내 입을 막았다.

"조용히."

내 귓가에서 속삭인 사람은 일리아 님이었다. 그 목소리에는 긴장감이 어려 있었다.

"레이니 님, 진정하고 들어 주십시오. —누군가가 별궁에 침입했습니다."

"네?"

"아시다시피 별궁은 일손이 부족합니다. 만일에 대비하여 아니스 님이 준비해 두신 건데, 설마 쓰는 날이 올 줄은 몰랐습니다."

"그래서 불이 꺼진 건가요……?"

"마도구 도난이나 강탈에 대비한 비상 정지 시스템이 작동한 거겠죠. 마도구 지식이 없으면 재기동할 수 없습니다. ……문제는 침입자입니다."

꿀꺽 숨을 삼키고 말았다. 침입자가 있다는 사실에 심장이 크게 뛰며 고동이 빨라졌다. 숨이 거칠어지려고 했지만, 일리아 님이 등을 도닥이며 진정시켜 줬다.

"……이제 어떻게 하나요?"

"……별궁을 나가죠. 왕성에 가서 보호받을 수밖에 없습니다. 이대로 여기 숨어 있다가 들키면 위험합니다. 다행히 별궁의 구조는 파악하고 있습니다. 어느 정도는 눈 감고도 이동할 수 있습니다."

확실히 별궁에서 오래 일한 일리아 님이라면 시야가 온전치 않아도 이동할 수 있을 것 같다. 일리아 님이 떨리는 내 손을 잡아 일으켜 세웠다.

"숨죽이고, 조용히. 소리를 내지 않게 조심하세요. 인기척이 느껴지면 숨기로 하죠. 대답할 때는 손을 한 번 잡아 주세요. 멈추길 바랄 때는 두 번 잡으면 됩니다. 알겠죠?"

귓가에서 작게 속삭인 지시를 따라 손을 한 번 맞잡았다. 일리아 님이 내 손을 이끌며 어둠 속에 가라앉은 별궁을 걸어갔다.

복도로 나가자 창문으로 달빛이 들어왔다. 그 빛을 피하며 일리아 님이 조용히 이동했다. 나도 필사적으로 숨을 죽이고, 소리를 내지 않게 조심하며 따라갔다.

'하지만 대체 누가……?'

아니스 님은 지금 왕성에서 마법부가 요청한 강연을 하고 있다. 그걸 노리고? 목적은 드래곤의 소재? 아니면 마도구?

긴장을 달래기 위해서인지 여러 생각이 들었다.

문득 위화감을 느꼈다. 하지만 뭐가 이상한지 알 수 없었다. 뭔가가 이상한 건 알겠는데 이유가 분명치 않았다. 의문스러워서 일리아 님의 손을 두 번 잡으려고 한 순간이었다.

"—이건! 레니 님, 실례하겠습니다!"

"네?!"

"눈이 안 보이는 게 화가 됐습니다! —안개입니다! 독일지도 모릅니다. 마시지 마세요! 창문으로 나가겠습니다. 꽉 잡으세요."

안개. 왜 위화감이 들었는지 겨우 알았다. 안개 때문에 공기가 습했던 것이다. 불빛이 없어서 안개가 잔뜩 껴 있다는 걸 눈치채지 못했다. 독일지도 모른다는 충고에 나는 숨을 멈췄다. 동시에 일리아 님이 나를 옆으로 안고 근처 창문으로 달렸다.

일리아 님이 나를 감싸며 창문에 어깨를 부딪쳤고 그대로 창문이 깨졌다. 일리아 님과 나는 공중에 내던져졌다. 달빛에 의해 시야가 단숨에 트였다.

"—변함없이 판단이 빠르군. 하지만 마무리가 허술해."

그 목소리가 들렸을 때, 환청을 들은 건가 싶었다. 동시에 일리아 님이 손을 놓아서 나는 땅을 굴렀다. 욱신거리는 몸을 잡고 얼굴을 드니 일리아 님이 치맛자락을 나부끼며 마법을 행사하는 게 보였다.

"—「파이어 애로」!"

불꽃 화살이 형태를 이루어 목소리가 들린 방향으로 날아갔다. 화살의 잔재로 생긴 불빛이 일리아 님의 옆모습을 비추었다. 그 얼굴에는 초조함과 경악이 퍼져 있었다.

일리아 님이 쏜 불꽃 화살은 뭔가에 막힌 것처럼 사라졌다. 자세히 보니 얼음벽이 있었다. 그 벽 뒤에서 뭔가가 빠르게 뻗어 나왔다.

"으, 아?!"

물 채찍이었다. 마치 뱀처럼 공중에서 휘어져 일리아 님의 어깨를 꿰뚫었다. 순간적으로 피하려고 땅을 박찬 일리아 님은 그대로 대지에 고정되었다.

"일리아 님!"

일리아 님의 피가 튀었다. 몇 번이나 받았던 그 피 냄새가 났다. 나는 비명을 지르며 일리아 님에게 달려가려고 일어났고, 그런 내 팔을 누군가가 잡았다.

팔을 잡은 사람의 얼굴이 달빛을 받아 확실하게 드러났다. 나는 믿을 수가 없어서 「어째서」하고 중얼거렸다.

"—사죄하지 않을 거다. 용서를 구하지도 않을 거다. ……그저 유감스러워, 레이니."

—다음 순간, 가슴을 도려내는 듯한 아픔이 느껴지며 내 시야는 새빨갛게 물들었다.

* * *

'……돌아가고 싶다…….'

마법부가 부탁한 강연회가 무사히 끝나고, 나는 몹시 우울한 기분을 느끼고 있었다.

훌륭하게 강연해 준 유피는 여러 사람에게 둘러싸여 담소 중이었고, 티르티는 재빨리 요리를 챙겨 구석에서 맛있게 먹고 있었다. 나도 요리를 조금 먹으며 모임이 끝나기를 기다리기만 하면 될 줄 알았지만…….

"아니스피아 왕녀 전하, 이번 강연회는 훌륭했습니다. 아무쪼록 담소를 나누고 싶은데 어떠십니까?"

"네? ……어, 음."

입식 파티가 시작되어 요리를 챙겨 벽 쪽으로 가려고 한 나를 한 소년이 막았다. 삐죽삐죽한 은발과 요요한 보라색 눈. 딱 보기에 신경질적인 인상을 주는 소년이었다.

얼굴이 눈에 익긴 한데 이름이 생각나지 않았다. 내가 의문스럽게 여기고 있으니 소년이 귀족답게 인사하고서 이름을 밝혔다.

"모리츠 샤르트뢰즈입니다. 왕녀 전하와는 직접적인 교류가 없었지만……."

생각났다. 샤르트뢰즈 백작의 아들이잖아! 어? 왜 굳이 나한테 말을 건 거야? 그보다 왜 여기 있는 거야? 근신 중이지 않았어? 아르 군이랑 나블 군은 아직 근신 중인데.

"아니스피아 왕녀 전하에게는 대단히 신세를 졌습니다. 그리고 폐도 끼쳤기에 사죄할 기회를 얻고 싶습니다."

"내가 뭔가 했나? 그쪽이랑 직접적인 접점은 없는데."

"유필리아 님 관련입니다. 짧은 생각으로 움직인 것을 깊이 반성하라고 아버지에게도 혼이 났습니다. 아니스피아 왕녀 전하가 기지를 발휘해 주시긴 했지만, 대단히 실례되는 일을 했다고 생각합니다……."

"하아……."

모리츠라고 했나? 이 녀석, 얼굴은 웃고 있지만 무슨 생각을 하는지 잘 모르겠다. 전형적인 귀족의 웃음이라서 나는 미묘한 표정을 짓고 말았다.

속을 알 수 없는 상대였다. 말은 이렇게 하지만 실제로 유피를 어떻게 보고 있는지 불분명하고. 게다가 모리츠의 사죄에서는 성의가 느껴지지 않았다.

"이번에 이 강연회를 제안한 사람도 저입니다. 어떻게든 명예를 회복할 기회를 얻고 싶었습니다. 괜찮으시다면 제 이름을 기억해 주시기 바랍니다."

"……이유를 물어도 될까요? 그쪽은 아르 구…… 아르가르드와 친하게 지내지 않았나?"

이 강연회를 기획한 사람이 마법부 장관의 아들이었다니 놀랍다. 솔직히 말해서 의외다. 그리고 모리츠는 원래 아르 군 편이었고, 아무래도 동기가 안 보인다.

"요전번의 일로 저도 생각을 고쳤습니다. 지금까지 마도구를 외면했지만, 개발자인 왕녀 전하에게 직접 설명을 듣고 싶어서 강연회를 기획했습니다."

"마법부가 주도한 게 아니라 그쪽이 말을 꺼낸 게 묘한데……. 그리고 생각을 고쳤다니, 무슨 뜻인가요?"

"지금까지는 제대로 평가하지 못했던 마학을 아니스피아 왕녀 전하에게 새로이 배우고 싶었다고, 그렇게 인식해 주시면 좋겠습니다."

……역시 영 찜찜하다. 진의를 파악할 수 없어서 상대하기 싫었다.

"그런가요. 하지만 지금은 이미 입식 파티로 넘어갔고, 환담할 상대는 저 말고도 많지 않나요?"

"저와는 얘기를 나눌 수 없다는 건가요? ……역시 저의 어리석음에 화가 나신 겁니까?"

"……허?"

아니, 딱히 너한테 관심 없어. 하지만 그런 생각을 하고 있다고 말할 수 없어서, 두통이 일기 시작한 머리로 어쩔까 고민했다.

파티장을 둘러보다가 벽 쪽에 홀로 있던 티르티와 눈이 마주쳤다. 뭐 하고 있냐는 시선을 내게 보냈지만, 그건 내가 묻고 싶다. 마침 잘됐다. 티르티 핑계를 대고 자리를 뜨자!

"친구와 할 얘기가 있어서 실례할게요."

"왕녀 전하의 친구라니, 저도 꼭 소개받고 싶습니다."

잠깐만, 왜 그렇게 적극적으로 구는 거야. 확실히 말해서 민폐야! 아무튼 자리를 뜨자. 뭔가 기분 나쁘다.

"친구는 낯가림이 심해서요. 양해해 주시길."

"아아, 아니스피아 왕녀 전하! 그런 말씀 말아 주십시오!"

끄, 끈질겨! 그리고 행동이 호들갑스러워! 목소리도 커! 무슨 일이냐며 내 쪽으로 시선이 모이잖아.

아, 티르티가 나를 노려본다. 저건 이쪽으로 오지 말라는 시선이다! 매정한 계집애, 좀 도와주면 덧나냐!

"저기, 샤르트뢰즈 백작 영식. 저는 아무런 유감도 없으니 사죄하지 않아도 돼요."

"그래서는 제 마음이 편치 않습니다! 아무쪼록 용서받을 때까지 말씀을 나누고 싶습니다……! 저의 이 회한을 어떻게 말씀드려야 전해질까요!"

계, 계속 물고 늘어지네?! 나도 모르게 인상이 써지려고 했기에 얼굴에 힘을 줘서 참았다. 뭐야? 갑자기 왜 이러는 거야? 정서 불안 장애야? 이거 대체 어떻게 도망쳐야 하는 거야?!

"보는 눈들도 있으니 이쯤 해 주세요. 오늘 강연은 끝났으니까 다음 기회에……."

"그 부분을 어떻게 고려해 주시면 안 될까요……!"

틀렸다. 내 얘기를 들어 줄 것 같지 않다. 아예 단호하게 거절하고 발길을 돌리려고 했을 때였다.

—키이잉. 날카로운 소리가 멀리서 울렸다. 다른 사람들도 들은 그 소리에 나는 눈을 부릅떴다. 아는 소리였다. 모를 리가 없었다. 내가 개발한 거니까.

"—일리아……?"

이건 일리아에게 주고 온, 긴급 사태를 알리는 경보 장치 소리였다. 별궁은 왕성에서 다소 떨어져 있지만 그렇다고 아주 멀리 있는 것도 아니었다. 방범도 겸해서, 내게 무슨 일이 생겼을 때 왕성에 알릴 수 있도록 긴급 사태를 상정하여 준비한 것이었다.

오늘까지 쓰인 적이 없었던 경보음에 나는 바로 뛰쳐나가려고 했다. 하지만 그 움직임을 차단당했다.

"방금 그 소리는 뭐지?! 파티장에 있는 자들을 모아라! 밖으로 내보내지 마!!"

내 팔을 잡으며 모리츠가 소리쳐 지시했다. 무슨 소리냐고 수군거리던 자들과 모리츠의 지시에 따라 사람을 모으기 시작한 자들이 한곳에 모이려고 했다.

하지만 나는 그런 흐름 따위 신경 쓸 겨를이 없었다. 그러나 팔을 잡힌 채로는 움직일 수도 없었다.

"잠깐만, 이거 놔!"

"그럴 순 없습니다! 방금 그게 무슨 소리였는지 알기 전까지는 파티장에서 나가시면 안 됩니다……!"

"방금 그건 내 마도구가 낸 소리야! 별궁에 무슨 일이 생긴 거야!"

"……그렇다면 더더욱 안 됩니다! 위험하니 진정하십시오……! 아무나 이쪽으로 와서 도와주기 바랍니다! 아니스피아 왕녀 전하가 제정신이 아니십니다!"

누가 제정신이 아니라는 거야?! 모리츠는 손가락이 살을 파고들 만큼 세게 내 팔을 잡고 있었다. 아프고 짜증 나서 머릿속에서 뭔가가 뚝 끊어지는 듯한 소리가 났다.

내 감정에 호응하듯 「등」에서 발생한 열이 온몸을 휘돌았다. 끓어오른 마력이 내 몸에서 흘러나왔다. 희미한 오라처럼 온몸에서 마력이 떠올랐고, 나는 그 기세를 몰아 모리츠의 팔을 잡아 올렸다.

"으윽, 으아아아악?! 아아아, 아아, 이, 이거 놔! 놓으라고!"

뼈가 우두둑거리는 소리가, 살이 조여지는 소리가 울렸다. 모리츠가 지른 한심한 비명을 듣고 빡쳐 있던 나는 으르렁거리며 말했다.

"—내가 할 말이야! 놓으라고…… 했잖아!!"

한 손으로 모리츠의 팔을 잡은 채 크게 쳐들었다가 내팽개쳤다. 그러면서 마침내 모리츠의 손이 내 팔에서 떨어졌다. 동시에 고막을 찢을 듯한 비명이 울렸다.

다들 나를 보고 있었다. 겁먹은 얼굴로 두려워하며. 내 분

노에 반응하여 휘몰아친 마력은 여전히 일렁거리며 내 몸에
휘감겨 있었다.

"드…… 드래곤……!"

누군가가 나를 가리키며 떨리는 목소리로 말했다. 무심코
혀를 찼지만 상종하고 있을 때가 아니었다. 한시라도 빨리
별궁에 가야 한다.

"뭣들, 하는 거야! 콜록……! 이, 괴물 공주를 붙잡아!!"

발작하는 듯한 절규가 울려 퍼졌다. 모리츠의 목소리였다.
그는 핏발 선 눈으로 나를 노려보고 있었다. 그 눈에 담긴
감정은 분노였다. 동시에 두려움도 섞여 있었다.

내려다보는 위치에 있던 모리츠는 나와 시선이 마주치자
바닥을 기어서 거리를 벌리려고 했다. 하지만 허둥거리는 손
발은 제대로 움직이지 않아서 거리를 벌릴 수 없었다.

"흐, 흐아아, 이 괴물!!"

그리고 실성했는지 모리츠는 내게 마법을 날리려고 했다.
정말로 날리려는 건가 싶어서 내 움직임은 한발 늦어졌다.
단순히 마력을 뭉친 포탄이 나를 향해 날아왔다.

순간적으로 손을 들어서 막으려고 했지만, 나와 포탄 사
이에 누군가가 빠르게 끼어들었다.

유피였다. 유피는 언제 회수했는지 아르칸시엘을 뽑아 마
력 칼날을 전개했고 그대로 모리츠가 날린 마력탄을 없앴다.

"유, 유필리아아아!!"

멋지게 끼어든 유피를 보고 모리츠의 표정이 추악하게 일그러졌다. 증오, 원망, 시기, 그것들이 뒤섞인 거무칙칙한 감정이 모리츠에게서 휘몰아쳤다.

하지만 유피는 그것을 힐끗 보고서 바로 흥미를 잃고 내게 시선을 보냈다. 아르칸시엘을 들지 않은 쪽 손을 내게 내밀었다.

"아니스 님!"

"유피! 별궁 쪽 창문으로!"

유피의 손을 잡고 우리는 둘이서 달렸다. 유피는 별궁으로 가는 최단 루트를 도출해 뒀던 모양이다. 그대로 둘이서 창문으로 달려가자 몇 사람이 지팡이를 들고 길을 막았다.

"비키세요! 왕녀 전하의 길을 막아서다니 뭐 하시는 거죠?!"

위압하듯 유피가 질책하자 막아선 자들의 움직임이 굳었다. 그 순간, 바닥에서 스며 나온 어둠이 퍼졌다.

그 어둠이 유피와 나를 제외한 사람들의 발을 붙잡았다. 기어오르는 어둠에 붙잡혀 움직이지 못하는 사람들을 보고 눈을 동그랗게 뜨고 있자 뒤에서 목소리가 들렸다.

"뭐야, 뭐야? 응? 재미있어 보이는데! 반란? 반란이야? 하지만 저 녀석은 지금 필사적이야. 방해하지 말아 줄래? 내가 상대해 줄 테니까……! 자, 놀자고! 왜 반응이 없어?!"

"티르티!"

저 바보, 가감하지 않고 마법을 쓰고 있잖아! 기어 나오는 어둠은 티르티의 마법이었다. 바닥뿐만 아니라 파티장 전체에서 꿀렁꿀렁 스며 나온 어둠이 무차별적으로 사람들을 구속하여 움직임을 봉쇄했다.

"속성 복합…… 능수능란한 데다가 제어도 대단해요……!"

유피가 티르티의 마법을 보고 감탄했다. 티르티는 체질만 없으면 유피와 비견할 만한 실력이 있었다. 그 체질이 제일 문제지만!

"뭐 해, 아니스 님! 얼른 가! 방해돼!"

"너야말로 뭐 하는 거야, 바보야!"

"잔말 말고 가! 여긴 내가 맡아 주겠다잖아! 휘말리고 싶어?!"

티르티의 호통에 나는 일순 판단을 망설였다. 하지만 조금 전에 들은 소리가 도저히 귓가에서 떠나지 않았다. 고민하는 내 머릿속에 일리아의 얼굴이 떠올랐고, 그것이 고민을 없앴다.

"도를 지나치거나 누군가를 죽이지 마, 바보 티르티! 유피!"

"네!"

나와 유피는 서로의 손을 잡은 채 창문으로 달렸다. 창문에 거의 다 왔을 때, 내가 한 걸음 먼저 앞으로 나갔다. 이에 맞춰 유피가 바람 마법을 썼고 창문이 깨지는 소리가 울려 퍼졌다.

그대로 유피와 나는 공중으로 뛰쳐나갔다. 그러자 유피가 팔을 당겨 나를 부둥켜안았다. 나를 안은 팔에 힘을 주고서 유피가 별궁 쪽을 노려보았다.

"날아가겠어요!"

"부탁해!"

유피의 비행 마법이 발동하며 별궁을 향해 일직선으로 날아갔다. 별궁 밖, 달빛 속에 있는 인영이 보였다.

"유피! 저기야!"

내가 지시하자 유피는 방향을 바꿨고 점차 지면과의 거리가 줄어들었다. 거의 다다랐을 때 나는 유피의 품에서 벗어나 착지했다. 뒤늦게 유피가 착지하며 우리는 그 광경을 보았다.

─새빨간 피에 물든 레이니가 쓰러져 있었다. 레이니 옆에는 어깨를 잡은 채 웅크린 일리아가 있었다. 일리아의 몸은 작게 떨리고 있었다.

나는 숨을 삼켰다. 레이니와 일리아 너머에 서 있는 사람이 한 명 있었다. 바람이 구름을 밀어내며 차단되었던 달빛이 강해졌다.

거기 서 있던 사람은─「나와 아주 닮은」 백금색 머리카락을 나부끼는 소년이었다. 가슴을 가르기 위해 대충 찢은 듯한 옷은 피에 젖어 있었다.

그리고 나와 마주한 눈은…… 불길한 진홍색으로 물들어 있었다.

"……참 용의주도해. 어떻게 해도, 뭘 해도. 역시 마지막에는 막아서."

그 목소리를 듣고 나는 자연스럽게 주먹을 쥐었다. 뼈가 뚜둑거리는 소리가 나고 손톱이 손바닥에 파고들었다. 어째서, 하고 흘러나올 뻔한 말을 삼키고서 나는 그를— 아르 군을 노려보았다.

"……이건, 대체 어떻게 된 건가요……? 아르가르드 님!"

"……유필리아인가."

아르 군은 귀찮다는 듯 유피를 보았다. 유피도 믿을 수 없다는 얼굴로 아르 군을 보고 있었다.

나는 한 걸음 내디뎠다. 아르 군은 움직이지 않았다. 유피가 아르 군을 경계하며 아르칸시엘을 뽑아 들었다. 그대로 나는 일리아와 레이니 옆에 도달했다. 내가 옆에 오자 일리아가 고개를 들었다.

"……아니스, 님."

고개를 든 일리아는 망연자실한 표정이었다. 어깨를 꿰뚫렸는지 피가 줄줄 흐르고 있었다. 어깨를 꿰뚫린 쪽 손을 힘없이 레이니의 손에 포개고 있었다.

"……아…… 제, 가…… 죄, 죄송……합, 니……."

"괜찮으니까 말하지 마."

덜덜 떠는 일리아에게 짧게 말하고서 무릎을 꿇고 레이니를 살폈다. 레이니는 아직 얕게 숨을 쉬고 있었다. 그 가슴이 애처롭게 파헤쳐져 있었다. 몇 번 피가 솟구쳤었는지 레이니가 피를 토하며 콜록거렸다.

"레이니."

"……아…… 아니스…… 님……?"

초점이 맞지 않았던 레이니의 시선이 내게 향했다. 나를 보자 조금 마음이 놓였는지 표정이 풀어졌다. 동시에 안색이 점차 나빠졌다.

"……아, 저……."

"정신 차려. 괜찮아. 정신 단단히 붙들고 있어."

"……아니스…… 아르…… 님…… 마……석……."

말도 제대로 못 하면서 필사적으로 전하려고 하는 레이니의 입술에 살며시 손가락을 올렸다. 이 이상 말하지 않아도 돼.

"알고 있어. 뒷일은 나한테 맡겨. ……유피! 두 사람을 치료해 줘."

나는 억누른 감정을 담아 낮게 외쳤다. 내가 일어남과 동시에 교대하듯 유피가 무릎을 꿇었다. 아르칸시엘을 한 손에 쥐고서 회복 마법으로 일리아의 상처를 고치기 시작했다.

"……읏…… 아니스 님. 일리아는 괜찮아도…… 레이니는……."

"알고 있어. 하지만 레이니는 뱀파이어야. 가능성은 아직 있어."

"하지만! 이건, 명백하게 마석을—"

"—알고 있어, 알고 있으니까. 그래도 최선을 다해 줘. 부탁해."

"……알겠, 어요."

레이니는 확실히 말해서 치명상이었다. 심장을 노린 듯
가슴이 갈라져 있었다. 그런데도 아직 숨을 쉬는 것 자체가
기적이었다.

그 사실은 레이니가 사람이 아닌 존재가 되어 가고 있었
다는 것을 알려 줬다. 이 기적을 가져온 것은 마석이었다.
하지만 지금 레이니에게는 그 마석이 없다. 확실하게 빼앗겼
다. 그리고 빼앗은 사람은—.

"……이야기는 다 했나?"

"……인사도 참 예의 바르게 하네, 아르 군."

아르 군은 그저 조용히 서 있었다. 우리 사이로 바람이 불
고 구름이 걷히며 달빛이 우리를 비추었다.

"마법부의 강연회는 아르 군이 꾸민 거야?"

"글쎄. 그건 모리츠가 제안한 거잖아?"

"그걸 안다고 밝히는 건 숨길 생각이 있는 건지 없는 건지
모르겠네……."

한숨을 쉬었다. 모리츠는 나를 별궁에서 떼어 놓고 싶었
을 것이다. 아르 군이 별궁에서 목적을 달성할 수 있도록.
즉, 목적은 레이니의 마석을 강탈하는 것이었다.

거기서 도출되는 것은— 아르 군과 모리츠는 레이니가 뱀
파이어라는 사실을 알고 있었을지도 모른다. 그리고 마법부

가 두 사람을 도왔으니 장관인 샤르트뢰즈 백작도 한통속일 가능성이 있다.

"날 아주 우습게 봤구나."

"먼저 그런 사람이 누구지? 드래곤 토벌 시의 독단전행에는 아바마마도 필시 골머리를 썩였겠지."

"……애초에 레이니한테 매료당한 것 아니었어? 잘도 해쳤네."

"레이니에게는 호감이 있어. ─그런데 그게 이유가 되나?"

무슨 소리를 하는 거냐며 아르 군은 어이없어했다. 나는 숨을 멈추고 말았다. 거짓말하는 것 같지는 않았다. 정말 진심으로 아르 군은 레이니에게 호감이 있고, 그러면서 레이니의 심장을 도려낸 것이다.

"왕족이라면 감정에 휘둘려서 잘못된 판단을 해선 안 돼. 그렇게 배웠어. 감정 따위 둘째 문제야."

"……그래서 레이니한테서 마석을 빼앗는 것도 망설이지 않았다는 거야? 그게 정말로 올바른 판단이라고 생각해? 대답해, 아르 군. ─자신이 뱀파이어가 되는 것이 어떻게 왕족으로서 옳은 일인지 설명해!"

아르 군의 가슴에는 일자로 그어진 상흔이 있었다. 마치 뭔가를 넣고 그 후 아문 듯한 상흔이었다. 그리고 눈 색의 변화를 보면 아르 군이 뭘 했는지는 일목요연했다.

아르 군은 뱀파이어가 되기 위해 레이니의 마석을 노렸다. 나를 별궁에서 떼어 놓고, 공공연하게 나다닐 수 없기에 별궁에 머물 수밖에 없었던 레이니를 노렸다.

"애초에 레이니가 뱀파이어라는 걸 어떻게 알았어? 어떻게 눈치챘고, 왜 아바마마에게 아무것도 보고하지 않았어?! 심지어 그 힘을 이용하려고 하다니!"

"누님한테 그런 말을 듣고 싶진 않아. 그「드래곤의 오라」 같은 건 뭐지? 그거나 뱀파이어의 힘이나 똑같은 것 아닌가?"

아르 군의 지적에 나는 말문이 막혔다. 그랬다. 이 오라는 「드래곤」의 힘을 이용한 것이었다. 그 점에서 뱀파이어가 되려고 한 아르 군과 똑같다고 하면 부정할 수 없다.

하지만 나는 마석을 직접 몸에 넣지 않고「피부에 새겼다」. 드래곤의 마석과 소재를 녹여서 만든 특수한 도료로 등에 용을 본뜬 각인을 새겼다.

이 각인은 내 마력을 먹고 드래곤의 마력을 발생시킨다. 나는 간접적으로 드래곤의 마력을 손에 넣은 것과 같았다. 직접 마석을 체내에 넣는 것과 비슷하지만 다른 방식으로 마물의 힘을 얻었다. 나는 이 수법을「각인문(刻印紋)」이라고 불렀다.

팔레티아 왕국에서는 본래 중죄인임을 나타내기 위해 등에 낙인을 새긴다. 그래서 처음에는 유피도 못마땅한 반응을 보였다. 필요한 일이라며 달랬지만.

이 각인문을 기동하면 드래곤 형상의 오라가 떠오른다. 아까 파티장에서 사람들이 겁에 질린 것은 내 오라를 봤기 때문이리라.

"……나랑 아르 군은 입장이 달라."

"그렇지. 누님은 왕위 계승권을 버린 왕녀고, 나는 왕위 계승권 1위의 왕태자야. 입장은 달라."

"그런데 왜."

"원래부터 이건 최후의 수단이었어. 누님이 내 계획을 망쳐 준 덕분에 직접 뱀파이어가 될 수밖에 없게 됐어."

"계획……?"

"내 왕위를 확실히 굳히기 위해, 레이니의 뱀파이어 능력을 이용하여 나라를 장악하는 것."

"……뭐?"

나는 아르 군이 무슨 말을 한 건지 이해할 수 없었다. 뱀파이어의 힘을 이용해서 나라를 장악한다고? 왕위를 확실히 굳히기 위해? 터무니없는 내용에 머리가 어지러워졌다.

"맨 처음 계획을 틀어지게 한 건 유필리아, 너다."

"……저요?"

레이니에게 회복 마법을 걸면서 유피가 곤혹스러워하며 중얼거렸다. 아르 군은 짜증스레 코웃음을 치고서 말을 이었다.

"너는 레이니의 매료에 영향을 받지 않았어. 아니, 받았어도 흔들리지 않았어. 내 계획을 성공시키려면 너는 방해됐어. 그렇기에 제거하려고 했지. 레이니의 능력이 있으면 다소 억지스러워도 네 지위를 무너뜨릴 수 있을 거라고 생각했으니까."

"그게······?!"

무슨 소리냐고 유피는 말하지 못했다. 집중력이 흐트러지며 레이니에게 걸던 회복 마법이 끊어지려고 했기 때문이다. 황급히 마법에 의식을 집중하는 유피의 이마에서 땀이 비오듯 쏟아지는 것이 보였다.

"다음 오산이 당신이야, 누님."

"······내가 유피의 지위와 명예 회복을 위해 맡아서?"

"그래. 나는 레이니와 떨어져 근신을 명령 받았지. 표면적으로 움직일 수 없고, 레이니와 접촉할 수도 없었어. 아바마마가 레이니의 매료에 걸려 판단력이 흐려지길 바랐지만, 그것도 누님이 망쳤지. 드래곤 토벌이라는 공적을 올려 자유를 얻으려고 한 것도 포함해서, 정말 누님은 지긋지긋하게 나를 방해했어."

"왜 그런 계획을 세운 거야. 그런 짓 안 해도 아르 군은 차기 왕이야. 뱀파이어의 힘 같은 걸 의지하지 않아도······!"

믿을 수가 없어서 언성을 높이려고 했다. 하지만 그보다 더 강한 목소리로 아르 군이 내 말을 막았다.

"진심으로 하는 말이라면 누님은 정말 아무것도 관심 없이 오로지 자기 소망에만 빠져 지낸 거겠지."

아르 군의 시선이 날카로워지며 나를 뚫어 버릴 것처럼 응시했다. 처음 느끼는 냉랭한 살기였다.

"내가 이 나라의 차기 국왕이라고 진심으로 인정하는 자가 얼마나 될까? 「아니스피아 왕녀에게 마법 재능이 있었다면」이라는 말을 들은 적이 없다고는 못 할 거야."

나는 아르 군의 말에 입술을 깨물었다. 시선이 밑으로 내려가려고 했다. 그렇게 말하는 사람이 없지는 않았다. 나도 한 적이 있는 생각이었다.

내게도 자유롭게 마법을 쓸 수 있는 재능이 있었다면. 내가 마법을 쓸 수 있었다면 마학을 솔직하게 칭찬할 수 있었을 거라고 하는 사람도 있었다.

"알고 있잖아? 그래서 누님은 분쟁을 만들려고 하지 않아. 누님은 그 재능을 인정받지 못하고 있는 게 아니야. 다들 누님을 두려워하고 있는 거지. 내 말이 틀렸어?"

"……몰라. 그딴 거 알 바 아니야."

"누님은, 괴물이야."

괴물이라고 단언한 말이 생각보다 깊이 가슴에 박혔다. 이단이란 말을 들어 왔지만 괴물이란 말을 들은 적은 없었다. 나도 모르게 메마른 웃음소리가 흘러나왔다.

"평범한 사람은 괴물을 따라잡을 수 없어. 그렇다면 손에 넣을 수밖에 없잖아? 바뀔 수밖에 없잖아? 길이 그것뿐이라면."

"틀렸어! 사람들이 아르 군에게 바란 건 그런 왕이 아니

야. 사람 간의 유대를 소중히 여기고, 다 같이 손을 맞잡고
서 화평하게 나라를 다스리는 왕이야!"

"—그걸 허울뿐인 왕이라고 하는 거야!"

내가 반론하자 아르 군이 격앙하여 외쳤다. 아르 군의 거
센 반발에 내 말이 멈췄다. 그러는 동안에도 아르 군의 분
노는 활활 타오르듯 커지고 있는 것 같았다.

"사람 간의 유대? 다 같이 손을 맞잡고? 나는— 나는 보
았어! 이 나라 귀족의 모습을! 귀족과 평민 사이에 파인 골
을! 그것들은 모두 팔레티아 왕국이 쌓아 올린 비틀림이야!
마법을 쓰지 못하는 백성을 사람으로 생각하지도 않고 오만
하게 구는 귀족! 마법이라는 은혜는 권력의 상징으로 변하
고, 추하게 부와 자존심을 부풀릴 뿐이지! 그래, 마법이 전
부야! 왕가의 피 같은 건 그저 무게를 더하기 위한 수단이
야! 나는 그저 유필리아를 위한 들러리일 뿐이야! 그저 유
필리아에게 붙여 주기 위한 왕이야! 나는 이 나라를 유지하
기 위한 톱니바퀴에 불과해! 거기에 나는 없어! 나일 필요도
없어!!"

피를 토하는 듯한 처절한 절규였다. 숨을 몰아쉬며 어깨
를 들썩였다. 치켜 올라간 눈은 진홍색 눈동자와 어우러져
악귀 같은 표정을 만들었다.

"바뀌지 않아! 변하지 않아! 이 나라의 형태가 바뀌지 않
는 한, 이 나라는 정체된 채야! 그리고 반복하겠지! 핏줄을!

권위를! 전통을! 마법을! 다다르는 끝은 거기야! 그래서는 백성과의 골이 메워지지 않아! 오늘날에 이르는 긴 역사 속에서 얼마나 많은 고귀한 피가 평민과 섞였을까?! 그래서 선왕은 고귀한 피를 다시 거두어들이기 위해 평민의 명예를 기려 귀족 작위를 내리고자 했어! 그렇게 정했을 때 신하들은 뭘 했지?!"

아바마마의 선대, 즉, 우리의 할아버지 시대다. 오랜 시간이 흐르며 평민에게도 귀족의 피가 섞여서, 평민 중에도 잠재적으로 마법 재능을 가진 사람이 있게 되었다.

그리고 당시에 귀족이 아닌 마법사가 도적으로 악명을 떨치고 있었다. 그렇게 평민 속에 있는 잠재적인 불씨를 할바마마는 없애고자 했다. 그 피를 다시 귀족으로 나라에 편입시키기 위한 정책을 정했고— 반란이 일어났다.

평민을 귀족으로 만드는 것을 인정할 수 없었던 신하들이 일으킨 반란이었다. 귀족이 아닌 마법사 따위 인정할 수 없고, 그런 자들을 귀족으로 만드는 것 또한 인정할 수 없다며 나라는 쪼개지려고 했다.

당시 왕태자였던 아바마마의 형이 반란의 기두로 나서며 나라는 쑥대밭이 되기 직전이었다. 그 시대에 활약한 것이 아바마마와 어마마마, 그란츠 공 같은 우리의 부모 세대다.

그런 일이 있었다고 해서 의식이 바뀌었느냐면 그렇지도 않았다. 오랫동안 이 나라는 마법과 함께 있었다. 마법으로 쌓아 올린 역사와 전통, 그리고 권위는 쇠퇴하지 않는다. 마법을 쓸 수 있는 귀족과 마법을 쓰지 못하는 평민 사이에 보이지 않는 깊은 골이 있는 것이 바로 이 나라가 쌓아 올린 비틀림이라고 하면 나는 부정할 수 없다.

"이 나라는 병들었어. 천천히 썩기 시작한 거목처럼. 누군가가 새로운 싹을 키워야 해! 그런데 아무도 거기에 눈길을 주지 않아! 천재라고 칭송받는 자조차 현재를 유지하는 것이 최선이라고 믿어 의심치 않으며, 모두가 빛나는 재능에 시선을 빼앗겨 추종할 뿐이야!"

아르 군의 외침에 유피가 숨을 삼키는 것을 알 수 있었다. 아르 군이 누구를 말하는지 알 수밖에 없었다.

"그렇다면 거머쥘 수밖에 없어! 바꿀 수 없는 상식을 타파할 만한 힘을! 그러기 위한 힘을! 그게 아무리 비인도적이더라도, 나는 허울뿐인 왕이 아니야……! 내가 나일 수 없는 왕에 대체 무슨 가치가 있지?! 썩어 가는 나라를 유지하기 위한 왕 따위 쐐기에 불과해!"

"……아르 군."

"내게 재능이 없다는 건 내가 가장 잘 알아. 무엇도 뛰어나지 않고, 아무리 노력해도「노력하면 손이 닿는」정도일 뿐이야! 그래, 당신이 있어서! 누님! 아니, 아니스피아 윈 팔레티아!"

일부러 이름을 부르며 아르 군은 목소리로 후려치듯 말했다. 왕녀로서의 이름이 내 어깨를 무겁게 짓눌렀다.

그 무게로부터 도망치고 싶어서, 그래서 버렸다. 1왕녀로서의 책임을— 왕위 계승권을 나는 포기했다.

"당신을 향한 조롱은 두려움의 반증이야! 다들 당신의 혁신적인 발상을 두려워하고 있어! 현상을 유지하고 싶은 귀족에게 이토록 무서운 괴물은 없겠지!"

팔을 휘두르고, 목소리가 떨릴 만큼 언성을 높이며 아르군은 외쳤다. 나를 괴물이라고 부르며 마치 규탄하는 것 같았다.

"무엇보다 당신은 귀족의 권위를 위협했어! 마학이라는 이단적인 발상! 마도구라는 무서운 산물! 백성들이 당신을 바라는 것도 당연해. 귀족이 당신을 두려워하는 것도 당연해! 백성에게 당신은 미지의 개척자고, 귀족에게 당신은 나라에 숨은 괴물 그 자체야! 정말이지 훌륭해! 범우(凡愚)와 괴물, 비교할 필요도 없어!"

"……그래서 자신도 힘을 추구했다는 거야? 그 힘이 얼마나 위험한 건지 알아?"

"필요한 힘이야. 이 나라를 지배하고! 형태를 바꾸려면! 내가 정점에 서서 새로운 나라의 형태를 수립하겠어! 그래, 당신이 버린 것이지! 당신이 버린 권리야! 당신이 택하지 않은 미래야! 버린 미래라면 내가 주워도 불만 없겠지!"

아르군의 목소리가 한순간 멀게 들렸다. 내가 땅에 서 있다는 실감이 일순 들지 않았다. 그래도 나는 서 있었다. 지금, 이곳에 서 있다. 그의 눈앞에 서 있었다.

"……아르 군, 하나 물을게."

말하면서도 내 손은 홀더에 꽂아 둔 마나 블레이드로 갔다. 양손에 마나 블레이드를 쥐고 아르 군을 정면으로 보며 나는 물었다.

"—너한테 마법은 뭐야?"

"—저주야, 누님."

……아르 군의 대답이 들렸다. 끔찍하다는 듯 원념에 찬 목소리였다.

"아아, 그래. 저주야. 마법도, 왕가의 피도, 왕자라는 신분도, 내게 주어진 이상적인 군주상도, 이래야만 한다는 모습은 내게 있어 전부 저주야. 나를 공허하게 만들어. 그렇다면 전부 부수겠어. 잃어버려야 그 끝이 보인다면 나는 전부 버려도 좋아."

"그렇구나."

하늘을 한 번 올려다보았다. 달이 눈부시게 빛나고 있었다. 그 빛을 눈에 담듯 천천히 눈을 감았다.

북받치는 이 감정에 어떤 이름을 붙이면 좋을까. 모르겠고, 알고 싶지 않았다. 이름 없는 감정을 가슴속에 깊이 가라앉히고서 나는 눈을 떴다.

"—좋아요, 「아르가르드」. 그건 확실히 내가 버린 거예요."

평온한 목소리로 말하며 감정을 죽였다. 여분의 생각도 필요 없다. 모든 것이 차게 식었다. 각인문에는 마약과 똑같은 부작용이 있어서 쉽게 투쟁심이 인다. 내 안에서 소용돌이치는 열기를 가슴 깊이 억누르고 손안에 가둬 뭉개 버렸다.

"하지만 인정할 수는 없어요. 내가 버린 미래를 당신이 줍겠다면, 나는 당신이 버린 현재의 권리를 줍겠어요."

─이 나라는 병들었을지도 모른다. 그건 부정할 수 없다.

하지만 나는 못 본 척했다. 물론 내가 할 수 있는 범위에서 손을 뻗었다. 한 명이라도 많은 사람이 웃으면 좋겠다고 기도했다. ─그래도 나는 이 나라의 형태를 바꾸기를 포기했다.

긴 시간이, 마법이라는 존재가 사람들을 일그러뜨렸을지도 모른다. 귀족은 그 비틀림에 먹혀서 백성이 바라지 않는 자로 바뀌어 버렸을지도 모른다. 이제 마법은 그저 욕망을 채우기 위한 권위의 상징이 되어 버렸을지도 모른다.

그래도 내가 그것을 바꾸려고 한다면. 이 나라를 부숴야만 그게 가능하다는 건 간단히 상상이 갔다. ⋯⋯그래서 나는 포기했다.

"왜 내가 기상천외한 행동들을 했는지 당신은 아나요? 네, 당신을 위해서였다고 해도 당신은 그걸 저주라고 하겠죠. 하지만 개혁은 변화를 강제해요. 변화하려면 아픔을 줘야 해요. 굳이 그렇게까지 해서 개혁을 서두를 필요가 어디

있죠? 허울뿐인 왕? 좋잖아요. 왕가가 안녕하다는 건 나라가 평화롭다는 증거예요. 그게 뭐가 문제라는 거죠?"

그래서 네가 왕이 되면 좋겠다고 줄곧 생각했어, 아르 군. 재능은 없을지도 모르지만, 네가 노력가고 참을성 있는 아이라는 걸 아니까. 설령 시간이 걸리더라도 끝까지 완수하는 아이라고 믿었으니까.

"남들이 다 하는 것만 할 줄 안다고요? 당연하죠. 사람이니까. 사람이 할 수 있는 범위에서 열심히 하면 돼요. 힘이 아니라 소망과 말에 의지해서."

아르 군이 나를 괴물이라고 생각할 만큼 나는 역시 눈에 띄었던 걸까. 하지만 그게 널 위한 일이라고 생각했다. 내가 적합하지 않다고 여겨지면 누구도 나를 왕으로 세우려는 바보 같은 생각은 안 할 거라고.

"힘으로 바꾸는 변혁이, 지배가, 정말로 백성이 바라는 건가요? 그걸 모르는 당신에게— 왕이라고 할 자격 따위 없어요."

네 손을 이끌고 많이 나갔었지. 네게 꿈을 얘기했었지. 네가 웃어 줬던 것은 아주 오래전의 추억이지만 나는 기억한다.

나 때문에 너한테 잔뜩 폐를 끼쳤다. 네가 그렇게 된 것이 나 때문이라면, 어쩔 수 없지. 어쩔 수 없으니까, 내가 누나로서 책임지겠어.

"그걸로 나와 「똑같은 선상」에 섰으니 이길 수 있다고 자만했나요? 아르가르드."

"누님!!"

"힘이 전부라면 나를 이겨 보세요. 당신은 그저 좋은 왕이 되어야 했어요. 고민하고, 상담하고, 다른 사람과 이상을 나누고, 누군가의 손을 잡고 원을 그려 나가는 왕이 되라고 배웠을 텐데요."

"당신에게는 그게 가치 있는 왕의 모습일지도 몰라. 하지만! 그래서는 아무것도 바꿀 수 없어! 그런 왕에게 현재를 바꿀 수 있는 힘 따위 없어!"

"현재를 지키려고 하는 그 가치를! 부정하는 왕 따위 나는 인정하지 않아!"

아바마마는 결코 강경한 왕이 아니다. 부족한 패기는 어마마마와 그란츠 공이 보완할 정도였다. 하지만 아바마마는 온화하고 느긋하게 키우는 왕이었다.

나는 많은 것을 용납받았다. 아바마마는 내 자유를 용납해 줬다. 하지만 내가 손에 넣은 것은 아르 군에게 주어지지 않았다. 그걸 마침내 알았다.

너에게는 우리의 바람과 기도가 저주일 뿐이었구나. 그걸 알아차리지 못한 것은 분명 내 죄다. 피를 나눈 남매인데 너무나도 멀어져 버렸다.

"「사람이 아닌」 왕이 다스리는 나라에는 미래도, 백성의 행복도, 그 무엇도 없어요."

"아니, 틀렸어. 「평범한 사람은 바꿀 수 없는」 것이 있어.

그걸 부숴서라도 나아가지 않는다면 나라에도 백성에게도 내일은 없어!"

"설령 그렇더라도! 백성도 나라도 급격한 변화는 버틸 수 없어요! 축적한 역사가 길다면 그 아픔은 더 커!"

"당신은 무서웠을 뿐이야! 바꾸는 것이! 짊어지는 것이! 뭐라고 말할 자격이 당신에게 있나? 책망할 자격이 있나? 당신에게…… 대체 무슨 권리가 있다는 거지?!"

"제정신이 아닌 동생을 막는 건 누나의 권리예요."

"새삼스레 웃기는군!"

"네, 정말로— 새삼스럽네요."

정말 어쩌지도 못할 만큼 새삼스럽다. 그래도 내게는 양보할 수 없는 것이 있었다.

"마법을 저주 따위로 바꾸게 두지 않을 거야. 마법은 내일에 대한 기도와 행복을 바라는 것으로 이루어져 있어. —나는 그걸 증명하겠어."

"그거야말로 새삼스러워! 누가 당신의 말에 귀를 기울이겠어?! 나라를 깨뜨리지 않는 한 전해지지 않겠지! 이대로 있으면 평민과 귀족의 골은 메꿔지지 않고 비틀리기만 할 거야!"

"그렇다고 해서 당장 쪼개지려고 하는 나라를 못 본 척할 수도 없어요. 그리고 정말 그 방법으로 나라를 바꿀 수 있다고 생각하나요? 아르가르드."

아르 군을 타박하듯, 그러면서도 간청하듯. 정말 그렇게 생각하냐고 나는 물었다. 원치 않는 대답만이 돌아올 것을 알고 있어도.

"—그만둬, 나를 그런 눈으로 보지 마! 나를 평가하지 마! 나를 동정하지 마!"

"아르가르드……."

"나는 바꿀 거다! 바꿔야만 해! 이 진창 같은 현실을! 쇠퇴하고 가라앉아 가는 나라의 형태를! 누구든지 간에! 나를 방해할 순 없어!"

"……아아, 정말로. 자식이란 것들이 둘 다 부모를 볼 낯이 없는 바보들이라서 아바마마와 어마마마에게 죄송하네요."

마나 블레이드를 들었다. —통하지 않는 말을 나누는 시간은 이제 필요 없다.

"전투태세를 갖추세요, 아르가르드. —당신의 정의를, 부정하겠어요."

* * *

—아르가르드 보나 팔레티아는 평범한 재능을 가진 왕자였다. 물론 그도 노력했다. 하지만 아무리 피나게 노력해도 재능이라는 빛 앞에서는 초라해졌다. 그것이 그에게 주어진 슬픈 현실이었다.

그의 옆에는 정령에게 사랑받는다는 말을 듣는 유필리아

마젠타 공작 영애가 서 있었다. 왕자가 아니었다면 아까운 상대라는 수군거림이 항상 그의 귀에 들렸다.

그리고 이단의 최첨단이라는 아니스피아 윈 팔레티아 왕녀와 언제나 비교되었다. 마학이라는 발상과 마도구라는 발명은 찬부는 갈려도 눈길을 끌었다.

아르가르드에게는 아무것도 없었다. 시선을 사로잡을 만한 재능도, 극적인 발상도, 무엇 하나 없었다. 그래서 힘이 필요했다. 아무리 노력을 거듭해도 눈길을 주지 않는다면 세계를 바꿀 수밖에 없다.

—아아, 이 얼마나 안타까운 비극인가. 이 비극에는 구원받는 이가 없다.

—아르가르드 보나 팔레티아는 영원히 행복해질 수 없다. 날개가 없는 자는 하늘을 자유롭게 나는 행복을 얻을 수 없으니까.

—아니스피아 윈 팔레티아도 영원히 행복해질 수 없다. 날개를 가졌어도 국가라는 쐐기에 묶여 자유를 얻을 수 없으니까.

……차이가 있다면.

하늘을 날 수 있는 자에게는 땅에 발을 디딜지 말지 선택할 권리가 있었다.

날개가 없는 자에게는 뭔가를 고를 선택지가 없었다.

—이것은 그런 누나와 동생의 이야기다.

6장 누군가를 위해 있는 왕관

'—정의(定義), 개시.'

냉정해진 사고는 잘 돌아갔다. 아르 군의 소질이 어릴 때와 같다면 아르 군은 물과 얼음에 적성이 있다. 뱀파이어가 되면서 적성이 크게 바뀌지 않았다면 그 두 가지 속성의 마법으로 공격할 터다.

하지만 확실하진 않았다. 정의에 이르기 위한 정보가 부족했다. 그렇다면 아르 군이 어떻게 나오는지 살필 수밖에 없다. 살짝 간을 보겠다는 듯 단숨에 아르 군과 거리를 좁혀 덤벼들었다. 아르 군은 내 공격을 피하고 땅을 박차 뒤로 물러나서 거리를 벌렸다.

"「워터 커터」!"

물 칼날이 날아왔다. 이번에는 마나 블레이드를 크게 휘둘러서 베어 버렸다. 튀는 물보라를 뚫고, 속도가 떨어지지 않도록 땅을 박차 다시 아르 군과 거리를 좁혔다.

공격 범위까지 앞으로 한 걸음 남았을 때, 아르 군이 지휘자처럼 팔을 휘저었다. 흩어졌던 물이 모여 무수한 칼날을 만들고, 시차를 두고서 내게 사출되었다. 나는 전진하려던 움직임을 옆으로 뛰는 것으로 억지로 바꾸고 몸을 굴려 자세를 바로잡았다.

'요격이 능숙해. 하지만 그게 다야.'

아르 군의 마법은 정교하다. 하지만 정교할 뿐이다. 유피만큼 세련되지 않았다. 티르티처럼 사납지도 않았다. 대응할 수 있는 범위다.

다시 물 칼날이 연속으로 날아왔다. 나는 등의 각인에 마력을 주입하여 드래곤의 마력을 끌어냈다. 등에서 팔로, 팔에서 마나 블레이드로. 옆으로 일자를 그리듯 마나 블레이드를 휘둘러서 날아온 물 칼날을 한꺼번에 벴다.

"「워터 랜스」!"

물 칼날로는 무산될 뿐이라고 판단했는지 이번에는 거대한 물의 창이 날아왔다. 이걸 이동하며 베어 넘기는 건 무리다. 물 칼날을 베기 위해 키웠던 마력을 압축하여 마력 칼날의 크기를 줄였다.

"하앗!"

짧게 토한 숨과 함께 물의 창을 양단했다. 속도를 높여 내게 날아왔던 물의 창은 마나 블레이드의 칼날에 양단되어 창이라는 형태를 잃고 평범한 물로 변했다.

하지만 추격은 거기서 멈추지 않았다. 사방으로 튄 물이 공중에서 이해할 수 없는 움직임을 보였다. 그것은 나를 감싸고 둥그런 우리 같은 형태로 바뀌었다. 물 감옥은 불규칙적으로 커졌다가 작아지며 떨리고 있었다.

'베려면 칼날을 키워야 해⋯⋯.'

한꺼번에 베려고 마력을 다시 주입하면서 한순간 틈이 생겼을 때였다. 살을 에는 듯한 냉기가 느껴졌다.

"큰일⋯⋯!"

"「아이시클 프리즌」!!"

큰일이다, 라고 하려던 말은 도중에 끊겼다. 나를 에워싼 물 감옥이 안쪽으로 가시를 세우듯 내게 다가왔다. 감옥이 점점 좁아지며 도망칠 곳이 사라졌다. 마력을 담으려다가 칼날이 어중간한 길이가 된 것이 좋지 않았다.

피하지 못한 물이 내게 휘감겼고 끝에서부터 얼기 시작했다. 얼어붙는 물을 보고 나는 억지로 감옥을 뚫고 나갔다. 뚫린 물이 뒤늦게 얼어붙었지만 나는 마력을 손에 모아서 비늘을 벗기듯 얼음을 벗겼다.

위로 펄쩍 뛰었던 나는 세게 땅을 밟아 기세를 죽였다. 그 순간, 주위가 어두워졌다. 머리 위를 보니 거대한 물 망치가 나를 뭉개려 하고 있었다.

"「워터 해머」."

물 망치가 크게 휘둘렸다. 나는 짧게 숨을 내뱉고 땅을 박찼다. 그리고 망치를 끝까지 휘두른 자세인 아르 군에게 향했다. 동작이 너무 커서 빈틈이 생겼다!

땅에 붙다시피 자세를 낮추고 다리를 크게 벌려 빠르게 앞으로 뛰어서 물 망치를 피했다. 그 기세를 몰아 온몸을 회전시키며 아르 군에게 육박했다. 마나 블레이드가 나를 중심으로 풍차 날개처럼 돌았다.

마나 블레이드의 마력 칼날이 아르 군을 벴다. 달빛이 있어도 밤이었다. 마나 블레이드의 빛은 아주 선명하게 궤적을 남겼다. 꼬리를 끌듯 잔광이 사라지고 뒤늦게 아르 군의 팔에서 피가 뿜어져 나왔다.

"크윽……!"

'칫…… 얕아!'

아르 군도 몸을 틀어서 피했는지 가슴을 베려고 했던 공격은 팔을 베는 것으로 끝났다. 나는 아르 군의 옆을 지나쳤다. 속도가 줄지 않아서 자세가 무너졌다. 흐름을 거스르지 못하고 낙법을 취하며 마나 블레이드를 땅에 꽂고 고개를 들었다.

아르 군은 팔을 잡고 있었지만, 흐르는 피가 마치 되감기라도 한 것처럼 상처를 막아 나갔다.

'치유? ……아니, 그뿐만이 아니야. 뱀파이어의 재생 능력도 합쳐졌어. 저 정도 상처는 바로 아물어…….'

생각보다 성가실 것 같다고 속으로 중얼거렸다.

"「아이시클 랜스」!"

팔에 난 상처를 막은 아르 군이 바로 공격에 나섰다. 나는 한 걸음 물러나며 도신을 키운 마나 블레이드로 얼음 창을 후려쳤다. 그대로 스텝을 밟듯 다시 앞으로. 아르 군과 거리를 좁혔다.

아르 군은 방금 다쳤던 팔을 들었다. 상처를 막은 딱지가 흐물거리더니 아르 군의 손에 핏빛 물의 창이 나타났다. 그 창이 급속도로 굳어서 내게 찔러 들어왔다.

종이 한 장 차이로 창을 피하면서 머리카락이 몇 가닥 잘렸다. 하지만 신경 쓰지 않고 더 앞으로 갔다. 그대로 창을 찌른 아르 군의 품으로 파고들어 몸을 낮추고 땅을 세게 박차 무릎을 쳐올렸다.

"단단해……!"

뭔가를 덧대기라도 한 것처럼 단단해서 눈썹을 찌푸리고 말았다. 아르 군에게 전혀 타격이 없었던 건 아니지만 생각보다 효과가 없었다. 아마 신체 강화를, 아니, 뱀파이어의 육체 강화를 응용했을지도 모른다.

'알고 있었지만, 뱀파이어의 성질은 너무 성가셔……!'

뱀파이어는 아무튼 생존에 특화된 종족이라고 할 수 있다. 육체 변화에 의한 방어와 재생 능력 등, 적으로 돌리면 얼마나 성가신 존재인지를 실감했다.

품에 파고든 내가 싫다는 듯 아르 군이 발차기를 날렸다. 팔을 교차시켜 그것을 막으며 나도 뒤로 뛰어서 거리를 뒀다. 찌릿찌릿 저리는 팔의 감각을 얼버무리듯 휘두르고 아르 군을 보았다.

아르 군이 내게 손끝을 겨눴다. 손끝에 형성된 물 탄환이 내게 날아왔다.

"「워터 불릿」."

날아오는 물 탄환을 마나 블레이드로 베려다가― 불길한 예감을 느꼈다.

고개를 옆으로 틀어 탄환을 피하자 평범한 물로는 나지 않을 묵직한 착탄음이 뒤쪽에서 들렸다. 땀 한 방울이 뺨을 타고 흘렀다.

'뭐지……? 그냥 물이 아니라…… 안에 뭔가 넣었나?'

한쪽 발만 옮겨서 후방을 확인하니 착탄한 곳에 얼음 뭉치가 굴러다니고 있었다. 물 탄환 속에 얼음 뭉치가 섞여 있었나 보다. 비거리는 그렇다 쳐도, 물 탄환인 줄 알고 마나 블레이드로 베려고 했다면 위험했을지도 모른다.

"마도구로만 싸워야 하는 당신의 약점은 마도구 자체야. 마나 블레이드, 그 마도구가 물리 공격에 약하다는 건 알고 있어."

"그게 나에 대한 대책이야? 너무 낙관적으로 보네, 아르 군."

"낙관적인 대책일지 아닐지 보면 알겠지."

괜찮은 척하긴 했지만 약점을 찔린 것은 사실이었다. 그래도 대응해야 한다면서 아르 군을 보고 있으니 아르 군이 하늘로 팔을 들었다.

나는 퍼뜩 놀라 하늘을 올려다보았다. 방금 날린 것과 같은 얼음 뭉치가 무수히 하늘에 형성되어 있는 것이 보였다.

주먹만 한 얼음 뭉치는 예리한 삼각뿔 형태로 하늘에서 쏟아질 때를 기다리고 있었다.

"「아이시클 레인」."

아르 군이 호령하자 얼음 뭉치가 내게 쏟아졌다. 마나 블레이드로 베는 건 무리다. 면에 대한 공격에는 대응할 수 없다.

도망칠 시간도 없을 것 같고, 섣불리 거리를 벌리면 아르 군에게 당하기만 한다. 여기서 물러나는 것은 하책이다.

'그렇다면— 이건 어떠냐?!'

나는 각인문으로 드래곤의 마력을 불러내 몸에 휘감아서 드래곤의 마력을 쓸 수 있다. 역설적으로 말하자면 드래곤이 할 수 있었던 일은 나도 할 수 있을 터다.

나를 향해 날아왔던, 죽음을 느끼게 했던 섬광을 떠올렸다. 그렇게 크지 않아도 된다. 오히려 그걸 확산시키는 이미지로 방출한다!

"「———」!!"

드래곤의 포효라고 해야 할 충격파가 내 숨결에 맞춰 퍼졌다.

내게 쏟아지던 얼음 뭉치는 차례차례 공중에서 파쇄되어 잔해만 내려앉을 뿐이었다.

얼음 가루가 달빛을 받아 반짝반짝 빛났다. 나와 아르 군은 얼음 가루를 맞으며 마주 보았다.

"……장래가 두렵군."

아르 군이 불쑥 그렇게 중얼거렸다. 시선을 피하지 않고 나를 똑바로 보고 있었다. 예전과는 다른 진홍색 눈. 그 눈에서 다양한 감정의 색이 보인 것 같았다.

너무나도 복잡하게 뒤얽혀 있어서 그저 그 감정의 크기만을 알 수 있었다. 아르 군은 광적일 정도로 나를 바라보고 있었다.

"하지만 얄궂은 이야기야. 이 정도 힘을 보여도 당신은 두려움의 대상일 뿐이야. 이단이라고 욕을 먹으며 가치는 인정받지 못해."

"······이단이라는 건 내가 가장 잘 알아요."

"아무렇지도 않은 척해 봤자 뭐가 달라지지? 자신이 이단이라는 걸 알면서도 이단으로 있기를 그만두지 못한다면 당신은 뭘 하고 싶었던 건데? 그렇게까지 해서 무엇이 되고 싶었던 거지? 대답해. 대답해 봐, 아니스피아 윈 팔레티아!"

내가 가라앉힌 감정을, 가슴속 깊이 쫓아낸 감정을 파헤치려는 것처럼 아르 군이 외쳤다. 그 외침에는 분노가 있었다. 증오가 있었다. 도저히 용서할 수 없다고 외치고 있었다. 그 부정적인 감정은 내가 아르 군에게 준 거겠지.

······아팠다. 몸이 아니라 마음이 속절없이 아팠다. 입술을 한 번 깨물었다. 그 아픔이 나를 아직 냉철하게 있도록 만들었다.

"나는 나야. 다른 누구도 될 수 없어. 그저 마법을 동경한 보통 사람이야."

"그래, 맞아. 당신이 그런 사람이라는 걸 나는 알아."

"……아르 군."

"그렇다면 더더욱 이럴 수밖에 없어. 그러지 않으면 나는 나조차 될 수 없어. 나는 톱니바퀴로 있을 수 없어. 마땅한 자가 될 수도 없어! 내게 요구되는 건 그저 타인을 위한 누군가야! 거기에 나는 없어…… 없다고! 나는 그런 자가 되기 위해 태어난 게 아니야!"

"그것이 너에게 바란 행복이더라도?"

"뭐가 행복이라는 거지? 공허한 인형으로 있으라고? 사람들을 화평케 하는 왕이 되라고? 나일 가치가 전혀 없는 왕 따위, 대체 무엇을 위한 왕인데?! 백성을 위한?! 귀족을 위한?! 나라를 위한?! 그런 건 제물과 다름없어!!"

아르 군이 절규했다. 그 마음을 괴롭히는 것을, 상처를 드러내듯 심정을 털어놓았다. 그제야 오랜만에 아르 군과 재회한 기분이 들었다.

지금까지는 어딘가 멀게 느껴지고 벽을 세운 듯한 위화감이 있었다. 아르 군과 이야기하고 있는데 같은 장소에 없는 듯한, 눈높이가 맞지 않는 듯한 그런 위화감이 해소되었다.

하지만 그렇기에— 나는 아르 군을 부정해야 한다.

"새삼스레 무슨 소릴 하는 거야?"

"뭐……?"

"국왕도, 왕가도, 전부 상징이야. 상징이면 돼. 누구도 상징에 개성 따위 바라지 않아. 만약 개성을 요구하더라도 그건 「우수할 것」, 「사람을 끌어당기는 매력이 있을 것」뿐이야. 당연한 감정 따위 방해만 돼. 그렇게 배우지 않았어?"

"아아, 그래! 그렇게 배웠어! 왕이 되려면 그게 필요하다고! 그렇다면 당신은 어떻지?! 있는 그대로 행동하면서 「마법 재능만 있었다면」이라는 말을 듣는 당신은 뭔데?! 사람을 끌어당기는 매력이 있어야 왕이 행복할 수 있다면, 나는 처음부터 행복을 손에 넣을 권리도 없었다는 건가?!"

아르 군의 외침에 나는 눈을 피하고 싶어졌다. 그래도 시선을 돌릴 수는 없었다.

사실은 더 빨리 마주해야 했을 것이다. 그런데 나는 눈을 감고 귀를 막았다. 별궁이라는 안락한 곳에서 편안하게 살았다.

—나는 도망친 거다. 이단이라는 것은 내가 가장 잘 안다. 그래도 마법을 포기할 수 없는 내게 현실은 그저 숨이 막힐 뿐이다. 자신의 이상을 추구하면 세간이 시끄러워지는 것도 안다. ……그래도 이 동경은 멈출 수 없다.

그런 나 때문에 운명이 비틀려 버린 사람이 있었다. 그게 아르 군이었다. 다시금 눈앞에 드러난 현실에 숨이 떨렸다.

"……그저 평범한 왕족이었다면 그런 생각도 안 했겠지. 우리는 뭘 틀린 걸까. 어디서부터 틀린 걸까, 아르 군."

"전부야. 전부 틀렸어. 이 나라가 있고, 우리가 태어나 버린 것부터 틀린 거야. 그래도— 그렇다고 해서 포기할 수 있어? 이렇게 살려고 태어난 거라면 내가 부숴 주겠어! 이런 나라 따위, 세계 따위!"

"……바보구나, 아르 군. 너는 바보야."

어째서 그렇게 되어 버린 거야. 아아, 내 잘못일지도 모른다. 그래도 말하고 싶다. 너는 축복받았잖아. 나 같은 것보다 훨씬.

"—아르 군, 네가 틀린 건 인생을 즐기지 못한 거야."

"뭐……?"

"지금부터라도 괜찮아. 즐기면 돼. 즐겁지 않은 인생이라서 안 좋은 생각을 하는 거야. 그렇다면 바꾸면 돼. 그러면 되잖아. 원망이니, 증오니, 나는 그런 걸로 세계를 바꾸고 싶지 않았어. 설령 내가 마법을 쓰지 못해도 마법은 보배로운 거니까."

—그래, 무엇을 부정당해도 이것만큼은 내 안에서 절대 흔들고 싶지 않은 거니까.

"나는 지금도 믿어. 나는 마법을 믿고 동경해. 줄곧, 앞으로도. 그것만으로도 충분히 행복해."

"세계를 바꾸길 바라지 않고, 자신을 바꾸고자 하지도 않는다고? 그게 세계에 전혀 부합하지 않는다는 걸 알면서 그렇게 말하는 건가?"

아르 군이 사나운 얼굴로 나를 보며 물었다. 이에 나는 잠시 눈을 내리떴다. 몇 번을 물어도 내 대답은 변하지 않는다.

"—그게 나니까."

내 대답에 아르 군의 얼굴이 일그러졌다. 그건 그야말로 노여움이 가득 담긴 분노의 표정이었다.

"나는 그런 어중간한 당신이 싫어! 나는 당신이 미워……. 진심으로, 당신을 혐오할 수밖에 없어! 그 오만함 때문에 내가 얼마나 고초를 겪었는지! 알려고 하지도 않고 자신의 길을 가는 건 아주 행복했겠지!"

아르 군이 든 핏빛 창이 아르 군의 마음을 나타내듯 흉악하게 변했다. 남을 해치고 상처 입히기 위한 무기로.

"나는— 당신을 뛰어넘겠어. 뛰어넘어야만 해. 바꾸지 않으면 나아갈 수 없어!"

"……하나만 말하게 해 줘, 아르 군."

격노한 아르 군에게 나는 조용히 말했다. 숨을 들이쉬어 호흡을 가다듬고서 고하는 말은 기도와도 비슷했다.

"그렇다면 즐겨. 지금까지 바라지 않는 인생을 살았겠지. 나 때문이라고 한다면 부정은 안 해. 그렇다면 지금부터라도 즐겨. 이게 네가 바라던 거잖아? 나를 뛰어넘는 것이, 나와 똑같은 선상에 서는 것이, 나라를 힘으로 지배하는 것이, 무엇보다도 네가 바란 길이잖아? 그렇다면— 적어도 만족할 때까지 어울려 주겠어."

「미안해」라는 말은 할 수 없다. 「많이 힘들었지?」라고 말해도 전해지지 않는다. 내가 할 수 있는 일은 전부 받아 주는 것이다. 아무리 절실해도, 아르 군의 바람을 들어줄 수는 없다.

힘으로 생각조차 지배된 나라를 나는 인정할 수 없다.

"녹초가 돼서 더는 전진할 수 없다고, 그렇게 말할 때까지 어울려 줄게. 그리고 너를 이길 거야. 전부, 전부 나한테 부딪쳐. 그런 다음 말해 주겠어. —나를 이기겠다니 바보구나, 라고!"

정말로 바보 같은 아이다. 하지만 나도 바보니까. 이런 형태로 받기 전까지는 눈치채지 못했다. 그러니 적어도 이것만큼은 바라고 싶다.

"더 웃고, 더 화내고, 더 슬퍼하고, 그리고 즐겨. 이 순간이 인생 최고의 순간이라는 생각이 들 때까지 나한테 덤벼. 그다음에 전부 때려 부숴 주겠어. 아니스피아 윈 팔레티아는 왕족 실격인 괴짜, 어쩔 도리가 없는 기상천외 왕녀님. 그게 내 위치야! 나는— 왕족의 책임으로 너를 부정하겠어."

"정말로 오만한 사람이야! —그렇기에 나는 당신을 뛰어넘겠어! 나한테는 원래부터 아무것도 없어. 매달릴 것이 이단밖에 없다면, 그걸 당신이 막아서겠다면 넘어서 주겠어! 아아, 이걸 위해서였어! 전부 이걸 위해 있었던 거야! 이 결과로만 구원받을 수 있어! 누님…… 아니스피아 윈 팔레티아! 누가 왕에 걸맞은지 여기서 결판을 내자!"

"……그런데도 왕위 따위 바라지 않는 건 둘 다 마찬가지인가. 우리 진짜 부질없다."

나도 모르게 쓴웃음을 짓고 말았다. 정말로 우리는 답이
안 나오는 멍청이들이다. 죄송해서 아바마마와 어마마마를
볼 낯이 없다.

가슴속 깊이 가뒀던 감정을 조금씩 꺼냈다. 슬프고, 분하
고, 화가 나기도 했다. 하지만 그렇기에 나와 아르 군은 똑
같았다.

같은 소리굽쇠가 공명하듯 우리의 감정이 중첩되었다. 서
로를 인정할 수 없다고, 서로가 마음에 안 든다고, 서로를
부정해야 한다고. 말을 나누지 않아도 시선으로, 분위기로,
우리는 깨달았다.

솔직히 말해서 마음은 무거웠다. 냉정한 머리는 왜 이런
부질없는 싸움을 해야 하냐고 생각했다. 하지만 그렇지 않
다. 그게 아니다. 이제 논리로는 결판을 낼 수 없다. 아무리
부질없어도, 이 앙금의 청산은 깔끔하게 끝나지 않는다.

"정말로 그냥 싸움박질이네."

"……하! 그러게. 적절한 말이야."

"웃을 수 없는 규모의 싸움이지만. 그래도 싸움일 뿐이야.
우리한테 이건 싸움이야. 아아, 생각해 보니 아르 군과 싸
운 적이 없었구나."

"……그랬던가?"

"응. 아르 군은 정말로— 순하고 착한 아이였으니까."

미안해. 나는 알고 있었어. 아르 군은 순하고 착하고 노력 가니까. 그래서지? 나를 용서할 수 없는 건. 내가 있으면 왕이 될 수 없다고 생각한 건.

"······그래서 당신이 오만하다는 거야. 당신은 일방적이야. 그날부터 줄곧─."

"······?"

아르 군이 살짝 시선을 돌렸다. 하지만 그건 한순간이었다. 우리의 시선이 다시 얽혔다. 아르 군이 전투태세를 취한 것을 보고 나도 마나 블레이드를 들었다.

"덤벼, 아르 군. 전부 받아 내고서 너를 부정해 주겠어."

"언제까지고 누님만 앞서가지 않는다는 걸 알려 주겠어."

"죽도록 후회하게 해 줄게! 내게 덤비겠다는 바보 같은 생각에 이른 자신이 어리석었음을 깨닫도록 철저히 울려 주겠어!"

"우는 건 누님이야! 그래, 누님을 울리겠어! 누님이 내 어리석음을 부정하겠다면 나는 누님의 오만함을 부정하겠어!"

"아아, 그래. 그럼 그 말대로 오만하게 행동하기로 할까! ─구해 줄게, 아르 군! 분노도, 증오도, 슬픔도, 불만도 전부! 전부 받아서 말이야!"

"─윽······ 아······ 아니스피아─!!"

오늘 본 것 중에서 가장 분노한 형상으로 아르 군이 내게 덤볐다. 나도 아르 군을 요격하기 위해 발을 내디뎠다. 그 한 걸음은 몹시 무거웠다. 그래도 지지 않겠다며 무게를 떨쳐 내듯 세게 땅을 박찼다.

힘을 너무 많이 줬는지, 감정이 억제되지 않았는지. 한 줄기 눈물이 흘러내렸다.

* * *

─만약 과거로 돌아갈 수 있다면. 저는 어리석은 자신의 뺨을 안 때리고 배길 수 있을까요?

아니스 님과 아르가르드 님이 나눈 대화를 듣고 그렇게 생각했습니다. 저도 모르게 피가 나도록 입술을 깨물고 말았습니다.

하지만 자신의 부족함을 후회하고 있을 시간은 없었습니다. 레이니에게 회복 마법을 거는 것은 깨진 독에 물을 붓는 행위와도 같았습니다. 그래도 포기할 이유는 되지 않았습니다.

이대로 레이니가 죽어 버리면 고개를 들고 다닐 수 없다는 집념과도 같은 생각을 하며 회복 마법에 의식을 집중했습니다. 하지만 레이니의 상처는 아물 기미가 없었습니다. 피로하여 맺힌 땀이 뺨을 타고 흘렀습니다.

그때, 회복 마법을 거는 손을 레이니의 손이 맞잡았습니다. 의식이 몽롱했던 레이니가 피 섞인 기침을 하며 제게 초점을 맞췄습니다.

"유……필리……아…… 님……."

"말하지 마세요!"

"……들으……셨죠……?"

제 제지가 안 들리는지 레이니가 띄엄띄엄 말을 자아냈습니다.

"……아니스…… 님…… 아르……가르드 님…… 저는……알아, 요……."

"안다고요……?"

"포기, 하지…… 않아도…… 자신은…… 어떻, 게도……할 수 없고…… 하지만, 괴로……워도…… 저런…… 식으로…… 비명…… 지를 수밖에…… 없어서……."

"……비명?"

레이니에게는 아니스 님과 아르가르드 님의 대화가 비명처럼 들린 걸까요? 저는 잘 모르겠습니다. 다만 두 분이 너무나도 괴로워서, 괴롭기에 싸워야만 한다고 이해하게 됐습니다.

이렇게 되기 전에 할 수 있는 일이 있었을 텐데. 그렇게 자신을 책망하는 제 목소리가 들렸습니다. 분한 마음에 다시 입술을 깨물려고 하는 제 뺨으로 레이니가 손을 뻗었습니다.

"……읏…… 유, 필리아…… 님……! 부탁……이……."

"레이니? 부탁이요?"

"피를……. 마력이, 있으면…… 마석을…… 재생……시켜……."

레이니가 띄엄띄엄 고한 말에서 저는 희망을 보았습니다.

마석을 재생시키겠다고 레이니는 말했습니다. 그러기 위해 마력을 달라고, 흡혈하고 싶다는 거겠죠.

"잠시만요. 지금 피를……."

"─아뇨, 유필리아 님은 그대로 회복 마법을 걸어 주십시오. 피는 제가 드리겠습니다."

레이니에게 피를 어떻게 줄지 고민하고 있으니 제 반대쪽에서 레이니의 손을 잡고 있던 일리아가 말했습니다. 일리아는 레이니의 얼굴로 자신의 얼굴을 가져갔습니다.

"실례합니다, 레이니 님."

"일리…… 응?!"

일리아가 입술을 깨물어 피를 내고 레이니에게 입을 맞췄습니다. 레이니는 눈을 크게 떴다가 질끈 감고 일리아의 등에 팔을 둘렀습니다. 뭔가를 참듯 떠는 레이니의 가슴에 난 상처 안쪽에서 불현듯 뭔가가 빛난 것 같았습니다.

그 이후의 상황은 극적이었습니다. 언제 상처가 났냐는 듯 살이 차오르며 피부가 원래대로 돌아갔습니다. 예상 이상의 재생 속도에 저는 깜짝 놀라서 회복 마법을 멈추고 말았습니다.

"─웃…… 아……파……! 윽……!"

"레이니?!"

"아, 파…… 거짓말…… 재생……해도, 계속…… 아파……!
……어? 어떻게, 아르가르드 님, 움직이시는…… 무리……
아파…… 아파아파……!"

많이 아픈지 일리아조차 뿌리치고서 레이니가 가슴을 부
여잡고 괴로워했습니다.

상처는 재생되어도 통증까지 사라지지는 않는 걸까요? 그
렇다면 아르가르드 님이 저렇게 재생하며 아무렇지도 않게
움직이고 계셔도, 사실은 격통이 엄습하고 있다는 건데…….

아파서 떠는 레이니를 일리아가 일으켜서 진정시키듯 안
아 줬습니다. 저도 멈췄던 회복 마법을 다시 레이니에게 걸
려고 했지만 레이니가 괴롭게 숨을 토하며 제 손을 잡았습
니다.

"……안 돼요, 유필리아 님…… 마력이…… 아까, 워
요……."

"레이니, 하지만."

"유필리아 님도, 그래요……!"

"네……?"

"참지, 마세요……. 저는, 괜찮, 으니까…….."

아파서 그 이상 말할 수 없었는지. 레이니는 일리아에게
머리를 기대며 거칠게 숨을 쉬었습니다. 저는 레이니의 말에
허를 찔리고 말았습니다.

'……참고 있다고요? 제가, 대체 뭘?'

어째서 레이니가 제게 그런 말을 했는지 이해할 수 없어서 그저 멍하니 있었습니다.

"……유필리아 님은, 말리고 싶으신 것 아닙니까?"

레이니 대신 일리아가 입을 열었습니다. 일리아는 레이니를 걱정스럽게 끌어안으며 제게 말했습니다.

"……제게는, 말릴 자격도 힘도 없습니다. 두 분을 말리기 위한 말도 가지고 있지 않습니다. 그래서 지켜볼 수밖에 없습니다."

"……일리아."

"제가 할 말은 아니지만…… 때로는 자신의 마음을 따르는 것도 중요하다고 생각합니다. 레이니 님은 제가 보고 있겠습니다. 그러니 유필리아 님도……."

마음을 따른다? 제 마음은, 어떻게 하고 싶은 걸까요? 레이니가 말한 것처럼 참고 있는 걸까요? 하지만 저도 솔직히 말해서 일리아와 같은 기분이었습니다.

저렇게 싸우는 두 분을 보고서, 그 심정을 알았으면서 어떻게 말리고 싶다는 말을 할 수 있을까요. 저는 이 결과를 초래한 사람 중 한 명인데 그럴 자격이 있을까요?

의문이 머릿속을 빙글빙글 맴도는 가운데, 불쾌한 소리가 울려 퍼졌습니다. 뭔가가 부서진 듯한 그런 무미건조한 소리였습니다.

설마설마하며 시선을 돌리니. 방금 막 부서져서 허공을 나는 마나 블레이드의 모습이 보였습니다.

"—아니스 님!"

* * *

—부서졌다. 내 마나 블레이드가. 두 자루 중 하나를 잃고, 나는 곧장 아르 군과 거리를 벌리기 위해 뒤로 뛰었다.

원거리 공격 수단이 없는 내가 거리를 벌리는 것은 좋지 않다. 하지만 물러날 수밖에 없었다. 아르 군의 공격을 막을 수단을 하나 잃어버렸기 때문이다. 양손으로 막던 것을 마나 블레이드 하나만으로는 막을 수 없다.

아르 군은 물 채찍을 정교하게 조작하여 내게 공격을 퍼부었다. 광범위하게 마법을 뿌리는 공격으로는 내 움직임을 막을 수 있어도 결정타가 되지 않는다고 생각하여 방법을 바꿨을 것이다.

이 물 채찍이 성가셨다. 얼음 뭉치가 내포되어 있어서 접촉하는 순간 얼어붙으며 충격을 줬다. 마나 블레이드와 치명적으로 상성이 나빴다.

"하, 하하! 하하하하하하! 부쉈어! 내가 부쉈어! 자랑거리인 무기가 부서진 기분은 어때? 마도구가 없으면 당신의 힘은 반감된 것과 같아!"

"칫!"

신나게 떠드는구나! 실제로 맞는 말이라서 부정할 수 없는 것도 짜증 난다!

아무튼 본격적으로 위험하다. 이대로 가면 계속 불리해진다. 마나 블레이드 하나로는 아르 군의 공격에 대처할 수 없다. 계속 거리를 두고 괴롭히면 승산이 없다.

"이 정도밖에 안 돼? 누님!"

아르 군이 외쳤다. 이긴 것이나 다름없다며 기세등등하게 굴어도 될 텐데 아르 군은 노여움을 드러내고 있었다. 납득할 수 없다는 듯 외쳤다.

"이렇게 끝나는 건가? 이게 한계야? 그럴 리가 없잖아! 뭘 망설여! 나는 누님을 죽일 거야! 죽이고 싶을 만큼 누님을 미워해! 그런데 그걸 받아 내겠다고 했지! 그리고 부정하겠다고! 구하겠다고! 오만함에 허를 찔리기라도 한 건가?! —웃기지 마! 나를 봐, 누님! 나는 시야에 담을 가치도 없는 거야?!"

아르 군의 외침에 나는 입술을 깨물었다. 죽일 작정이라는 건 안다. 아르 군은 살의를 숨김없이 드러내고 있고, 내게 무척 분노해 있다는 것도 전부 안다.

마주하고 이쪽을 보라고. 아르 군은 온몸으로 그렇게 호소하고 있었다. 알고 있다. 전부 그걸 위해서라는 걸 이해하고 말았다. 같은 선상에 선 것도, 이단이 되려고 한 것도.

—전부 자신의 존재를 내게 보이기 위해.

줄곧 외면했다. 나랑은 상관없다고, 할 수 있는 일이 없다고. 왜냐하면 나는 왕위 계승권을 버렸으니까. 그게 아르 군을 위한 일이라고 생각했다.

그렇지 않다고 말해도 간단히는 받아들일 수 없었다. 그렇더라도, 미움받아도, 거리가 멀어져도— 아르 군은 내 동생이다. 내가 손을 잡고 밖에 데리고 나갔었던 귀여운 동생이다.

"으, 아아!"

나는 육박하는 물 채찍을 포효하며 피했다. 아르 군과 거리를 두면서, 마나 블레이드를 잃은 손을 주먹 쥐고 자신의 뺨을 때렸다. 전부 갖추라는 거지? 알고 있어, 아르 군. 네가 뭘 바라는지 알아.

'죽일 작정으로 덤비라는 거지?'

자신을 죽일 작정으로 싸워 달라고. 그걸 위해 여기까지 온 거라고, 그렇게 호소하고 있다는 건 안다. 그래도 부응하지 않았던 것은 내 안에 아직 아르 군에 대한 정이 남아 있었으니까.

—하지만 그게 최대의 모욕이었을 것이다. 안다. 알고는 있다.

정말로 네가 납득하는 길이 그것뿐이라면. 그렇게 마주해야만 네가 구원받는다면…… 나도 각오하자.

아니스피아로서 살면서 사람을 죽인 적이 없지는 않았다.

모험가는 때로 사람의 생명을 빼앗아야 한다. 하지만 가능하다면 인명은 빼앗고 싶지 않았다. 안일하다는 말을 듣더라도 양보할 수 없었다.

그리고 마물이라면 수없이 죽였다. 생명을 빼앗는 것에 망설임이 없는 것은 아니다. 다만 각오가 필요했다. 내가 상처입을 것을 아닐까. 그래도 마주하기로 했으니까.

"정말로 바보 같은 동생이라니까!!"

체내를 순환하는 마력을 등의 각인으로 보냈다. 드래곤의 마력을 생산하기 위해서가 아니라 내 마력과 완전히 융합하기 위해. 내 마력이라는 막으로 감싸서 제어하던 드래곤의 마력을 체내에 받아들였다.

전신을 휘감은 오라가 한층 농밀해졌다. 이 오라는 특히 드래곤의 뿔을 표현하는데 그것이 더 선명해진 것 같았다. 사고 끝자락부터 태우는 듯한 열기가 온몸을 휘돌았다.

직접 체내에 드래곤의 마력을 받아들이면서 「저주」가 단숨에 나를 침식했다. 사람의 몸에는 다 담을 수 없는 힘이었다. 당장에라도 몸이 터질 것 같았다. 그래도 힘을 제어하는 고삐만큼은 절대 놓지 않았다.

먹으렴, 내 마력을, 나 자체를. 너는 이제 내 일부, 마음껏 날뛰어도 돼. 뇌리에서 잔향처럼 울려 퍼지는 드래곤의 포효가 들린 것 같았다.

"―「가공식·용마심장(竜魔心臟)」!!"

드래곤의 마력을 직접 제어하는 것. 이게 내 비장의 카드다.

전신에서 날뛰는 드래곤의 마력을 마나 블레이드에 주입했다. 마나 블레이드가 비명을 지르듯 금이 가는 소리가 들렸다.

그래도 나는 마력 주입을 멈추지 않았다. 이만큼 힘을 주입해야 아르 군을 때려눕힐 수 있다. 그러니 전력으로 모든 것을 파괴하며 갈 수밖에 없다.

"아아아아아아아―!!"

일전에 드래곤의 브레스를 뱄던 빛의 참격을 이번에는 드래곤의 마력으로 가한다.

과하게 마력이 담긴 마력 칼날의 형상은 이제 검이라기보다 발톱 같았다.

아르 군이 그 일격을 막기 위해 무수한 물 방패를 만들었다.

하나, 둘, 셋, 넷, 장벽에 막히면서도 내 참격은 멈추지 않았다.

다섯, 여섯, 일곱, 여덟. ―그리고 순식간에 물 방벽이 베였다.

아르 군의 가슴에서 겨드랑이로 비스듬히 상처가 그어졌다. 뒤늦게 생각났다는 것처럼 피가 뿜어져 나왔지만 아르 군의 피가 딱지를 만들어 재생하려고 했다.

"아직, 이야⋯⋯! 나는, 나는!!"

아르 군의 다리는 후들거리고 있었다. 서 있는 게 고작이라는 것처럼. 하지만 쓰러지지는 않았다. 아아, 틀렸다. 이대로는 아르 군을 막을 수 없다.

마나 블레이드가 소리를 내며 부서졌다. 이제 아르 군의 공격에 대처하는 건 불가능하다. 그러니 아르 군이 움직이기 전에 결판을 내야 한다.

'아르 군이, 멈추지 않겠다면—.'

—죽일 수밖에, 없다.

노리는 곳은 심장. 레이니한테서 뺏은 마석을 넣은 곳. 땅이 파일 정도로 다리에 힘을 주고 아르 군에게 향했다. 거리가 줄어들며 아르 군의 얼굴이 점차 확실히 보였다.

"이걸로! 끝이다!"

아르 군의 얼굴은 일그러져 있었다. 나를 노려보며 사나운 감정을 내게 보내고 있었다. 앞으로 한 걸음, 곧 있으면 손이 닿을 거리까지 왔을 때— 아르 군은 살며시 표정을 풀었다.

'⋯⋯왜, 그런 표정을 지어.'

어째서 그렇게 안심한 것처럼 웃는 거야. 잠깐만, 그건 예상하지 못했어. 아르 군은 나를 싫어하고, 나를 죽이고 싶어 할 만큼 미워하니까. 그러니까 나한테 지는 건 분명 분할 텐데. 그런데, 어째서, 왜.

이미 나는 일격을 가하고 있었다. 사고가 늘어지며 슬로 모션으로 보였다. 「어째서」라고 물으면서도 내 움직임은 멈추지 않았고, 그대로 아르 군의 심장을 꿰뚫기 위해 손을 세웠다.

오라로 형성된 드래곤의 발톱이 아르 군의 심장을 가른다. 그건 확정된 결말이었다. 나는 눈을 감아 버렸다. 아르 군의 표정을 이해할 수 없었으니까. 내가 저지르는 짓의 결말을 외면하듯.

—하지만 내 손에 느껴진 것은 부드러운 살의 감촉이 아니라 단단한 철의 감촉이었다.

"어……?"

생각지 못한 충격을 받은 나는 반동으로 나동그라졌다. 허둥지둥 고개를 드니 은색 머리카락이 나부끼며 떨어지는 것이 보였다.

유피였다. 충격으로 지면을 굴러간 유피는 아르 군과 조금 거리를 두고서 쓰러졌다. 그리고 뭔가가 공중에서 빙글빙글 돌아 우리 사이에 떨어졌다.

아르칸시엘이었다. 땅에 박힌 순간, 역할을 다했다는 듯 부러져 버렸다. 나는 무슨 일이 일어났는지 이해하지 못한 채 멍하니 있을 수밖에 없었다. 어째서 유피가 여기 있지?

넋이 나간 내 귀에 유피의 목소리가 들렸다. 유피는 떨리는 손으로 몸을 일으켜 나를 노려보고 있었다. 그 눈에서 눈물이 흐르고 있었다. 그래도 표정은 우는 게 아니라 화내고 있는 것처럼 보였다.

"……윽! 이런 일로 서로 죽이려 들면 어쩌자는 건가요! 하나같이 바보예요! 그렇다면 제가 막을 수밖에 없잖아요! 신하로서! 이전 약혼자로서!"

유피가 그렇게 외쳐서 나는 마침내 현실감을 되찾을 수 있었다.
"……유피……."
"그런 얼굴을 하면서까지 싸우고 싶으셨던 건 아니잖아요……! 죽이고 싶으셨던 건 아니잖아요! 그런데 싸우고! 상처 입히고! 바보 같잖아요!"
유피가 언성을 높여 호소하듯 외쳤다. 그 외침을 듣고 나는 힘이 빠져 버렸다. 단숨에 권태감이 몰려들었다.
유피가 막아 주지 않았다면 틀림없이 아르 군을 죽였다. 하지만 그렇게 되지 않았다. 어떤 감정을 느끼면 좋을지 잘 모르겠다.
하지만 아직 결판은 나지 않았다. 나는 떨리는 몸을 일으켰다. 힘이 빠지면서 남아 있던 드래곤의 마력도 빠져나가 버렸다. 각인문의 반동으로 몸이 삐걱거렸다. 규격을 벗어난 존재인 드래곤의 힘을 직접 받는 것은 역시 무리가 있었던 모양이다.

그래도 발은 멈추지 않았다. 발을 질질 끌어 아르 군 곁으로 갔다.

아르 군은 양손 양발을 대자로 뻗고 하늘을 올려다보고 있었다. 내가 다가가도 일어나려고 하지 않았다.

"……아르 군."

불러 봤다. 하지만 아르 군은 내게 시선을 주지 않았다. 아르 군은 먼 하늘을 바라본 채였다. 그 자세로 천천히 입을 열었다.

"……날씨가 좋았어."

"……?"

"왕자로 사는 나날은 아무런 감흥도 없었어. 기쁨도, 노여움도, 슬픔도, 즐거움도. 나는 선두에 서서 나라를 이끌어야 해. 거기에 개인의 감정도, 인격도 불필요해. 내게 재능이 없다는 건 누구보다 잘 아니까, 발목을 잡는 건 스스로 잘라 냈어……."

아르 군은 나직이 말을 이었다. 조금 전까지 사납게 날뛰었던 감정은 언제 그랬냐는 듯 잠잠해져 있었다. 온화하게도 들리는 목소리가 귀에 들어왔다.

"그러면 된다고 생각했어. ……외면했던 건 나도 마찬가지야. 레이니가 일깨워 줬어. 매료로 누군가에게 느끼게 된 호

6장 누군가를 위해 있는 왕관 273

의도, 기도도, 소망도, 나는 똑같은 걸 알고 있었어. 줄곧, 줄곧 잊어버리려고 했었어."

"아르 군……?"

"……날씨가 좋아서 하늘을 올려다봤어. 그런 하늘에 있는 사람을, 나는 한 명밖에 몰라."

……눈을 뜨고 있을 수 없었다. 이대로 무너져 버리면 얼마나 편할까. 입 밖으로 나올 것 같은 생각을, 필사적으로 이를 악물어 가뒀다.

"……누님, 기억해?"

"……뭘?"

"아바마마를 따라 방문한 저택에서 우리끼리 빠져나갔던 날."

"……응."

먼 과거, 아직 내가 아르 군의 손을 잡아끌 수 있었던 날에. 나는 아르 군을 데리고 나갔다. 목적은 정령석 찾기. 작은 모험이었다.

당시 아르 군은 내가 이끄는 대로 따라오는 소극적이고 자기주장이 약한 아이였다. 나는 그런 아르 군이 웃었으면 해서 평소처럼 아르 군을 데리고 나갔다. 방문처에서도 그런 것은 연장선상에 불과했다.

"그리고 마물에게 습격받았지. 누님은 내가 도망칠 수 있도록 남았고 나는 달아났어. 들키지 않게 숨어 있으니 점점 날이 저물었어. 혼자 숨죽이고서 떨고 있었어. 누님은 무사

할까 싶어서 몇 번이고 찾으러 가려고 했지만 움직일 수 없었어. 그런 나를 누님이 찾아 줬어."

"……그랬지."

"……누님이 줄곧 내 손을 끌어 줬어. 많은 걸 가르쳐 줬어. 그날까지 나는 제대로 인간이었던 것 같아. ……누님이 나를 내치기 전까지는."

—그랬다. 나는 아르 군을 내쳤다. 그날을 경계로 우리의 관계는 변해 버렸다.

아르 군을 보낸 후, 나는 정령석을 사용해 시간을 벌었다. 그리고 이변을 감지한 기사에게 보호받았다. 하지만 아르 군을 좀처럼 찾을 수 없었다. 다른 마물에게 습격받은 건 아닐까 불안했다.

마침내 아르 군을 찾았을 때는 진심으로 안도했다. 그저 아르 군이 무사해서 천진난만하게 기뻐했다. 하지만 그날 이후로 소문이 났다.

—내가 아르 군을 질투하여 죽이려고 한 것 아니냐는 소문이었다.

나는 이미 그 무렵에 마법을 못 쓴다는 걸 알고 있었다. 그래서 정령석 연구를 시작하여 여러 번 아르 군을 끌어들였었다.

지금이야 마도구라는 성과를 올렸기에 대놓고 나를 비난하는 사람은 없다. 하지만 그 무렵 나에 대한 주위의 태도는 모질었다.

　『아니스피아 왕녀는 마법 재능이 있는 아르가르드 왕자가 싫은 거다.』

　『천진난만하게 노는 척하며 목숨을 뺏으려고 한 거다. 그래서 늘 몰래 움직이는 거다.』

　『아르가르드 왕자를 죽이면 왕위는 아니스피아 왕녀의 것이다. 그게 목적이리라.』

　아르 군을 문병하러 가려다가 그런 소문을 알게 되었다. 생각지도 못한 말을 듣고 나는 혼란에 빠졌다.

　나는 아르 군을 미워한 적이 없다. 죽이려고 한 적도 없다. 하지만 우리는 왕족이었다. 다음 왕을 정하기 위해 우리는 자신의 입장을 이해해야 했다.

　그래서 나는 왕위 계승권을 포기하기로 했다. 아바마마와 어마마마를 설복시키고, 내가 왕이 되길 바라는 사람 따위 없음을, 아르 군을 해칠 생각이 없음을 보이려고 했다.

　아르 군과도 거리를 둬서 마침내 내가 아르 군을 죽이려 한다는 소문이 사라졌을 때, 나는 웃으며 아르 군에게 말했다.

　『—이제 아르 군이 왕이 될 수 있어! 안심해!』

　그리고— 아르 군은 격노했다. 나는 왜 아르 군이 화를 내는지 알 수 없어서, 아르 군이 분노로 떨며 떠나는 것을 멍하니 바라볼 수밖에 없었다.

그 후 나와 아르 군의 거리는 멀어졌다. 아르 군은 나를 무시하게 되었고, 애초에 서로 접점을 만들지 않으려 하게 되었다.

그렇게 우리 사이는 자연스럽게 멀어지고 개선되지 않았다. 나는 그거면 됐다고 생각했다. 아르 군에게 폐를 끼치면서까지 누나 행세를 할 생각은 없었다. 나라가 건실하면 됐다. 사람들이 바라는 왕은 아르 군이니까. 그렇게 자신을 타일렀다.

"……늘 누군가가 속삭여. 아니스피아 왕녀에게 지지 마라. 아니스피아 왕녀는 사실 왕자를 시기하고 있다. 절대 마음을 허락하면 안 된다. 왕녀는 악마에게 홀렸다. 누나라고 생각하면 허를 찔릴 것이다."

아르 군이 나직이 중얼거린 말을 듣고 주먹을 아프도록 움켜쥐었다. 누가 그런 말을 했냐고 소리를 지르고 싶었다.

나는 그런 생각 한 적 없고, 하지 않는다. 너무나도 심한 모욕이다. 나한테만 말한다면 상관없다. 하지만 대체 누가 악의적으로 아르 군에게 속삭였단 말인가?

"특정한 누군가가 그런 게 아니야. 다들 그랬어. 적어도 내 주위에는 누님을 긍정하는 자가 없었어. 다들 누님을 비웃었어. 나도 그러라고 하는 것 같았어. 그래서 나는 외면했어. 누님이 관련되지 않으면 마음이 어지러워질 일도 없으니까. 왕으로서 사는 데 이런 감정은 불필요하다면서."

……무슨 말을 하면 좋을까. 뭐라고 말을 건네면 좋을까. 응? 아르 군. 난 모르겠어.

"……누님."

"……응?"

"어째서 왕위 계승권을 버렸어? 어째서 나보다 훨씬 똑똑하고 누군가를 생각할 줄 아는 사람이 왕으로 부적합하다며 욕을 먹는 거야? 왕이 무엇을 위해 있는지, 나는 이제 모르겠어. 알 수 없게 됐어……."

한탄하며 고해진 말에 나는 오늘 느낀 것 중에서 큰 아픔을 느꼈다. 아아, 이대로 죽어 버리고 싶다. 죄책감과 후회가 마음을 난도질했다.

하지만 그래도 나는 아르 군을 위로할 수 없었다. 그래도 아르 군이 왕이 되어야 한다는 것은 변함없다. 적어도 이 팔레티아 왕국에서는 그게 옳을 터다.

"……나는 이단이야. 마법을 쓰지 못하는 왕녀가 나라를 다스려도 될 리가 없어. 팔레티아 왕국이 쌓아 올린 역사가 허락하지 않아. 그러니까 아르 군이 왕자고 다음 국왕이야."

아무리 애타게 원해도, 왕이 되고 싶어도, 내게는 결정적으로 부족한 것이 있다. 마법 재능이라는, 내가 바라 마지 않는 것이.

"나는 마법을 못 써. 그것만으로도 부적합해."

"그럼 내가 적합해? 피, 지위, 전통, 마법, 그것밖에 없는 내가 왕이 되도 된다고? 나는…… 그렇게 생각 안 해."

강하게 내뱉듯이. 그러면서 포기하듯 아르 군은 중얼거렸다.

"하라는 걸 해내는 왕은 될 수 있었겠지. 조용히, 완만하게, 평온한 나라로는 만들 수 있었을지도 몰라. 유필리아가 있었으니까……."

이름을 불리자 유피가 무릎 꿇은 채 흠칫했다. 확실히 두 사람이라면 안정된 정치를 펼쳤을지도 모른다. 하지만 그 이상은 못 된다고 아르 군은 생각하고 있었다. 그래서 아르 군은 유피를 인정하지 않는다.

그저 평온하기만 해서는, 안정되기만 해서는 나라를 다스릴 수 없다는 것처럼.

"마법 실력이 정치에 무슨 의미가 있어? 그건 별개잖아? 칭송받아야 할 것이긴 하지. 하지만 그걸 왕에게도 요구하는 것에 무슨 의미가 있어? 그래, 나도 유필리아도 하라는 걸 해내기는 했을 거야. 하지만 못 하는 건 못 해. 알고 있어도 내게는 힘이 없어. 유필리아에게 말해 봤자…… 이 녀석이 들었을지 모르겠군."

"……그건."

유피가 말을 머뭇거렸다. 그래도 나는 아르 군에게 반론했다.

"말했다면 분명 유피는 이해했을 거야. 같이 생각해 줬을 거야."

"……흥. 그렇다면 충신이 될 자를 존중하지 못한 시점에 내 그릇도 뻔한 거겠지."

자신을 빈정거리듯 아르 군이 말했다. 삐뚜름한 웃음은 보고 있기 애처로웠다.

"그럼 누님이 왕이 되면 될까. 그렇게 생각한 적도 있어."

"……어째서?"

"누님은 백성의 목소리를 잘 들었어. 백성의 불만을 해소하고 귀족에게도 도움이 되는 것을 고안했어. 그게 혁신이 아니면 뭐겠어? 그 발상과 지혜가 나라에 보탬이 된다면 그거야말로 백성이 바라는 왕 아니야?"

나는 아무런 대꾸도 할 수 없었다. 내게는 무리라는 말도 할 수 없었다.

"……하지만 이 나라는 누님을 받아들이지 않아. 백성이 못 받아들이는 게 아니라 「나라가」 그래. 나라를 움직이는 자들은 절대 누님을 인정하지 못해. 더 좋은 것을 부정하고 전통만을 고집하는 나라에 과거의 영화는 있어도 미래는 없어. 그렇다면…… 한 번 부술 수밖에 없잖아?"

"……그렇게 생각한 건 나 때문이야?"

내가 마학이라는 길을 발견해 버려서. 마도구라는 공적을 세워 버려서. 그래서 아르 군은 부술 수밖에 없다고 생각하게 된 걸까. 내 물음에 아르 군은 답하지 않았다. 그저 하늘을 올려다보고 있었다.

"······나는 도달할 수 없어. 진짜 천재는, 진짜로 백성을 생각하는 사람은, 걸맞은 자격을 가질 수 있는 사람은 누님이야. ······내가 아니라."

아르 군이 손을 들어 눈을 가렸다. 아르 군의 입술이 한 번 떨렸다. 크게 숨을 들이쉬고 내뱉듯 중얼거렸다.

"—나 같은 건, 태어나지 말았어야 했어."

"······아르, 군."

"내가, 있어서, 누님을 상처 입히고, 누님 때문에 상처 입을 바에야, 이런 기분을 느낄 거면 나는······ 태어나고 싶지, 않았어······!"

아르 군의 뺨을 타고 눈물이 흘렀다. 그것을 본 순간 시야가 뿌예졌다.

이제 아무것도 보이지 않았다. 그저 눈시울이 뜨거웠다. 이를 악물지 않으면 울음이 터질 것 같았다.

"누님······ 되고 싶은 사람이, 될 수 없는 건 참 괴롭네······!"

······살다 보면 후회는 수없이 한다. 그래도 과거로 돌아갈 수는 없다. 그저 이 모든 아픔을 감내하고서 살아갈 수밖에 없다.

계속 눈물을 흘리는 아르 군에게 나는 아무 말도 못 하고 손을 뻗을 수도 없었다. 내가 할 수 있는 일은 그저 바보처럼 우두커니 서 있는 것뿐이었다.

엔딩

"……나는 뭐부터 정리하면 되는 거냐?"

아바마마가 무겁게 입을 열었다. 지금 방의 분위기는 최
악에 가까웠다. 그저 무거웠다. 방에 모인 모두가 무겁게 입
을 다물고 있었다.

아르 군이 별궁을 습격하여 레이니의 마석을 빼앗는 사건
이 일어난 후, 아르 군은 구속되었다. 나도 각인문의 반동으
로 쓰러지고, 게다가 강연장에서 티르티가 날뛰기도 해서
왕성은 혼란에 빠져 버렸다.

어떻게든 사태는 수습됐지만 강연장에서 날뛴 티르티는
구속당한 채였다. 깔깔 웃으며 마구잡이로 사람들을 속박
했다는 모양이다. 현장에 달려온 근위기사들에게 구속되어,
마력 멀미 증상을 없애기 위해 현재 격리 중이었다.

사태가 사태인지라 관계자는 근신을 명받았다. 또한 내게
폭언을 내뱉고, 아르 군이 레이니의 마석을 뺏는 걸 도와준
듯한 모리츠와 그 부모인 샤르트뢰즈 백작도 구속당해 지금
은 감옥에 들어가 있었다.

아바마마가 재빨리 함구령을 내려 왕성은 일단 안정을 되
찾았다.

그리고 우리는 무슨 일이 일어났는지를 설명하기 위해 불려 왔다. 솔직히 일어나서 걷기도 힘들기에 일리아가 옮겨 줬다. 가장 중상이었을 터인 레이니가 가장 건강하다니 이해할 수 없다.

아르 군은 수갑을 찬 채 끌려와 본인의 입으로 일의 경위를 설명했다. 나와 싸우고 난 후 아르 군은 완전히 얌전해져서 저항하지 않았다. 그저 담담히 경위를 말할 뿐이었다.

"……아르가르드."

"네."

"왜 이런 바보 같은 짓을 저지른 거냐……?"

크게 의기소침해진 아바마마가 아르 군에게 물었다. 아바마마 옆에 있는 어마마마도 평소의 늠름함은 어디 갔나 싶을 만큼 아련했다. 지금 이 자리에서 가장 평정심을 유지하고 있을 그란츠 공이 조용히 아르 군을 보고 있었다.

"레이니 양을 곁에 두려고 한 것은 뱀파이어의 힘을 수중에 넣기 위함이었고. 방해되는 유필리아를 제거하려고 했지만 아니스가 방해하여 실패. 게다가 아니스가 레이니 양까지 보호했기에 최후의 수단으로 자신이 뱀파이어가 되어 이 나라를 지배하려고 했다. ……틀림없느냐?"

"네. 아바마마가 말씀하신 대로입니다."

"왜 그런 바보 같은 생각을 한 거냐! 뭘 어떻게 해서 그런 발상에 이른 거야?!"

"……드릴 말씀이 없습니다. 그저 제가 어리석었을 뿐입니다."

아바마마의 호통에 아르 군은 그저 눈을 내리떴다. 뱀파이어의 힘을 추구하기에 이른 내심까지 말할 생각은 없다는 것처럼.

아바마마는 고개를 가로저으며 원통하다는 듯 한숨을 쉬었다. 미간에 잡힌 주름은 사라질 것 같지 않았다. 아바마마는 다음으로 내게 말했다.

"……아니스. 뱀파이어가 된 자가 인간으로 돌아올 수 있느냐?"

"……아뇨, 불가능할 거예요. 실제로 마석을 뽑힌 레이니도 자가 재생이 가능했어요. 마석을 제거하더라도 무리겠죠."

"뱀파이어의 마석은 자식에게 유전된다는 것도 틀림없느냐?"

"네. 그럴 거예요."

아바마마가 사실만을 확인하려는 것처럼 담담한 목소리로 물었다. 나도 사실만을 답하려고 했다. 내 대답을 들은 아바마마는 하늘을 올려다보듯 시선을 들었다.

"아르가르드. ……해명할 게 있느냐?"

"없습니다. 누님이 말한 대로입니다."

"……그렇다면 너는 폐적할 수밖에 없다. 왕위를 이을 자에게 뱀파이어의 형질은 지나친 마성이야. 네가 왕위를 잇게 할 수는 없다."

아바마마가 감정을 억누르고 폐적을 선언하자 아르 군은

고개를 조아려 받아들였다. 아르 군의 표정에는 아무런 감정도 떠올라 있지 않았다. ……마치 텅 빈 것 같았다.

"……뱀파이어라면 단순한 폐적만으로는 부족한가. 매료의 힘도 있어."

"아바마마, 외람된 말이지만…… 아르 군에게서는 현재 매료의 힘이 확인되지 않아요."

"뭐라?"

"아르 군은 올바른 순서를 거쳐서 뱀파이어가 된 게 아니에요. 적합하지 않았던 건지, 불완전했던 건지는 모르겠지만, 아르 군이 이어받은 성질은 재생 능력뿐이에요. 레이니에게도 확인받았어요."

"하지만 앞으로 어떻게 될지는 알 수 없는 건가. ……아니스, 레이니 양 외에도 뱀파이어가 존재할 가능성이 있다고 했지?"

"네, 레이니의 모친 같은 예도 있어요. 자각하지 못한 자도 있을지 몰라요."

사람들 속에 섞여서 생활하는 뱀파이어도 있을지 모르고, 레이니처럼 자신이 뱀파이어인 줄 모른 채 생활하는 자도 있을지 모른다.

혹은 이미 귀족이나 타국이 몰래 데리고 있을 가능성도 있다. 암살자나 첩보원으로 큰 뱀파이어가 있다면 너무나도 위험한 존재다.

"그렇다면 뱀파이어 대책을 서둘러야겠군. ……아르가르드."

"네, 아바마마."

"⋯⋯나를 원망하느냐?"

아바마마는 조용히 아르 군에게 물었다. 아르 군은 아무 말도 하지 않고 그저 아바마마와 시선을 맞췄다. 아바마마도 똑바로 아르 군을 바라보며 대답을 기다렸다.

침묵이 공간을 지배하는 가운데, 마침내 입을 연 아르 군의 목소리는⋯⋯ 역시 한없이 감정이 결여되어 있었다

"아뇨, 아바마마. ─원망한다면 그건 이 세상 전부입니다. 이 세상에 태어나 오늘에 이르기까지의 모든 것을, 저는 원망했습니다."

"⋯⋯그런가, 전부인가. 그것참 규모가 크구나⋯⋯."

"네. ⋯⋯기나긴, 기나긴 나날이었습니다."

거기서 처음으로 아르 군이 표정을 지었다. 그 온화한 미소를 보고 아바마마도 어안이 벙벙해졌다.

"길고, 고통스럽고, 후회뿐인 인생이었습니다. 누군가가 아니라 전부를 원망하는 덧없는 나날이었으나 그래도 저는 살아왔습니다. 그리고 앞으로도 계속될 겁니다."

"⋯⋯아르가르드."

"저의 부덕은 깊이 침체된 이 원망에 의한 것입니다. 지금까지 살아온 인생에 구원 따위 없었습니다. 그걸 인정한 겁니다. 제게는 그게 전부입니다. 원망했습니다. 그저, 그저 원망했습니다."

원망했다고 말하면서도 그 목소리는 한없이 고요했지만 반론을 허락하지 않는 울림이 있었다. 다 타 버린 재처럼, 열은 남았으나 불이 커지지는 않는다.

이제 그 재에 불이 붙을 일은 없다. 그런 실감이 들어서 가슴이 죄어들었다. 아르 군 안에서 뭔가가 끝나 버린 것이다.

"전부 과거가 되었습니다. 떨어지는 폭포수가 위로 올라가는 일은 없습니다. ……이제 흐름에 몸을 맡길 뿐입니다. 제처우에 감형도 변명도 필요 없습니다. 아바마마의 지시에 따르겠습니다."

"……그렇다면 너를 변경으로 추방하겠다. 거기서 뱀파이어의 생태 조사를 위한 실험 대상으로 지내라. 네가 다시 배반할 낌새를 보인다면 다음 기회는 없다. 그 피와 살이 티끌이 될 때까지 왕국을 위한 초석이 되어라. 그것이 너에게 주는 속죄의 기회다. ……알겠느냐, 아르가르드!"

"「국왕 폐하」의 다대한 은혜에 깊이 감사드립니다."

아바마마가 아니라 국왕 폐하라고 부르며 아르 군은 신하의 예를 취했다. 그게 아르 군이 고하는 결별 같았다. 아바마마도 똑같이 느꼈는지 우두둑 소리가 날 만큼 주먹을 세게 움켜쥐었다.

"……아르가르드."

어마마마가 한 발 앞으로 나왔다. 어마마마의 눈에서 눈물이 흐르고 있었다. 아르 군에게 다가가 손을 치켜들었다.

뺨을 때리려는 건가 싶어서 몸을 움츠렸다.

하지만 어마마마의 손은 아르 군의 뺨을 치지 않았다. 직전에 속도를 잃고 아르 군의 가슴을 툭 쳤다.

"……저는, 엄마 실격이에요."

"어마마마."

"그렇게 불릴 자격이 있을까요? 이 나라를 지키기 위해 외교를 맡았어요. 하지만 저는 자식들을 올바르게 이끌지 못한 어리석은 엄마예요. 저도 아르가르드의 원망을 키운 사람이겠죠. ……미안해요, 미안해요, 아르가르드……."

……평소에는 당찬 어마마마가 울고 있었다. 그저 자신의 잘못을 뉘우치며 아련하게.

"좀 더 네 곁에 있어야 했어요. 모든 것을 원망하는 건 바보 같은 생각이라고 꾸짖어서 날려 버려야 했어요. 항상, 항상, 저는 늦게 알아차려요……."

후회하며 흐느끼는 어마마마의 손이 아르 군의 옷을 잡았다. 아르 군은 그 손을 살며시 떼어 맞잡았다. 그리고 무릎을 꿇어 어마마마와 시선을 맞췄다.

"어마마마, 제 죄는 저의 것입니다. 부디 저 때문에 심기를 어지럽히지 마세요. 어마마마야말로 국가가 사랑하는 어머니라고 생각합니다. 거기에 제 마음을 동화시키지 못한 저의 부덕입니다. 어마마마가 팔레티아 왕국 제일의 국모라는 사실은 변함없습니다. ……불효자라 죄송합니다."

"……! 아르가르드는 엄청난 불효자예요……! 아아, 눈 색이, 이런 색이 되어 버리다니……!"

양손으로 아르 군의 뺨을 잡고 변해 버린 진홍색 눈을 보며 어마마마가 오열했다. 아르 군은 그저 가만히 어마마마가 하는 대로 뒀다.

얼마나 그러고 있었을까. 조용히 지켜보던 그란츠 공이 어마마마가 진정된 것을 보고서 말을 꺼냈다.

"……실피느 왕비님, 한 말씀 올려도 되겠습니까?"

"……네, 그란츠. 추태를 보여서 미안해요."

어마마마는 아르 군에게서 손을 떼고 손등으로 눈가를 닦으며 물러났다. 마지막으로 아쉽다는 듯 아르 군의 뺨을 쓸어내린 손을 단단히 움켜잡고 있었다. 아바마마가 그 손을 잡고 어마마마의 등을 받쳐 주듯 끌어안았다.

아바마마에게 안겨 작게 떠는 어마마마를 잠깐 보고서 그란츠 공은 다시 아르 군에게 시선을 보냈다.

"아르가르드 님, 이번 일에 관여한 관련자의 정보를 제공해 주시겠습니까?"

"물론이지. ……그대에게도 폐를 끼치고 말았군, 마젠타 공작."

"아닙니다. 왕자님을 말리지 못한 유필리아에게도, 그리고 제대로 교육하지 못한 제게도 잘못이 있겠지요. 게다가 전하를 좀먹은 것은 이 나라의 어두운 부분입니다. 그렇다면 적어도 한 방 먹이기 위해 도움을 받고 싶습니다."

"……한 방 먹인다라. 그것참 절묘한 말이야."

그란츠 공의 말에 아르 군이 쓴웃음을 지었다. 아르 군은 약혼 파기로부터 시작된 사건의 중추에 있었다. 아르 군이 정보를 제공한다면 모든 것이 밝혀질 것이다. 아르 군에게 가담하여 뱀파이어의 힘으로 나라를 지배하려고 한 자들도.

아르 군의 향후가 결정되면서 별궁에서 온 우리가 이곳에 남을 의미도 없어졌기에 퇴실하는 흐름이 되었다. 하지만 왠지 미련이 남아서 미적거리고 말았다.

"—누님."

갑자기 아르 군이 나를 불렀다. 나는 다시 아르 군과 정면으로 마주했다.

아르 군은 한없이 온화한 표정을 짓고 있었다. 살짝 눈썹이 처진 얼굴에서 과거의 모습이 보여서 가슴이 더 아팠다.

아르 군은 나와 똑바로 시선을 마주하고 있었지만, 뭔가를 망설이듯이, 참듯이, 표정을 굳혔다. 내가 그저 아르 군의 다음 말을 기다리고 있으니 아르 군은 말없이 내게 손을 내밀었다.

"……기억해?"

그 물음에 기억의 문이 소리를 내며 열린 것 같았다. 무의식적으로 나는 아르 군과 손을 포갰다. 아아, 잊어버리고 싶었지만 잊을 수 없었던 기억이 되살아났다.

어릴 적 얌전했던 아르 군도 몇 번인가 화를 낸 적이 있었다. 이제 같이 실험하지 않겠다며 토라진 아르 군의 비위를 맞추며 달랬었다. 그리고 마지막에는 악수했다.

"······화해의 악수지."

내 눈물샘이 터졌다. 끅끅거리면서 어깨를 들썩이고 말았다.

아르 군은 내 동생이다. 아무리 관계가 변해도, 거리가 멀어져도, 추억은 변하지 않는다. 그래서 아르 군의 인생이 잘 풀리기를 바랐었다.

그것이 전부 헛돌았던 글러 먹은 누나다. 아르 군에게 조금도 도움이 되지 않았다. 그래도 아르 군은 나와의 추억을 기억해 줬다.

이렇게 화해하기 위해 손을 내밀어 줬다. 그것만으로도 가슴이 미어졌다.

"······미안, 해."

나 때문에, 미안해. 내가 이 세계에서 평범하게 살 수 있었다면 분명 네가 이렇게 고통받지 않았을 텐데.

하지만 그 길은 택할 수 없다. 설령 시간을 거슬러 올라갈 수 있더라도 나는 몇 번이고 마법을 좇을 것이다. 그것만큼은 절대로 포기할 수 없으니까. 내가 나인 한, 포기 따위 불가능하다.

아아, 이 얼마나 지독한 누나인가. 너를 상처 입히기만 한 누나다. 너는 내가 구할 수 없는 사람이다. 그게 참을 수 없이 괴로웠다. 어째서 이런 형태로 결말을 맞이할 수밖에 없었던 걸까.

"누님."

아르 군이 나를 불렀다. 눈물이 떨어지며 겨우 선명해진 시야로 아르 군이 웃고 있는 게 보였다. 어쩔 수 없다며 눈꼬리를 내리고 웃는 모습은 예전의 아르 군 그 자체였다.

"—고마워. 그리고 미안해."

아아, 한 번 더 말하고 싶다. 미안해, 아르 군.

내가 손을 잡지 못한 사랑스러운 동생. 지켜 주지 못해서— 정말로 미안해.

＊　＊　＊

아르가르드 님의 처우가 결정된 후, 저— 유필리아 마젠타와의 약혼 파기의 배후에서 준동하던 계획이 폭로되었습니다.

주도한 것은 아르가르드 님과 샤르트뢰즈 백작가. 사건은 레이니의 존재를 안 모리츠 님이 금서고에서 뱀파이어 연구 자료를 발견하며 시작되었습니다.

모리츠 님이 발견한 연구 자료로 레이니가 뱀파이어임이 판명되었고. 뱀파이어의 매료 능력과 불사성에 주목한 샤르트뢰즈 백작이 더 큰 권위를 손에 넣기 위해 아르가르드 님에게 계획을 가져간 것이 발단이었다고 합니다.

아니스 님이 개입하지 않았다면 샤르트뢰즈 백작의 계획은 성공했을지도 모릅니다. 그들의 오산은 아니스 님이 저를 보호하고 레이니까지 수중에 넣은 것이었습니다.

마법부의 장관이자 아니스 님을 눈엣가시로 여겼던 샤르트뢰즈 백작의 가장 큰 오산이 아니스 님의 개입이었으니 얄궂다고 할 수밖에 없습니다.

아르가르드 님과 모리츠 님처럼 저를 규탄했던 나블 님과 사란 메키는 순수하게 선의로 그런 것으로, 모리츠 님이 연막을 치기 위해 끌어들인 것이었습니다. 문책을 받기는 했지만 두 사람의 죄는 가벼워질 것 같습니다.

그리고 아르가르드 님은 폐적되어 변경에 보내진다고 발표되었습니다. 표면적인 이유는 왕위 찬탈을 꾀했기 때문이라고 발표되었지만, 실제로는 뱀파이어 생태 조사의 관찰 대상으로서 영지에 봉해지는 것이었습니다. 연구자 외에 폐하가 직접 고른 종자들이 감시자로서 함께 간다고 합니다.

그리고 아르가르드 님을 부추긴 샤르트뢰즈 백작가는 왕권을 위협한 죄로 죽음을 하사받게 되었습니다. 샤르트뢰즈 백작가는 멸문당하고, 계획을 도운 친족과 협력자에게도 무거운 벌이 내려지며 숙청의 폭풍이 휘몰아쳤습니다.

마법부 장관이 왕권을 위협한 이 사건은 마법부에 큰 영향을 줬습니다. 장관 자리가 비었으니 대리 결정 등도 포함해 한동안 어수선한 나날이 계속될 겁니다.

한편 별궁에서의 일상을 되찾은 저도 평화롭지는 않았습니다. 아니스 님이 몸져누우셨기 때문입니다. 아니스 님의 주치의를 맡을 만한 티르티도 요양이 필요하여 왕성의 의사가 아니스 님을 진찰하게 되었습니다.

그러면서 각인문의 존재를 처음으로 안 오르펀스 폐하는 졸도하실 뻔했고, 실피느 왕비님은 화사하게 웃으셨습니다. 아니스 님이 무사히 자리를 털고 일어나면 알리라고 분부하셨습니다.

아직 부산스럽기는 하지만 제 약혼 파기로부터 시작된 일련의 사건은 차차 수습될 겁니다. 그래도 마음이 개운하다고 말하기는 어렵지만요.

어수선해도 일상을 되찾아 가는 가운데…… 아르가르드 님이 변경으로 보내지는 날이 왔습니다.

"배웅하러 가요."

그렇게 말을 꺼낸 사람은 레이니였습니다. 처음에는 망설였지만, 결국 레이니와 함께 아르가르드 님을 면회하기 위해 별궁을 나섰습니다. 일련의 사건이 끝난 뒤에도 레이니는 뭔가를 고민하는 것 같았는데, 그건 아르가르드 님 때문이었던 걸까요?

아르가르드 님은 정문이 아니라 뒷문에서 남몰래 쓸쓸히 떠날 준비를 하고 있었습니다.

마차 몇 대가 서 있고, 수갑을 찬 아르가르드 님이 멍하니 하늘을 바라보고 있었습니다.

호위와 감시를 겸하는 기사들이 저와 레이니를 보고 놀란 표정을 지었습니다. 왜 여기 있느냐는 듯 보다가 퍼뜩 생각난 것처럼 인사했습니다.

"유, 유필리아 님! 그리고 레이니 양까지!"

"갑자기 찾아와서 죄송해요. ……아르가르드 님과 잠시 얘기하고 싶어요."

"예? 하, 하지만……."

"……미안. 나도 부탁하겠어."

제 요청에 떨떠름한 기색을 보이는 기사들에게 아르가르드 님이 고개를 숙였습니다. 아르가르드 님은 표정을 조금도 바꾸지 않은 무표정이었습니다. 그게 위압감을 줬습니다.

그런 감상에 놀란 것은 무엇보다 저 자신이었습니다. 아르가르드 님은 곧잘 이런 얼굴을 했었습니다.

그게 위압감을 준다고 생각한 것은 지금이 처음이라 조금 곤혹스러웠습니다.

"부탁드려요. 시간을 많이 뺏지는 않을게요……."

"……이 자리를 벗어날 수는 없습니다만, 그래도 괜찮으시다면."

제가 동요하는 사이에 레이니가 기사에게 간청했습니다. 기사는 자리를 벗어날 수 없다고 하면서도 살짝 거리를 벌려 줬습니다.

배려해 준 기사에게 고개를 숙이고서 저는 다시 아르가르드 님을 보았습니다.

"……아르가르드 님."

"레이니는 그렇다 쳐도 너까지 올 줄은 몰랐어. ……레이니를 따라온 건가?"

"비슷해요."

"그래."

힘을 빼고 픽 웃은 아르가르드 님을 보고 눈을 크게 뜨고 말았습니다.

아까부터 아르가르드 님에게 놀라기만 합니다. 정말로 제가 아는 아르가르드 님과 같은 분인지 의심하다가 문득 깨달았습니다.

이분이 어떤 사람인지 말할 수 있을 만큼 저는 아르가르드 님을 알지 못한다는 것을요.

"……아르가르드 님."

놀란 마음을 추스르고 있으니 레이니가 한 걸음 앞으로 나가 아르가르드 님을 불렀습니다. 아르가르드 님은 레이니를 똑바로 바라보며 진홍색 눈을 가늘게 떴습니다.

완전히 레이니와 똑같은 색이 되어 버린 눈에는 간단히 읽을 수 없는 복잡한 감정이 담겨 있는 것 같았습니다.

"레이니, 다시 사죄하고 싶어. 너를 이용하려고 한 건 후회하지 않아. 나는 이럴 수밖에 없었어. 그저 자신을 위해.

네게는 정말 심한 짓을 했다고 생각하지만, 그게 내 본심이야. 그러니까 마음껏 욕해도 돼."

아르가르드 님의 말에 레이니는 고개를 천천히 가로저었습니다. 레이니는 괴로워하면서도 어떻게든 웃는 얼굴을 만들려고 했습니다.

"저는, 확실히 아르가르드 님에게 심한 짓을 당했어요. 정말 아팠고 고통스러웠어요. ……하지만 괜찮아요. 상냥하게 대해 주셨던 아르가르드 님도 진짜라고 생각하니까요."

"……진짜?"

"그저 저를 이용하기 위해 접근하신 게 아니라요. 제 매료 탓도 있다는 건 알아요. 하지만 아르가르드 님의 상냥함은 거짓이 아니었어요. 때로는 엄하게 말씀하시기도 했고, 뭔가 고민하시고 있다는 건…… 저도 느꼈으니까요."

학원에 있을 때 아르가르드 님과 레이니는 함께 행동하는 일도 많았다고 들었습니다. 그러면서 레이니도 아르가르드 님이 품은 갈등을 느꼈던 걸까요.

"그래도 저는 저 자신을 돌보는 것만으로도 벅찼어요……."

"……그래. 나도 내 일을 생각하느라 벅찼어."

"네. 그러니까…… 서로 비긴 거예요. 하지만 정말 아팠고, 앞으로 큰일일 테니까 용서하지 않을 거예요. 원망할 거예요."

"……그래, 정말로 미안했다. ……그리고."

"네?"

"······내가 말하기도 뭐하지만, 진심으로 네게 감사하고 있어. 고맙다."

아르가르드 님에게 감사 인사를 받은 레이니는 허를 찔린 듯 눈을 동그랗게 떴습니다. 그리고 곤혹스러워하면서도 아르가르드 님에게 반문했습니다.

"······왜, 고맙다고 하세요?"

"제멋대로인 얘기지만······ 만족했어. 늘 후회하며 살았어. 이렇게 마음이 평온해진 건 정말 오랜만이야. 내가 생각하기에도 구제 불능이지만."

아르가르드 님은 쓴웃음을 지으며 그렇게 말했습니다. 정말로 평온해 보이는, 나이에 걸맞은 표정이었습니다.

"계기가 된 건 레이니야. 너와 만나고서 나는······ 나는 행복을 떠올릴 수 있었어."

"······아르가르드 님."

"지금이라면 순순히 인정할 수 있어. 나는 누님을 좋아했던 거야. 좋아했기에, 떠나간 그 사람이 미웠어. 그 사람을 미워해야만 하는 세계를 포기했어. 왕자로서 잘못된 감정이야. 그래도, 그걸 버렸다면 나는 분명 죽은 것과 다름없었겠지. 꼴사납지만 내가 이렇게 숨을 쉬고 있는 건 네 덕분이야. 그러니까 고맙다."

인정이 느껴지는 상냥한 목소리였습니다. 이분은 이런 목소리도 낼 수 있구나, 나와 같은 사람이었구나 통감했습니다.

레이니는 입술을 앙다물고서 아르가르드 님의 손을 양손으로 잡았습니다. 그리고 그 손을 들어 기도하듯 이마에 댔습니다.

"······아르가르드 님."

"응?"

"······아팠어요. 이 손에 꿰뚫렸을 때, 정말 아팠어요. ─아르가르드 님도 아프셨던 거죠? 줄곧, 줄곧 아프셨죠? 괴로우셨죠······?"

마치 아이를 어르는 듯한 말이었습니다. 레이니의 말에 온화했던 아르가르드 님의 표정이 괴롭게 일그러졌습니다. 서툴게 웃는 얼굴이 되어 아르가르드 님은 눈을 감고 레이니처럼 손에 이마를 댔습니다.

함께 기도하듯, 서로를 위로하듯. 그 모습을 보니 가슴이 꽉 죄어들며 아팠습니다. 두 사람은 한동안 그러고 있다가 천천히 떨어졌습니다.

그때 두 사람은 미소 짓고 있었습니다. 레이니는 눈물을 뚝뚝 흘리며, 아르가르드 님은 난처한 듯 눈꼬리를 내리고서 서로를 마주 보았습니다.

"······유필리아."

거기서 갑자기 제 이름이 불리고 아르가르드 님과 눈이 마주쳤습니다.

"······네게도 미안하게 생각해. 믿기 힘들지도 모르지만."

"아뇨, 그렇진 않아요."

"됐어, 꾸미지 마. ……하긴, 너한테는 그게 자연스러운 거였지. 그래서 네가 마음에 안 들었어. 귀족 영애로서의 너는 존경했어. 나도 그렇게 되고 싶었어. 하지만 약혼자로서는 꽝이었어. 귀여운 맛이 전혀 없어."

"……진짜 무례한 분이네요."

저도 자연스럽게 입꼬리가 올라갔습니다. 약혼자로서 우리는 꽝이었다고, 그렇게 말씀해 주시니 마음이 가벼워졌습니다. 그래서 저절로 속마음도 나왔습니다.

"아르가르드 님. 한 번만 무례를 용서해 주세요."

"이미 폐적된 몸이야. 오히려 내가 분수를 알아야지. 마음대로 해."

아르가르드 님이 허락하셨기에 저는 고개를 한 번 끄덕이고서 가차 없이 팔을 휘둘렀습니다.

짝 소리를 내며 제가 때린 아르가르드 님의 뺨이 빨갛게 물들었습니다. 레이니가 눈을 동그랗게 뜨고 저와 아르가르드 님을 번갈아 보는 것이 시야 끄트머리에 잡혔습니다.

아르가르드 님은 맞은 뺨을 잡고서 비틀거렸습니다. 그 모습을 보고 저는 후련해졌습니다. 가슴속에 있던 응어리가 풀리는 것 같았습니다.

"……윽, 꽤 아프네……."

"주먹으로 때릴까 하다가 그만뒀어요."

"뺨을 때리는 데 주먹이 나가는 거냐. ……하지만 지금 이 모습이 나아. 지금의 너를 인형이라고 하는 녀석은 없겠지."

"저야말로 부족하기만 했어요. 죄송합니다. 아르가르드 님은 약혼자로서 정말 최악이었지만…… 제가 사람으로서 아르가르드 님과 마주했다면 피할 수 있는 일이었을지도 몰라요."

아르가르드 님이 눈을 크게 뜨며 깜짝 놀랐습니다. 그리고 온화한 표정을 지었습니다. 지금껏 본 적이 없는 표정이었습니다. 저를 보는 눈에서 유쾌하다고 말하는 듯한 감정이 설핏 보였습니다.

"……지금의 너라면 아까운 물고기라고 생각했겠지."

"대어가 되었다면 그건 손을 떠났기 때문이겠죠."

"그렇군. 좋은 물을 만났나 보네. 그렇다면 그대로 대해로 흘러가도록 해. 너라는 물고기에게 나는 너무 좁았을 거야."

"……그렇다고 해도 바다는 너무 깊어요."

"하하하! 맞는 말이야."

아르가르드 님은 소년처럼 진심으로 웃었습니다. 눈물이 맺힐 정도로.

그런 아르가르드 님의 표정을 보니 가슴이 아팠습니다. 이 웃음을 잃어버린 것은 분명 수많은 일이 복잡하게 뒤얽혔기 때문이겠죠. 저도 그 쐐기 중 하나였을 겁니다.

좀 더 빨리 알아차렸다면 저는 이 웃음을 더 빨리 알 수 있었을까요? 거기까지 생각했다가 그건 제가 택할 수 없었던 미래임을 깨달았습니다.

이 순간 처음으로 아르가르드 님은 모든 굴레로부터 해방된 겁니다. 이것이 본연의 아르가르드 님이라면 저는 정말로 부족한 약혼자였던 거겠죠. 그 사실을 통감할 뿐입니다.

"……유필리아, 일리아에게도 미안하다고 전해 줘. 사실은 직접 사죄하고 싶지만 내게는 이제 자유가 없어."

"……알겠어요."

"그래. ……그리고 정말로 이것만큼 뻔뻔한 부탁이 없겠지만"

어느새 아르가르드 님은 한 걸음 물러나 있었습니다. 그 한 걸음이…… 엄청난 거리로 느껴졌습니다.

"유필리아."

"네."

"─누님을, 부탁해."

심장이 멎는 줄 알았습니다. 그 말에 숨을 멈추고 아르가르드 님의 얼굴을 응시하고 말았습니다. 아르가르드 님은 아주 온화한 표정으로, 기도하듯 절실한 음색으로 말을 놓고 갔습니다.

그 말만 고하고서 아르가르드 님은 등을 돌려 버렸습니다. 호송 마차 쪽으로 걸어가는 그 뒷모습을 보며 저는 혀가 얼어붙은 것처럼 입을 움직이지 못했습니다.

뭔가 말해야 한다고 생각하는데 말이 나오지 않았습니다.

그대로 아르가르드 님은 마차에 올라타 버렸습니다. 지켜보
던 기사가 조용히 고개를 숙이고 떠났습니다.

"……유필리아 님."

멍하니 있는 사이에 출발 시간이 된 모양입니다. 아르가
르드 님을 태운 마차가 조용히 달려 나갔습니다. 그 마차가
보이지 않게 되자 레이니가 저를 불렀습니다. 그리고 제게
손수건을 내밀었습니다.

"……눈물, 닦아 주세요."

그 말을 듣고 처음으로 자신이 울고 있다는 걸 알았습니
다. 뇌리에는 아르가르드 님의 표정이 새겨져 있었습니다.

이 마음은 결코 연모가 아닙니다. 우정도 아니고 친애도
아닙니다. 그저, 그저 아름다운 것을 보아서. 그것을 손에서
놓아 버렸기에 느끼는 상실감.

멀리, 멀리. 마차의 모습은 저 멀리. 아름다웠을 터인 사
람을 태우고서 마차는 저편으로 달려갔습니다.

＊　＊　＊

"……그런가요. 아르가르드 님은 가셨나요."

"일리아에게 사죄를 전해 달라고 하셨어요."

"……네. 아르가르드 님도 정말 바보 같은 분이십니다."

별궁으로 돌아온 저는 일리아에게 아르가르드 님의 사죄

를 전했습니다. 그걸 들은 일리아는 복잡한 표정을 지었습니다.

일리아는 한때 아니스 님과 아르가르드 님의 감시인이었다고 합니다. 그래서 아르가르드 님과는 원래 어릴 때부터 아는 사이였습니다. 아르가르드 님과 아니스 님의 사이가 틀어지며 소원해진 것 같지만……

일리아에게 보고를 마친 후, 저는 레이니와 헤어졌습니다. 레이니는 시녀가 되려고 하는지 일리아에게 조금씩 시녀 일을 배우고 있는 것 같았습니다. 그런 두 사람을 방해하지 않도록, 그리고 아니스 님이 걱정돼서 걸음을 옮겼지만……

"……아니스 님?"

대답이 없었기에 안을 들여다보고 말았습니다. 아니스 님은 주무시고 계신 것 같았습니다. 아직 일어나기도 힘들다고 하셔서 침대 옆에는 자료와 책이 높이 쌓여 있었습니다.

이래서야 깨어 있어도 쉴 수 없지 않을까요? 그렇게 생각하며 침대로 다가가 가장자리에 앉았습니다.

아니스 님은 고르게 숨을 내쉬고 있었습니다. 하지만 안색이 나빠 보이는 건 제가 그렇게 생각하고 있기 때문일까요?

"……각인문의 반동."

아니스 님이 말씀하시길, 평범하게 쓰면 마약보다는 반동이 없다고 했습니다. 아니스 님이 이번에 이렇게 쓰러지신 것은 드래곤의 마력을 간접적으로 다루는 게 아니라 직접 제어했기 때문이라고 합니다.

"……안전하다고 해서 협력한 거예요."

작게 원망했습니다. 마약의 반동을 직접 보았기에, 그것보다는 나은 기술이라고 해서 각인문을 허락했는데, 속은 기분입니다.

……하지만 분명 아니스 님은 그만큼 열심인 거겠죠. 진심으로 마주해야만 하는 일에, 설령 자기 몸을 돌아볼 수 없더라도, 그저 전력으로 달려 나갑니다.

"……어째서."

그렇게 필사적으로 노력하는데. ―어째서 아니스 님은 마법을 쓰지 못하는 걸까요?

만약 아니스 님이 마법을 쓸 수 있었다면…… 아르가르드 님과 아니스 님의 사이는 틀어지지 않았을지도 모릅니다. 사이좋은 남매로서 손을 맞잡았을지도 모릅니다.

그리고 그곳에 제가 있었을지도 모릅니다. 부모끼리 교류가 있었고, 공작가의 영애이니 왕족의 놀이 상대로 뽑혔을 가능성은 큽니다.

만약 그랬다면. 아니스 님이 터무니없는 마법을 써서 제가 깜짝 놀라고 아르가르드 님이 한숨을 쉬는. 그런 미래가 있었을지도 모릅니다. 그렇게 생각하고 있는 것을 깨닫고 저는 입술을 깨물었습니다.

"……아르가르드 님."

당신은 사실 지금 제가 있는 위치에 있고 싶었던 게 아닌가요? 이분을 걱정하고, 도와주며, 즐거운 일도 괴로운 일도 함께 나누는 그런 관계가.

하지만 그건 바랄 수 없었습니다. 아르가르드 님이 아니스 님을 원해도 허락되지 않았을 겁니다. 아니스 님은 이단입니다. 아무리 뛰어난 발상을 해도 이단의 벽은 두껍고 높습니다. 그게 이토록 화가 나는 날이 올 줄은 몰랐습니다.

"……응……."

"……아니스 님?"

앓는 소리가 들려서 사고에 잠겨 있던 의식을 부상시켰습니다. 일어나신 줄 알았는데 잠꼬대였던 모양입니다. 안도한 것도 잠깐, 이어서 아니스 님의 입에서 나온 말에 저는 의식을 빼앗겼습니다.

"—아르 군…… 미안해."

툭 그 말만 하고서. 아니스 님은 살짝 눈썹을 찡그리고 눈물을 한 방울 흘렸습니다.

"……아니스 님."

눈물에 젖은 뺨을 손으로 살며시 쓸었습니다. 깊이 잠들었는지 아니스 님은 깨어날 기미가 없었습니다. 손끝으로 뺨을 문질러 눈물을 닦았습니다.

저는 그대로 아니스 님 옆에 손을 짚고 아니스 님의 얼굴을 보았습니다. 꿈자리가 좋지 않은지 여전히 눈썹을 찌푸리고 있었습니다.

그런 아니스 님의 눈꺼풀에 입을 맞췄습니다. 기도하는 기분으로 입을 맞춘 눈꺼풀은 희미하게 눈물 맛이 나서 짰습니다.

"……아니스 님, 부디 좋은 꿈 꾸시길."

앞으로 우리는 어떻게 될까요? 앞일은 알 수 없습니다. 문제도 많이 안고 있습니다. 아니스 님을 기다리는 고난은 앞으로도 많을 겁니다. 그 길을 나아갈 때마다 상처 입고, 그래도 필사적으로 맞서려고 하는 이 사람을, 저는.

"……제가 곁에 있어요."

지키고 싶습니다. 분명 이건 저 혼자만의 마음이 아니라 제게 맡겨진 소원이니까.

한없이 멀리 날아갈 수 있는 자유로운 사람. 하지만 지금은 부디 그 날개를 쉬세요. 곧 날아올라야만 할 때가 올 겁니다.

—그때까지 좋은 꿈 꾸시기를. 적어도 꿈속에서만큼은 당신을 상처 입히는 사람이 없기를.

　　　　　　* 　 * 　 *

　—아르가르드 보나 팔레티아 왕자의 폐적.

　약혼자였던 유필리아 마젠타 공작 영애에게 약혼 파기를 선언하며 일어난 일련의 소동은 팔레티아 왕국 역사의 전환점이 되었다고 후세 역사학자들은 이야기한다.

　왕가 직계 핏줄 중에서 유일한 왕자인 아르가르드 왕자의 폐적, 그리고 큰 권력과 파벌을 가지고 있었던 마법부가 일으킨 불상사는 왕국을 뒤흔들게 된다.

　한때는 사양길에 접어드는 것 아니냐며 우려를 사던 팔레티아 왕국의 미래는 어떤 두 소녀에 의해 개척된다.

　시대의 최첨단이자 이단으로 여겨진 왕녀, 아니스피아 윈 팔레티아.

　지고한 천재라고 칭송받은 명예로운 공작 영애, 유필리아 마젠타.

　하지만 그것은 또 다른 이야기. —이것은 계속해서 엇갈린 어느 남매의 비희극이다.

■작가 후기

『전생 왕녀와 천재 영애의 마법 혁명』 2권을 구입해 주셔서 고맙습니다. 카라스 피에로입니다.

1권 발매에 이어 2권을 전해 드리게 되어서 정말로 기쁩니다. 이 책을 골라 주신 여러분께 다시금 감사드립니다.

『전생 왕녀와 천재 영애의 마법 혁명』, 줄여서 전천마 2권입니다. 1권을 전편이라고 한다면 이쪽은 후편일까요.

1권에서는 꺼내지 못한 레이니의 비밀, 그리고 아르가르드의 암약과 생각 등을 말하는 이야기가 됐습니다.

인터넷에 연재하던 당초에는 아르가르드와 레이니를 어떻게 취급할지 무척 고민했습니다. 아르가르드가 아니스피아와 대치하여 목숨을 잃거나, 레이니도 비극적으로 죽는 가능성도 있었습니다. 두 사람을 그려 나가며 타협점을 찾고 결말에 이르렀습니다.

1권은 아니스피아의 밝은 면을 그리기 위해 정리한 내용이었지만, 2권은 그런 아니스피아에 대한 주위의 반응과 영향력을 그렸습니다.

진보한 문명을 겪은 전생자가 그 지식을 이용하려고 하면 세계에 큰 영향을 줍니다. 그 영향으로 좋은 변화도 일어나지만 나쁜 변화도 있을 겁니다.

1권에서는 아니스피아의 좋은 면을 강조했지만, 그렇게 이야기가 간단히 진행되는가 하면 그렇지는 않습니다.

아니스피아에게 구원받는 자가 있으면 불이익을 받는 자가 있습니다. 아니스피아를 긍정하는 자가 있으면 부정하는 자가 있습니다. 아르가르드뿐만 아니라, 인터넷판을 먼저 보신 분들은 「어라?」 하고 생각하셨을지도 모르는 티르티도 그중 한 명입니다.

그런 그녀들을 보여 준 이야기를 읽고 여러분이 뭔가 감명을 받으셨다면 작가로서 더할 나위 없이 기쁠 겁니다.

이번에도 키사라기 유리 선생님의 미려한 일러스트로 장면마다 깊이가 더해졌습니다. 저도 각별히 여기는 이야기를 서적으로 보여 드리게 되어 정말 기쁩니다.

약혼 파기로부터 시작된 이야기는 약혼 파기의 배후에서 준동하던 음모를 파헤침으로써 수습되었습니다. 하지만 그녀들의 이야기는 끝나지 않습니다. 이어지는 이야기를 여러분께 보여 드릴 수 있기를 바라며 후기를 마칩니다. 다시금 감사드립니다!

카라스 피에로

전생 왕녀와 천재 영애의 마법 혁명 2

초판 1쇄 발행 2021년 12월 10일

지은이_ Piero Karasu
일러스트_ Yuri Kisaragi
옮긴이_ 송재희

발행인_ 신현호
편집장_ 김승신
편집진행_ 원현선 · 권세라
편집디자인_ 양우연
관리 · 영업_ 김민원 · 조인희

펴낸곳_ (주)디앤씨미디어
등록_ 2002년 4월 25일 제20-260호
주소_ 서울시 구로구 디지털로 26길 111 JnK디지털타워 503호
전화_ 02-333-2513(대표)
팩시밀리_ 02-333-2514
이메일_ lnovellove@naver.com
ㄴ노벨 공식 카페_ http://cafe.naver.com/lnovel11

TENSEI OJO TO TENSAI REIJO NO MAHO KAKUMEI Vol.2
©Piero Karasu, Yuri Kisaragi 2020
First published in Japan in 2020 by KADOKAWA CORPORATION, Tokyo.
Korean translation rights arranged with KADOKAWA CORPORATION, Tokyo.

ISBN 979-11-278-6282-4 04830
ISBN 979-11-278-6136-0 (세트)

값 7,800원

드라큘라 야근! 1권

와가하라 사토시 지음 | 아리사카 아코 일러스트 | 박정용 옮김

태양의 빛을 쬐면 재가 되어버리는 존재, 흡혈귀.
밤에만 활동할 수 있는 그들이지만, 현대에는 생각보다 문제없이 생활하고 있었다.
그렇다. 왜냐하면 "야근"으로 일할 수 있으니까―.
토라키 유라는 현대에 살아가는 흡혈귀.
일하는 곳은 이케부쿠로의 편의점(야근 한정),
주거지는 일조권이 최악인 반지하(차광 커튼 필수).
인간으로 돌아가기 위해서, 바르고 떳떳한 사회생활을 보내고 있다.
그런데 어느 날 주정뱅이에게서 금발 미소녀를 구했더니,
놀랍게도 그녀는 흡혈귀 퇴치를 생업으로 하는 수녀 아이리스였다!
게다가 천적인 그녀가 그의 집으로 굴러들어오게 되는데―?!
토라키의 평온한 흡혈귀 생활은 대체 어찌 되는가?!

『알바 뛰는 마왕님!』의 와가하라 사토시가
선물하는 드라큘라 일상 판타지!

라이트노벨의 새로운 빛! L노벨의 신간은 매월 10일에 발매됩니다. http://cafe.naver.com/lnovel11

곰 곰 곰 베어 1~16권

쿠마나노 지음 | 029 일러스트 | 김보라 옮김

게임이 현실보다 재밌습니까?—YES
현실 세계에 소중한 사람이 있습니까?—NO

……온라인 게임 설문 조사에 대답했을 뿐인데
말도 안 되는 이세계(아마도)로 내던져진 나, 유나.
은톨이 경력 3년의 폐인 게이머.
맨 처음 장착하게 된 장비템이 『곰 세트』라니…….
이게 무어야—!?
하지만 세고 편하니까 뭐, 괜찮으려나?
울프를 쓰러뜨리고, 고블린을 쓰러뜨리고
극강 곰 모험가로서 일단 해볼까요.

은둔형 외톨이 소녀, 이세계에서 무적의 곰 모험가가 된다!

©Kou Yatsuhashi/OVERLAP
Illustration Mito Nagishiro

왕녀 전하는 화가 나셨나 봅니다 1~3권

야츠하시 코우 지음 | 나기시로 미토 일러스트 | 이진주 옮김

왕녀이자 최강의 마술사인 레티시엘은
전쟁으로 목숨을 잃고 천 년 뒤의 세계에 전생한다.
그녀는 마력이 없다는 이유로 무능영애로 취급 당하지만,
레티시엘로서 익힌 「마술」은 사용할 수가 있었다.
그 뒤, 학원에서 레티시엘은 천년 뒤의 「마술」을 직접 목격하고—
그 조잡함에 격노한다!
레티시엘이 선보인 「마술」은 학원을 경악시키고,
이윽고 국왕에게까지 알려지기에 이른다.
정작 레티시엘은 「마술」 연구에 몰두하느라
그 사실을 전혀 알아차리지 못하는데—?!

전생 왕녀가 자신의 길을 걷는
최강 마술담, 개막!!

흑연의 성자 1권

마사미티 지음 | 이코모치 일러스트 | 이경인 옮김

최강 클래스의 직업 【성자】인 러셀은
소꿉친구와 파티를 맺고 여행하고 있었다.
그러나 멤버 전원이 회복마법을 익히게 되자,
회복밖에 할 수 없는 【성자】는 짐짝이 되었고……
러셀은 추방당하고 만다.
태어난 고향으로 돌아오자마자
마물의 습격을 받던 수수께끼의 미녀, 시빌라를 구한 러셀.
그는 던전이나 직업에 박식한 시빌라와 협력해서 새로운 던전 공략에 나선다.
공략은 순조로워 보였지만…… 인류 최대의 적 『마왕』과 마주치게 되는데?!
최대의 궁지 앞에서, 자신에게 잠든 무한의 마력과 시빌라의 인도를 받아
러셀은 최강의 힘을 손에 넣는다―!

라이트노벨의 새로운 빛! L노벨의 신간은 매월 10일에 발매됩니다. http://cafe.naver.com/lnovel11

©Hiro Ainana, shri 2021／KADOKAWA CORPORATION

데스마치에서 시작되는 이세계 광상곡 1~23권, EX

아이나나 히로 지음 | shri 일러스트 | 박경용 옮김

한창 데스마치를 치르던 프로그래머 스즈키 이치로(29).
「사토」란 닉네임을 쓰는 그가 잠시 잠들었다 깨어나 보니
듣도 보도 못한 이세계에 방치되어 있었다!
혼란에 빠질 틈도 없이 눈앞에는 처음 보는 괴물의 대군이 다가오고,
하늘에서는 유성우가 쏟아진다.
정신을 차리고 보니, 최강 레벨의 힘과 막대한 부를 손에 넣었는데……?!
이렇게 사토의「유유자적, 가끔 시리어스, 그리고 하렘」인
이세계 모험담이 시작된다!!

**최강 레벨과 막대한 재보를 가지고
시작되는 유유자적 이세계 관광!!**

라이트노벨의 새로운 빛! L노벨의 신간은 매월 10일에 발매됩니다. http://cafe.naver.com/lnovel11

©Ryo Shirakome/OVERLAP
Illustration Takaya-ki

흔해빠진 직업으로 세계최강 제로 1~5권

시라코메 료 지음 | 타카야Ki 일러스트 | 김장준 옮김

오늘도 고아원을 위해 생활비를 벌며 평온한 일상을 보내고 있었다.
그런 오스카의 공방에 『천재(天災)』 밀레디 라이센이 찾아온다.
신에게 저항하는 여행의 동료를 찾는 밀레디는
오스카의 비범한 재능을 간파하고 여행에 권유하기 위해 왔다고 한다.
오스카는 권유를 거절했지만 밀레디는 포기할 줄 몰랐다.
그런 와중 오스카가 지키는 고아원에 사건이 생기는데?!
"희대의 연성사, 나와 함께 세계를 바꿔 보지 않을래?"

이것은 『하지메』에게 이어지는 제로의 계보.
─『흔해빠진 직업으로 세계최강』 외전의 막이 오른다!